무협지
無俠誌

무협지 3
최필 新무협 판타지 소설

초판 1쇄 찍은 날 § 2002년 10월 30일
초판 1쇄 펴낸 날 § 2002년 11월 10일

지은이 § 최필
펴낸이 § 서경석

편집장 § 문혜영
편집책임 § 이종민
편집 § 장상수 · 박영주 · 권민정
마케팅 § 정필 · 강양원 · 김규진

펴낸곳 § 도서출판 청어람
등록번호 § 제1081-1-89호
등록일자 § 1999. 5. 31
어람번호 § 제2-0143호

주소 § 경기도 부천시 원미구 심곡1동 350-1 남성B/D 3F (우) 420-011
전화 § 032-656-4452 팩스 § 032-656-4453
http://www.chungeoram.com
E-mail § eoram99@chol.net

ⓒ 최필, 2002

값 7,500원

ISBN 89-5505-487-4 (SET)
ISBN 89-5505-490-4 04810

※ 파본은 본사나 구입하신 서점에서 교환하여 드립니다.
※ 저자와 협의하여 인지를 붙이지 않습니다.

최필 新무협 판타지 소설

◆ 당문지력 唐門之歷

무협지
無俠誌

3

도서출판 청어람

목
차

제1장 여자 대 여자 / 7
제2장 네놈이 책임을 지거라 / 45
제3장 천형(天刑)의 계절 / 89
제4장 당문으로 간다 / 193
제5장 세 가지 시험 / 193
제6장 남자 대 남자 / 253

1장
여자 대 여자

여자의 눈은 묘하다.
여자를 비추는 거울만큼이나 묘하다.
여자의 눈으로 보면 모든 것이 굴절되고,
여자를 비추면 주위의 모든 풍경도 왜곡된다.

여자 대 여자

"어이쿠쿠! 두목, 석금이가 말에 깔려 죽는다—"

말에서 떨어져 구르던 석금이는 자기 가슴을 덮친 물컹한 살덩어리를 밀어내며 발악을 했다.

어떻게 된 일인지 무산과 석금이가 말에서 떨어지는 순간 주위를 밝히던 횃불이 갑자기 꺼져 버렸다. 그 바람에 숲은 온통 어둠에 묻혔고 석금이는 더욱 공포에 떨어야 했다.

"석금아, 괜찮아. 넌 말에 깔린 게 아냐."

바로 옆에서 무산의 침착한 목소리가 들려왔다.

"으아아악! 석금이는 정말 말에 깔렸다—"

"아니라니까. 겁먹지 말고 가만히 있어."

"나 가슴이 터질 것 같아. 말 엉덩이가 내 가슴을 깔아뭉개고 있단 말이야."

"석금아, 그거 내 엉덩이야."

"……."

갑작스런 소란에 일소천 일행 역시 아무 말도 하지 못한 채 소리가 나는 곳을 주시하고 있었다.

일소천은 이 시간에 왜 무산이 이곳까지 오게 된 것인지 도저히 이해할 수 없었다. 무림맹과 함께 천무밀교를 섬멸해 용문파의 위상을 드높이라고 명했건만, 무산은 웬 모자란 녀석과 함께 날짐승에게 쫓겨 다니고 있었으니 그럴 만도 했다.

사실 일소천은 북경에서 무림맹과 천무밀교의 일전에 관한 소식을 들은 바 있었다. 무림맹이 천무밀교에게 혼쭐났다는 소문은 이미 대륙 전체에 퍼져 있었던 것이다. 그 이야기가 들려올 때마다 일소천은 사람들에게 용문파의 두 젊은이, 즉 자신의 제자인 무산과 무랑에 관한 소식을 묻곤 했다.

비록 무림맹이 박살났다 할지라도 천하제일고수인 자신의 제자들은 뛰어난 지략과 무공으로 맹활약을 벌이며 용문파의 위상을 드높였을 것이라 믿었던 것이다.

하지만 아니었다. 사람들은 용문파라는 이름 자체를 알지 못했다.

그런 반응들은 일소천을 매우 화나게 했다. 그래서 그는 용문파로 돌아가는 즉시 무산과 무랑에게 자초지종을 들은 후 그 내용에 상관없이 체벌을 가하기로 마음먹었다. 용문파의 이름을 드높일 수 있는 절호의 기회를 놓쳤다는 것 자체가 과실이었으므로.

보통의 경우, 일소천과 같은 처지에 놓였다면 제일 먼저 제자들의 안위를 걱정했을 것이다. 하지만 일소천은 혹시 자기 제자들이 잘못되지 않았을까 하는 생각은 한 번도 해보지 않았다. 무산과 무랑은 절대 그렇게 호락호락한 놈들이 아니었으므로.

'그런데 왜 저놈이……? 혹, 기회다 싶어 나와 용문파를 버리고 달아난 건 아닐까?'

일소천은 아무래도 뭔가가 미심쩍었지만 좀 더 기다려 보기로 했다.

"자, 석금아. 두목이 내려오니까 괜찮지?"

"응, 두목! 두목 엉덩이 뎁따 크다. 그런데 방금 전에 소리 지른 늙은인 누구야?"

석금이는 휴, 하고 한숨을 내쉰 후 주위를 두리번거리며 이야기했다. 분명 조금 전까지도 횃불과 함께 사람들의 모습이 보였건만, 이젠 어둠만이 자리 잡고 있었던 것이다.

"글쎄, 이상한 작자들이 있었던 것 같긴 한데… 워낙 정신이 없어서……."

무산 역시 수라왕에게 쫓기며 언뜻 불빛과 사람들을 보았지만 어찌 된 영문인지 주위는 잠잠했다. 인기척도 없었고 살기도 느껴지지 않았다.

'저 녀석이 아직 날 못 본 건가?'

일소천은 그저 묵묵히 무산과 석금이의 대화에 귀를 기울였다. 이재천과 주유청, 방초, 이편 역시 신기하다는 듯 무산과 석금이 쪽에 눈길을 주고 있었을 뿐이다.

"그 늙은이가 두목을 불렀다. '무산아, 이놈의 쉬키야, 그게 무슨 꼬락서니냐?' 하더라구."

"어라… 이상하다. 난 못 들었는데?"

"두목 귀는 당나귀냐? 석금이는 분명히 들었다. 이름 아는 거 보니까 무척 친한 사인가 부다. 그지?"

"석금아, 그런 씨도 안 먹힐 얘기 하지 마라. 내 이름 아는 늙은이는 손에 꼽을 정돈데, 하나같이 수준이 낮아서 별로 상대할 가치가 없다. 그중에서도 일소천이란 늙은이가 아주 절정을 이루지. 우리 집안 머슴인데 워낙 미련해서 닭 잡으라면 소 잡는다. 그냥 불쌍해서 내치지는 않지만 쌀이 아까운 늙은이야. 그리고 팽 영감이라고 동네에 그 늙은이 친구가 있는데, 미쳐도 단단히 미친 늙은이다. 그런데 동병상련이라고, 그 두 늙은이가 한 달에 한두 번 우리 집에서 만나거든? 생각해 봐라, 그렇게 둘이 만나는 모습을 보면 내 속이 어떻겠니?"

"음… 환장하겠다, 두목. 그지?"

"그럼, 미치고 환장하지. 내가 괜히 집 나온 게 아니란다, 석금아. 그러니까 끔찍하게, 나 아는 늙은이들이 어쩌고저쩌고하는 소리는 집어치우럼."

"미안타, 두목."

"엇, 잠시만……!"

한순간이었다. 무산은 예리한 파공성과 함께 자신에게 밀려오는 살기를 느꼈다. 그것은 늑대의 이빨처럼 날카로우며 인자의 그림자처럼 음침하고 소름 끼치는 살기였다.

하지만 무산이 그것을 감지했을 때는 이미 늦었다.

차르륵, 휙, 차르륵, 휙!

"으악, 으아아아, 으아악!"

살점이 떨어져 나가는 것인지, 무산은 도저히 참아 넘길 수 없는 고통에 몸부림치며 바닥을 나뒹굴어야 했다.

어둠 속에서도 채찍은 정확히 무산만을 노리며 내리꽂혔고, 이미 맞아서 부어오르거나 찢겨 나간 부위만을 골라 다시 내리꽂혔다. 채찍을

친 상대는 무산을 위해 손속에 사정을 둘 생각이 전혀 없는 듯했다.

"두목! 어떻게 된 거야, 두목!"

갑작스런 채찍 소리와 무산의 비명에 석금이는 사시나무 떨듯 떨면서 애처롭게 소리쳤다.

"으악, 으아아아! 석금아, 혹시 진수정 그 옴 붙은 계집이 따라온 건 아닐까?"

무산은 어둠 속에서도 정확히 자신의 등을 훑고 있는 채찍에 몸서리치며 계속 땅바닥을 구를 뿐이었다.

차르륵, 휙, 차르륵, 휙!

"미안하다, 이 못된 놈의 쉬키야. 하지만 어쩌겠냐? 닭 잡으라면 소 잡는 머슴 늙은이라서 내 채찍을 내가 어떻게 할 수가 없구나."

탁, 탁! 화르륵!

일소천의 목소리와 함께 부싯돌이 부딪치는 소리, 횃불 사르는 소리가 연달아 들려왔다.

잠시 후 이재천을 중심으로 숲에 서 있던 일소천 일행의 모습이 어른거리는 불빛 아래로 드러나기 시작했다.

이재천은 사부 일소천의 채찍질이 시작되자 그 상대가 누군지 궁금해서 불을 밝히지 않을 수 없었다. 어찌 된 사정인지는 알 수 없으나 자신과 비슷한 처지의 착하고 정직하며 죄없는 청년인 것만은 분명했기에 얼굴이라도 한번 보고 싶었던 것이다.

다행히 불빛과 함께 일소천의 채찍질이 멎었다. 그리고 이제껏 머리를 감싼 채 땅바닥에 얼굴을 묻고 있던 무산이 상기된 표정으로 고개를 들어 횃불 아래에 늘어선 일행을 살폈다.

"으악! 사, 사부……?"

무산은 마치 꿈을 꾸고 있는 듯했다. 용문산에 처박혀서 팽 영감이나 상대하고 있어야 할 일소천이 이곳에 나타나다니! 이젠 살았구나 하는 생각에 반갑기 그지없었으나 한편으론 방금 전 자신이 한 말이 떠올라 전신으로 퍼지는 두려움에 몸을 떨어야 했다.

"사부? 그럼 저 청년이 사부의 제자였습니까?"

이재천이 헤벌쭉 웃으며 일소천에게 물었다.

이재천은 그동안 왜 유독 자신만이 일소천에게 구타를 당해야 하는지 이해할 수 없었다. 그런데 자기만큼이나 처절하게 일소천에게 매를 맞고 있는 무산을 보며 같은 처지에 놓인 자로서의 동료애를 맛보게 된 것이다. 무산이 방금 전 말했던 동병상련이라고나 해야 할까? 마치 피를 나눈 형제를 만난 것처럼 반가웠다.

하지만 이재천의 질문에 답한 것은 방초였다. 그녀는 모처럼 만난 무산이 반가운 것인지 얼굴에 희색을 띠며 말했다.

"호호, 두백 오라버니, 제자라기보다는 머슴에 가까운 놈이에요. 우리 할아버지가 부모도 없는 불쌍한 놈들을 거두어들여서 먹여주고 재워주고 한 셈이죠. 그런데 워낙 싸가지가 없어서 가끔 매를 댈 수밖에 없답니다. 호호호!"

방초의 말에 이재천은 짜증난다는 듯 그녀를 쳐다보았다.

막상 방초의 상세한 설명에 고개를 끄덕인 인물은 주유청이었다. 그는 어떻게 해서든 방초와 이재천의 대화에 끼어 방초에게 자신의 존재를 상기시키고 싶었던 것이다.

"하하하하! 사매, 사부님과 사매는 참 고운 마음을 가지셨구려. 불쌍한 고아에게 잠자리와 먹을 것을 주다니. 하하하, 용문파에 들어오길 정말 잘했다는 생각이 드는구려. 이렇게 훌륭한 박애의……."

하지만 주유청은 차마 말을 끝맺지 못했다. 자신을 향해 쏟아지는 방초와 무산의 따가운 눈빛 때문이었다. 그는 이번에도 쓸데없는 말을 하고 만 것이다.

"닥쳐, 곰탱이! 너도 머슴이야!"

무산이 울화를 안으로 삭인 것과는 달리, 방초의 입에서는 살벌하고 모진 말이 여과없이 튀어나왔다.

"두목, 왜 얘기 안 했어? 머슴으로 살았으면 고생 무지 많이 했겠다."

방초의 이야기를 듣던 석금이는 안됐다는 표정으로 무산을 쳐다보았다. 그는 이제껏 무산이 부잣집 외동아들쯤 될 거라고 생각하고 있었던 것이다.

"방초, 이 아둔한 기집애야. 너 왼쪽 젖탱이에 난 사마귀가 요동을 치냐, 아니면 짝궁뎅이에 찍힌 오성점에 불침이라도 맞았냐? 오라버니에게 그게 무슨 말버릇이야?"

그동안 자신을 존경해 마지않던 석금이 앞에서 치부를 드러냈다는 생각이 들자 무산은 어떻게 해서든 방초에게 똑같은 치욕을 맛보여 주기로 했다.

"이, 이, 이… 무산, 이 싸가지없는 놈!"

방초는 얼굴을 붉힌 채 씩씩거리며 채찍을 부여잡았다. 그리고는 사정없이 휘두르기 시작했다.

차르륵, 휙, 차르륵, 휙!

"으아아아악!"

다시 한 번 채찍 소리와 비명이 엉키며 숲이 요동했다.

일소천과 주유청은 어이없다는 표정으로 그 모습을 지켜보았고, 이재천은 힘겹게 웃음을 참고 있었다. 짝궁뎅이, 가슴 밑의 사마귀, 엉덩이에 찍힌 오성점 등이 방초의 모습에 겹쳐졌기 때문이다.

하지만 이편의 눈길은 방금 전 소뢰가 쓰러져 있던 곳에 머물러 있었다. 갑작스런 소란과 함께 모두의 정신이 팔려 있는 사이 그가 흔적도 없이 달아난 것이다.

채찍으로 소뢰의 발을 묶고 있던 방초나 일소천, 이재천, 주유청은 어느새 소뢰에 대한 것을 새까맣게 잊은 채 소란에 휩싸여 있었다.

침착하고 신중하며 얼마간 좀스런 성격의 이편으로선 단순하고 일방적인 그들의 행동이 영 이해가 가지 않는다는 듯 고개를 몇 번 저었다. 특히 채찍에 묶여 있던 소뢰를 잊은 채 새로운 구타에 정신이 팔려 있는 방초의 모습은 신기하기까지 했다.

이편은 천천히 주위를 살피기 시작했다. 만약 인자들의 암기 공격이 조직적으로 이루어진다면 자신들로선 위기를 넘기기 힘들 것이라 여겼기 때문이다. 하지만 인자들이 모두 물러난 것인지 주위에선 아무런 기척도 느껴지지 않았다.

츄홰— 츄홰액!

무산이 매질에 곤죽이 되어갈 무렵, 수라왕의 울음소리가 다시 들려왔다. 그리고 멀리서 진수정의 목소리가 이어졌다.

"호호호! 무산 이놈, 네놈은 뛰어봤자 거북이다. 호호호홋!"

수라왕은 석금이와 무산이 말에서 떨어지자 곧장 진수정에게 날아가 그녀를 이곳으로 안내한 것이다.

진수정의 목소리에 방초는 채찍을 거둘 수밖에 없었다. 낯선 여자의 목소리가 은근히 신경을 자극했던 것이다.

방초는 이 세상의 모든 여인들을 탐탁지 않게 여기고 있었다. 세상에 여자는 자기 하나로 족하며, 모든 남자들은 자신만을 숭배하며 살아가는 것이 바람직했다. 그러니 자기의 희소가치를 떨어뜨리거나 긴장시키는 여자들이 곱게 보일 리 없었던 것이다.

하지만 이재천은 순간 눈빛을 빛냈다. 슬슬 방초에게 싫증이 나던 차에 새로운 사냥감이 나타나 준 것이다. 그의 입장에서 보자면, 늘 마르지 않는 샘처럼 여자를 등장시키고 그녀들로 하여금 자신을 사랑하게 만드는 하늘이 고마울 따름이었다.

"어라, 이것들은 또 뭐야?"

숲 속의 공터에 들어선 진수정은 횃불을 중심으로 어정쩡하게 포진해 있는 일소천 일행을 발견하고는 경계의 표정을 지었다.

진수정은 조심스레 눈치를 살피며 석금이와 함께 쓰러져 있는 무산에게 다가갔다. 그리고는 발로 옆구리를 퍽, 퍽 걷어차며 나긋나긋하게 말했다.

"멍청이, 너는 툭하면 누워 있더라?"

"아가야, 너는 누구더냐?"

그녀의 행동을 멀뚱하게 바라보던 일소천이 고개를 갸웃거리며 물었다.

"나는 당수정. 한동안 진가 성을 썼지만, 방금 전 돈귀라는 돼지괴물을 죽였으니 돈수정이라 알고 있으면 돼. 내 소문은 이미 들었을 거야. 우리 아버님 함자는 개 자, 수 자. 당문의 당개수 문주시거든. 그런데 그러는 영감은 누구지?"

제 버릇 개 못 준다고 진수정, 아니, 돈수정은 또다시 당문의 이름을 거들먹거리며 거만을 떨었다.

하지만 돈수정 역시 얼마간 걱정스럽기는 했다. 무산을 만난 이후 꾸준히 위기에 처하다 보니 이제 더 이상 세상이 만만해 보이지 않았던 것이다. 특히 당문의 이름을 듣고도 전혀 위축되지 않는 인간들을 보면 자연 기가 죽었다.

혹시나 하던 돈수정의 근심은 이번에도 기우가 아니었다.

"풋, 풋하하하하! 네가 천방지축으로 날뛴다는 그 당문의 암코양이더냐? 내가 누구냐고? 흐히히! 아가야, 혹 승신검 일소천이란 이름을 들어보았더냐?"

일소천은 흥미롭다는 듯 돈수정을 바라보며 말했다.

그는 거울과 같은 사람이어서 돈수정이 당문의 이름을 파는 것을 보고 자기 역시 옛 명호를 거들먹거렸던 것이다.

승신검이란 외호를 들은 돈수정은 얼굴이 납빛으로 굳어졌다. 이미 말했듯 그녀는 강호고수들에 대한 해박한 지식을 가지고 있었으며, 그 중에는 승신검 일소천이라는 괴인도 포함되어 있었던 것이다.

"그런데 아가야, 네가 멍청이라고 부른 저 멍청이는 이 늙은이의 멍청한 멍청이니라. 너는 왜 저 멍청이를 따라와서 옆구리를 걷어차고 있는고?"

일소천의 말에 돈수정은 잠시 멈칫거렸다. 무산이 입버릇처럼 말했던 명문정파 용문파가 승신검 일소천과 관계된 것임을 알게 되었기 때문이다.

그녀로서는 난감하기 그지없었다. 용문파라는 곳이 생소했던 만큼 그곳을 아예 무시한 채 무산만 잡아가면 일이 끝난다 여기고 있었건만, 그 배후에 일소천이라는 거물이 버티고 있었던 것이다.

하지만 돈수정의 고민은 짧았다.

"어머, 노선배님께서 그 명성도 쟁쟁한 승신검 일소천 대협이셨군요. 소녀 몰라뵙고 무례를 범했습니다. 저는 이 멍청이의, 아니… 호호, 저… 이 사람의 아내 될 여자랍니다.”

돈수정은 발길질을 멈춘 후 얼굴에 홍조를 띠며 수줍은 듯 말했다. 그것은 당문이 자랑하는 역용술과는 얼마간 다른, 여성 특유의 변신술이라고 할 수 있었다.

어쨌거나 돈수정의 대답은 일소천과 방초에게 충격을 주기에 충분했다. 그들은 멍한 눈으로 돈수정을 바라보며 아무 말도 하지 못했다. 그러나 그 두 사람이 감당하고 있는 충격의 질과 양은 분명 다른 것이었다.

일소천이 놀람과 기쁨이 교차하는 묘한 감정의 소용돌이에 휘말리고 있는 반면, 방초는 알 수 없는 상실감에 치를 떨어야 했다.

그녀는 무산을 십수 년 동안 머슴 취급이나 하며 눈엣가시로 여겨왔건만, 막상 돈수정이란 새로운 인물이 등장하자 묘한 위기감에 빠져들고 있었던 것이다. 아무리 하찮은 물건이라도 남 주기 싫어하는 그녀의 대책없는 소유욕 때문이었는지도 모른다.

어쨌거나 그녀로선 돈수정이 영 눈에 거슬릴 수밖에 없었다.

“흥! 무슨 맘을 먹고 이러는지는 모르겠지만, 난 네 말을 믿을 수 없어. 우리 무산 오라버니는 너같이 천박한 계집애를 싫어해. 그런데 어떻게 너랑 결혼을 할 수 있겠니?”

방초는 갑자기 무산에 대한 애정이 샘솟는 것인지, 무산에게 생전 사용하지 않던 오라버니란 호칭을 붙여가면서까지 돈수정의 말을 부정했다. 돈수정의 도도한 태도도, 귀타나고 반반한 얼굴도 도무지 마음에 들지 않았다.

방초의 말에 돈수정 역시 발끈했다. 본능적으로 그녀에 대한 경계심이 불타오르기 시작한 것이다.

"호호, 어린 꼬마가 못하는 말이 없구나. 어른들 이야기하는 데 버릇 없이 끼면 안 되는 거야. 알았니? 그리고 저이랑 나는 이미 장래를 약속했단다. 저이가 네 오라버니면 너는 내 손아랫사람인 게야. 그러니 앞으로는 언니라고 부르렴. 호호호호!"

돈수정은 방초의 풋풋한 아름다움을 어린아이의 것으로 깎아내리며 자족했다. 게다가 무산과 장래를 약속한 것은 사실인만큼, 어떻게 해서든 일소천의 심기를 어지럽히지 않고 무산을 당문으로 데려가야겠다고 생각했던 것이다.

하지만 그 순간 가슴으로 사는 석금이가 고개를 갸웃거리며 끼어들었다.

"얘, 무서운 계집애야… 두목은 너 안 좋아한다. 그냥 한번 귀여워해 준 것뿐이래. 그러고 나니까 네가 오줌을 지리며 혼자 쫓아다닌 거래. 너는 다 큰 계집애가 왜 오줌을 싸고 그러니? 네가 오줌싸개라서 두목이 너 싫어하는 거다."

"……"

석금이의 말에 돈수정은 얼굴이 벌겋게 달아올랐다.

산적 석금이라면 일전에 한번 상대해 봤던 만큼 그 단순함과 무식함에 대해 알 만큼은 알고 있었다. 그렇다면 무산이란 녀석이 석금이에게 자신을 어떤 식으로 소개해 준 것인지 대충 짐작할 만했다.

반면 방초가 석금이의 말을 이해하는 데는 비교적 오랜 시간이 걸렸다.

하지만 얼마 후 방초는 갑자기 솟구치는 웃음을 참을 수 없다는 듯 뒤로 자빠질 것처럼 허리를 굽혀 까르륵, 까르륵 웃어대기 시작했다.

"어머, 어머머! 너, 정말 오줌싸개니? 호호, 얘! 그럼 기저귀를 차고 다녀야지 왜 바지를 입고 다니는 거야?"

방초는 고개를 갸웃거리다가 다시 웃어 젖히고, 그러다가는 다시 고개를 갸웃거렸다. 돈수정이 정말 오줌싸개인지 스스로도 의심스러웠던 것이다.

그 모습을 보고 있던 이재천은 머리 속이 복잡해졌다. 석금이라는 녀석은 대충 쳐다만 보고도 무식하기 그지없는 바보라는 것을 알 수 있었으나, 방초에 대한 평가는 쉽게 내려지지 않았다. 그녀의 행동이 갈수록 가관이었기 때문이다. 정말 바보인지, 아니면 그저 사람들을 상대한 경험이 적어서 바보와 보통 사람들을 구분하지 못하고 아무 말이나 믿어버리는 것인지 이재천으로선 영 헷갈렸던 것이다.

한편 주유청은 어떻게 말을 자르고 들어가 방초 편에 설까 고민했고, 이편은 꾸준히 소뢰의 무리가 다시 오지 않을까 경계했다. 그리고 일소천과 무산은 서로의 눈치를 살피며 어떻게 공략하고, 어떤 변명으로 위기를 넘길 것인지 각기 다른 방향으로 잔머리를 굴리고 있었다.

숲 속에 모인 그들 여덟 사람은 그렇게 서로 얽히고설킨 복잡한 문제들로 고심하며 시간을 죽여갔다. 그중에서도 가장 힘든 것은 가뜩이나 머리가 둔한 석금이와 무공과 미모 빼놓고는 아무것도 볼 것 없는 방초였다. 생각하는 일과는 가장 거리가 먼 두 사람이었기 때문이다.

2
여자 대 여자

다음날 새벽, 화산도장.

날이 밝기도 전에 장문인 백의천과 전대 장문인 유성파천 정경신, 수피만각 조웅천을 위시한 사대장로가 장문인의 방에 모여 앉아 있었다. 비록 요즘 회의가 잦기는 했으나 이렇게 이른 시각에 그들 모두가 모이는 경우는 거의 없었다.

그 외에 평소와 다른 것이 있다면 일반 회의 때와는 다른 자리 배치였다. 화산파의 인물들이 좌우로 앉아 있는 가운데, 일흔쯤 되어 보이는 백발의 늙은이가 상석에 앉아 있었다. 그리고 검은 옷을 입은 젊은이가 오른손에 검을 집은 채 팔짱을 끼고 그 늙은이 옆에 서 있었다.

백발의 늙은이는 얼마 전 무산과 석금이의 영역을 지나쳤던 초화공이었고 그 옆의 사내는 역시 그때 함께했던 취운이란 인물이었다. 그들로 인해서인지 화산도장의 아침은 냉랭한 한기를 머금고 있었다.

"초화공, 지금 강호의 눈이 우리 화산도장을 주시하고 있습니다. 행동에 좀 더 신경을 쓰시는 것이 서로를 위해…….”

영 마땅치 않다는 표정으로 초화공을 맞았던 장문인 백의천이 편치 않은 심기를 숨기지 않고 드러냈다. 약 두 달 전 자객으로부터 편지를 받은 이후 백의천은 초화공과 꾸준히 왕래하며 공조를 취해왔다.

현실적인 감각이 뛰어난 그는 화산의 부흥을 위해 무림맹 대신 초화공과 손을 잡기로 마음먹은 것이다. 비록 강호가 세속과는 달리 어느 정도 자유로운 존재 형식을 갖는다고 해도 힘을 필요로 할 때는 황실과도 손을 잡을 수 있다는 것이 백의천의 생각이었다.

어차피 현 무림맹주인 무당의 낙화유검 장소천이 맹주 직을 버릴 것을 천명했으나, 무림맹 내에는 소림 장문인 범현 거사가 차지하는 비중이 상당했으므로 그와 편치 않은 관계를 유지하고 있는 백의천은 나름대로 긴장하지 않을 수 없었다.

백의천은 장소천이 물러날 의사를 밝혔을 때만 해도 다음 맹주 직은 당연히 자신에게 돌아올 것이라 믿고 있었다. 그러나 엉뚱하게도 소림의 범현 거사가 화산을 제외한 여러 문파와 교류하며 새로운 인물을 그 자리에 추대하고자 하는 움직임을 보이기 시작했다.

범현 거사가 내세우는 인물은 뜻밖에도 아미파의 장문인인 적선 사미였다. 무림맹의 역사상 이제껏 아미파, 즉 여성이 맹주에 오른 적은 한 번도 없었다. 비록 아미의 적선 사미가 여자치고는 덕망이 높고 지략이 뛰어난 인물이긴 했으나 무림맹을 이끌어가기엔 부족하다는 것이 백의천의 믿음이었다.

그런 만큼 자신이 그녀에게 밀리고 있다는 생각이 들자 백의천은 신경이 몹시 날카로워져 있었다.

문제는 역시 소림의 범현 거사였다.

장삼봉이 무당을 재건하던 시절로 거슬러 올라 소림과 무당의 관계를 생각한다면, 그들은 앙숙이라고 하기엔 뭣하지만 상당히 껄끄러운 사이인 것만은 분명했다.

장삼봉은 원래 소림에서 누명을 쓰고 쫓겨난 인물로, 이후 무당파를 소림과 버금가는 문파로 키워 경쟁 관계를 유지했던 것이다. 흔히 강호에서 북숭소림, 남존무당이라 하여 그 영향력을 양분하는 것만 보아도 그랬다. 더욱이 외공을 중시하는 소림과 내공을 중시하는 무당파는 무공의 근본부터 확연한 차이를 보이고 있는 만큼 서로를 견제하고 경쟁하는 것이 자연스러운 현상이었다.

하지만 범현 거사는 어떤 이유에서인지는 알 수 없으나 무당파에 호의적인 반면 화산의 백의천을 경계하고 있었다. 그런 만큼 백의천의 눈에도 소림이나 범현 거사가 곱게 보일 리 없었다.

현재 소림은 나름의 고민을 안고 있었다. 인재 양성에 실패해 최근 몇십 년간 두각을 나타내는 제자를 발굴하지 못했던 것이다. 그럼에도 타 문파나 백의천 자신이 소림의 영향력을 무시할 수 없는 데는 범현 거사에 대한 존경과 두려움이 있었기 때문이다.

범현 거사는 제2의 혜가로 불릴 만큼 법력이 높은 데다 신기에 가까운 무공으로 숱한 전설을 흩뿌리고 다닌 인물이다.

강호인들은 간혹 소림에서 앞으로 50년간 인재가 나오지 않더라도, 범현 거사의 후광에 힘입어 그 위세가 꺾이지 않을 것이라고 말했다. 그것은 얼마간 설득력이 있는 이야기로, 백의천이 답답해할 수밖에 없는 이유이기도 했다.

어쨌거나 범현 거사로부터 외면당한 백의천이 무림맹주가 되기 위해서는 초화공과 손을 잡는 수밖에 없었다. 더욱이 워낙 시국이 어수선했다. 무당의 장소천으로 인해 무림맹은 어쩔 수 없이 황실과 관계를 맺게 되었고, 좋든 싫든 당분간은 그 상황을 유지해야 했다.

문제는 황태자 유냐, 아니면 그의 백부인 사평왕이냐인데, 그것은 크게는 무림맹, 작게는 화산의 존폐가 달린 사항인만큼 신중한 선택을 요구했다.

백의천이 그것에 대해 고민하는 시간은 길지 않았다. 현재 조정에서 외견상 가장 큰 권력을 움켜쥐고 있는 것은 초화공이었고, 그는 사평왕의 수족이라는 사실을 누구나 알고 있었기 때문이다.

따라서 백의천은 미련없이 초화공의 편에 섰다. 화산의 전대 장문인인 유성파천 정경신이나 사대장로 역시 그의 결정에 힘을 실어주었고, 그날로부터 초화공과의 교류가 본격적으로 시작되었다.

하지만 백의천에겐 또 다른 고민거리가 생겨나게 되었다. 지난번 벽운산에서의 혈겁 이후 무림맹 내부에선 초화공에 대한 경각심이 싹트기 시작했고, 그중에서도 그 사건의 중심에 있던 낙화유검 장소천이 이를 갈고 있었던 것이다.

방금 전 백의천이 초화공에게 탐탁지 않은 시선을 보내며 퉁명스럽게 말한 것도 그 때문이었다. 자칫 화산이 초화공과 내통을 하고 있다는 말이 강호에 퍼지게 되면 백의천 자신은 물론 화산파 전체가 무림맹의 공적이 될 수도 있었던 것이다.

더욱이 이미 몇 차례의 만남으로 인해 사특하고 간사한 초화공의 성격을 알게 된 그는 혹 장소천이 그랬던 것처럼 초화공의 노리개가 되지 않을까 걱정하고 있었다.

"오호호호! 장문인은 그런 새가슴으로 어찌 무림맹주를 꿈꾸고 있는 것이오? 그리고 설사 장문인이 나와 교류하고 있다는 말이 나돈다 한들, 그것들이 감히 나나 장문인에게 무슨 해코지를 할 수 있겠소?"

초화공은 아주 거만하게 백의천의 말을 받아넘겼다. 백발 사이로 드러난 그의 날카로운 눈매는 무림의 지존을 다투고 있는 백의천마저 위압감에 떨게 할 만큼 강렬했다.

"하지만 긁어 부스럼을 만들 필요는 없습니다. 지금은 시기가 좋지 않소. 가뜩이나 공에 대한 반발심이 큰데, 설상가상으로 화산이 사평왕의 수족이 되었다는 식의 말이 퍼지게 되면 그 일을 도저히 감당할 수가 없습니다."

"오호라, 그러니 장문인은 손도 안 대고 코를 푸시겠다는 말씀이군. 하지만 장문인이 알아두어야 할 것이 있소. 내가 장문인을 선택한 것은 무림맹을 구성하고 있는 여러 인물 중 가장 실리적인 인물이기 때문이오."

초화공은 잠시 말을 멈춘 후 방 안에 모인 화산파의 인물들을 죽 훑어보았다. 그리고 아주 느릿느릿하게 말을 잇기 시작했다.

"지난번 천무밀교와의 일전으로 인해 무림맹은 더 이상 강호의 주인임을 자처할 수 없는 형편이오. 그러니 나로선 이제 무림맹 따위에 신경 쓸 필요가 없는 것이지. 사실, 뭐 그 이전이라고 해도 신경 쓰였다는 것은 아니지만."

"……."

초화공은 탁자에 놓인 찻잔을 들어 입을 축인 후 다시 입을 열었다. 방금 전과는 달리 얼마간 부드러운 표정이었다.

"벽운산 일전 역시 현 황제에게 간과 쓸개를 빼어준 채 꼬리를 흔들고 있는 장소천에게 매운 맛을 보여주기 위한 장난에 불과했다오. 장소천을 밀어내기 위해 잠시 천무밀교의 손을 들어준 것뿐이란 말이지. 하지만 사평왕께서 대륙의 주인이 되시면 그때는 천무밀교 역시 말살시킬 작정이오. 그런데 그 일을 감행할 인물이 바로 장문인 당신이란 말이오. 그 이전까지 나는 음으로 양으로 장문인과 화산파를 지원할 것이고!"

초화공은 말을 맺으며 다시 한 번 좌중을 둘러보았다. 어느새 그의 입가로는 간드러진 미소가 흐르고 있었다.

백의천은 초화공의 말에 일순 표정이 굳어졌지만 곧 많은 생각들을 하게 되었다. 어차피 초화공과의 관계는 지극히 계산적인 것이었다. 초화공이 자신을 속물로 생각하고 있듯 자신 역시 그를 사특하고 간교한 내시 정도로 생각하고 있는 것이다.

문제는 서로가 서로에게 무엇을 줄 수 있느냐였다. 어차피 무당의 장소천은 자신의 걸림돌이었다. 비록 나름의 이유는 있었으나 그런 인물을 초화공이 제거해 준 셈이다.

또한 천무밀교로 인해 떨어진 무림맹의 위신은 언젠가 자신에 의해 복원될 것이다. 초화공이 말했듯 천무밀교는 그에게 있어서도 눈엣가시이므로 서로의 공적이다. 만약 자신이 맹주의 자리에 앉은 후 초화공의 힘을 등에 업고서라도 천무밀교를 말살한다면 자신은 물론 화산의 위상이 강호에 드높아질 것이다. 그러므로 적어도 천무밀교가 무너지기 전까지 자신과 초화공의 공조는 계속되는 것이 바람직했다.

한 가지 마음에 걸리는 것이 있다면 그런 자신을 바라보는 강호의 시선인데, 그것에 대처하는 방법에 있어 자신과 초화공 사이에는 다소 의견 차이가 있었다.

"호호훗! 장문인, 내가 장문인이 걱정하는 바를 모르는 것이 아니오.

다만 밤새 산길을 걸어오느라 지친 이 늙은이를 너무 박대하는 것 같아 서운해서 한 말일 뿐이니 귀담아듣지는 마시오. 나 역시 사람들의 시선을 받는 것은 그다지 좋아하지 않소. 그러나 오늘은 긴히 상의할 것이 있어 어쩔 수 없이 발걸음을 한 것이라오."

초화공은 백의천의 마음을 읽고 있기라도 한 듯 부드러운 말로 그를 안심시켰다.

"하하하, 초화공께서 그런 느낌을 받으셨다니, 이거 참 미안하오이다. 사실 어젯밤 일로 인해 우리가 좀 예민해져 있는 상태라… 공께서 어려운 발걸음을 하신 것 역시 그 때문이리라 짐작하면서도 무례를 범했구려."

백의천 역시 초화공의 말에 얼마간 인상을 누그러뜨리며 화제를 돌렸다.

어젯밤 화산 제자들이 초주검이 된 채 발견되었다. 그 주위로는 초화공이 사들인 초혼야수의 인자들도 죽거나 기절한 채 쓰러져 있었다.

얼마 전 초혼야수의 인자들이 화산 근처에서 처참한 몰골로 살해된 이후 소뢰는 집요하게 그 범인을 추적해 왔다. 그리고 어제저녁 기어코 무산과 석금이를 찾아낸 초혼야수들이 늑대의 계곡을 포위한 채 그 둘을 응징하게 되었던 것이다.

하지만 화산파에서는 직접적인 원한이 없었던 만큼 계곡으로 이어진 길목에 제자들을 배치해 엉뚱한 사람들이 들어가는 것을 막는 정도로 협조하고자 했다. 그런데 어이없게도 길목을 지키고 있던 화산의 제자 다섯이 초혼야수들의 인자들과 함께 초주검이 된 채 발견된 것이다. 이렇다 할 흔적도 남아 있지 않았다.

백의천은 처음에 소림의 범현 거사를 의심했으나 제자들의 상처를 살핀 후 그런 의심을 거두었다. 분명 소림의 무술은 아니었던 것이다. 하지만 상당한 경지에 오른 인물들의 소행임에는 분명했다.

백의천으로서는 난감하기 그지없는 일이었다. 혹시 자신과 초화공의 음모를 알아챈 자들이 있는 것은 아닌가 하는 걱정이 있었기 때문이다. 이 일이 확대된다면 화산과 자신의 꿈은 물거품이 될 수도 있었던 것이다.

사실 백의천은 초화공이 그 일을 상의하기 위해 자신을 찾은 것이 다행이라 여기고 있었다. 아무리 생각해 봐도 자신보다는 초화공이 그 일에 대해 더 많은 것을 알고 있으리라는 생각이었다. 백의천은 초화공이 어서 그 일에 대해 얘기해 주기를 기다리고 있었다.

하지만 초화공이 백의천을 찾은 것은 그 일 때문만은 아니었다. 물론 계속되는 초혼야수의 실수가 신경에 거슬리고는 있었으나 그보다 더 급한 일이 벌어지고 있었다.

"장문인, 내가 오늘 화산을 찾은 것은 소림의 범현 거사 때문이오. 그자가 요즈음 각 문파의 수뇌들을 만나 사평왕과 나를 견제하고자 하는 논의를 하고 있다는구려. 그리고 차기 무림맹주의 자리에 아미파의 적선 사미를 추대해 달라고 청탁을 넣고 있소. 아무래도 손을 써두는 것이 좋을 듯하기에 그 문제를 상의하기 위해 찾아온 것이올시다."

초화공은 수염이 없어 맨송맨송한 턱을 어루만지며 이야기했다. 입가로는 의미를 알 수 없는 미소를 흘리고 있었는데, 그의 이야기는 백의천을 자극하기에 충분한 것이었다.

"음… 나 역시 소문을 들어 알고 있습니다. 하지만 함부로 상대해선 안 될 인물이 소림의 범현입니다. 그는 강호를 넘어서 황실을 비롯한 대륙 각계각층의 사람들에게까지 영향력을 미치고 있습니다. 나로서도 영 눈에 거슬리는 자이기는 하나······."

"홋호호호호! 장문인, 혹시 그자가 비무대회를 준비하고 있다는 이야기도 들으셨소?"

초화공은 간드러지게 웃어 젖힌 후 가는 목소리로 말했다.

그러나 그의 이야기를 듣고 있던 백의천은 처음 듣는 이야기라는 듯 멍한 표정으로 초화공을 쳐다볼 뿐이었다.

"비무대회라고요?"

말을 꺼낸 것은 이제껏 잠자코 두 사람의 이야기를 듣고만 있던 유성파천 정경신이었다. 그로서도 뜻밖의 이야기였다. 무림맹에서 이루어지는 비무대회라면 당연히 각 파의 수뇌들이 모인 회의에서 공식적으로 거론되는 것이 마땅한 일이었기 때문이다. 화산을 제외한 상태에서 뒷공론으로 이루어질 일은 분명 아니었다.

"홋, 홋호호호! 화산은 이미 범현의 농간으로 인해 외톨이가 되었나 보오이다. 홋호호! 하지만 범현이란 자가 장문인을 경계하고 있다는 것은 그만큼 화산파의 위세가 두렵다는 것을 의미하는 것이기도 하겠지. 소림의 범현 거사는 장문인의 반발을 예상하고 비무대회를 열어 자신의 뜻을 관철시킬 모양이오. 조만간 무림맹의 수뇌회의 소집령이 있을 것이고, 아마도 그 자리에서 공식적으로 그 일이 거론되겠지. 홋호호호!"

경직되어 있는 백의천의 표정이 재미있다는 듯, 초화공은 그의 얼굴을 빤히 쳐다보며 지껄여 댔다. 초화공으로서는 화산의 백의천을 자극하면 할수록 부리기가 쉬워진다는 것을 잘 알고 있었던 것이다.

"하지만 비무대회와 무림맹주가 무슨 관계가 있단 말이오?"

초화공의 태도가 영 못마땅했지만 백의천은 성질을 누그러뜨린 채 조용히 물었다.

　백의천은 자신도 모르는 사이 무림맹에서 화산파가 따돌림을 받는 처지가 되었다는 것이 불쾌하기 그지없었다. 더욱이 차기 맹주 자리를 노리는 자신으로서는 초화공이 물어온 정보가 충격적일 수밖에 없었다. 일이 어디선가부터 크게 잘못되고 있었던 것이다.

　"대회에서 우승하는 문파의 장문인을 무림맹주의 자리에 앉힐 계략인 듯하오. 수신제가(修身齊家) 이후에 평천하(平天下)라는 의미겠지. 즉, 각 문파의 신예들끼리 비무를 겨루게 한 후 가장 뛰어난 제자를 키워낸 문파에 공을 돌리겠다는 이야기요."

　"하지만 역대 비무대회에서 아미파가 우승을 차지한 적은 단 한 번도 없었소. 게다가 5년 전 마지막으로 치러졌던 비무대회에서도 아미파는 그저 한 명의 제자를 내보내 체면을 차리는 것으로 만족해야 했소. 그만큼 후학의 발굴에 어려움을 겪고 있다는 이야기지요. 물론 소림이 우승해 범현 거사가 선택권을 거머쥔 후 아미파의 적선 사미를 추천할 수는 있겠으나, 아시다시피 소림 역시 최근 인재 양성에 실패해 어려움을 겪고 있소이다. 아무래도 초화공께서 뭔가를 잘못 알고 계신 듯합니다만……."

　이제껏 묵묵히 듣고 있던 수피만각 조웅천이 끼어들었다.

　조웅천은 화산파 사대장로 중 첫째로, 활달한 성격 때문에 각 파에 많은 친구들이 있었다. 또한 생각이 깊고 앞일을 예견하는 데 뛰어난 재주를 가지고 있어서 화산의 일은 물론 무림맹의 대소사에도 꼭 필요한 인물로 손꼽히고 있었다. 그런 만큼 그가 가지고 있는 정보력은 누구에게도 뒤지지 않았다.

　"훗호, 강호의 마당발인 조웅천 대협도 아미파의 신예인 추혼검 구소희를 모르고 있었단 말이오? 흠… 하긴 여자들로만 이루어진 불가의 영역인만큼 그 재능을 아직 담장 밖으로까지 선보인 적은 없었겠지. 호호호호훗!"

초화공은 긴 웃음과 함께 알 듯 모를 듯한 미소를 지어 보였다.

그는 지나치게 웃음이 헤픈 인물이었다. 문제는 그가 무엇 때문에 그렇게 웃음을 쏟아내고 있는 것인지 알 수 없기에 그에 대한 경계심은 수위를 높여간다는 것이었다.

하지만 초화공은 자신의 웃음을 정략적으로 이용하고 있었다. 어차피 내시인 이상 중후함이나 위압감으로 자신의 존재를 드러낼 수는 없었던 것이다. 하지만 속내를 알 수 없는 웃음은 사람들에게 긴장을 안겨주기에 충분한 것이었다. 즉, 사람들이 초화공에 대해 가지게 되는 막연한 두려움은 그런 보이지 않는 공포심이었던 것이다.

"허허, 공께서는 우리가 모르고 있는 것을 알고 계시는 것이오? 그렇다면 처음부터 차근차근 말씀을 들려주시지요."

답답한 표정을 짓고 있던 수피만각 조웅천이 초화공을 채근했다.

"호호훗! 그럽시다. 그동안 장막 안에 감춰져 있었을 뿐 아미파에는 추혼검 구소희라는 무서운 신예가 있소이다. 올해 나이 열여덟. 15년 전에 아비 되는 자가 아미파에 위탁했다고 하는데, 적선 사미가 입을 다물고 있는 만큼 아미파 내에서도 그 아이의 아비가 누구인지 아는 인물이 없다고 하오. 그런데 중요한 것은 그 아이가 가외체라는 사실이오. 사람의 신체 조건을 벗어났다고 해야 할까. 세상의 어떠한 무공도 극성으로 소화해 낼 수 있는 체형으로, 이미 아미파의 절기들을 모두 섭렵했다고 하오. 적선 사미조차도 그 아이가 펼쳐 내는 검법에 매료될 만큼 그 아이는 아미의 무공을 새로운 경지에 올려놓고 있다는 이야기올시다. 범현 거사 역시 그 아이의 자질과 인성에 탐복해 소림의 무술 중 아미파의 무공과 접목할 수 있는 것들을 전수해 주었다는 구려. 범현이 비무대회를 개최하려는 이유가 바로 그것이오. 구소희라는 아이에게 날개를 달아주고, 차제에 자기와 뜻이 맞는 적선 사미를 무림맹주 자리에 앉혀 계속 입김을 불어넣겠다는 것이지. 홋호호. 어떻소, 장문인! 뭔가 시급한 대책이 마련되어야 하지 않겠소?"

초화공은 이야기를 마친 후 백의천을 비롯한 화산파의 수뇌들을 훑어보았다. 입가에는 여전히 기분 나쁜 미소가 머금어져 있었으며, 그러한 상황이 퍽 재미있다는 듯 백의천 등의 반응을 기다리고 있는 눈치였다.

"후… 어떻게 우리가 그런 일을 전혀 알지 못하고 있었을까. 그런데 초화공께선 어떻게 그런 정보들을 입수한 것이오?"

길게 한숨을 내쉰 백의천이 뭔가 미심쩍다는 표정으로 초화공을 쳐다보았다. 황실에 몸담은 내시가 어떻게 강호에서 뼈가 굵은 자신보다 강호의 일을 더 많이 알고 있는지 궁금했던 것이다. 그것은 수피만각 조웅천 역시 마찬가지였다.

수피만각 조웅천은 적선 사미와도 친분이 있어온 만큼 아미파의 사정에 밝은 편이라고 생각해 왔건만, 추혼검 구소희란 신예에 대한 이야기는 금시초문이었던 것이다. 더구나 그가 강호의 흐름을 바꾸어놓을 수 있는 가외체라면, 그 소문은 이미 강호에 파다하게 퍼져 있어야 옳았다.

무림 각 파는 자질이 뛰어난 후생을 발굴하게 되면 앞 다투어 그를 자랑하는 것으로 자기 문파의 위상을 드높이는 한편, 그가 성장할 수 있는 토대를 마련해 주었다.

개중에는 잠시 반짝이다가 끝내 두각을 드러내지 못하고 도태되는 인물들도 있었으나 대개의 경우 일찍 주목을 받으면 받을수록 이른 나이에 강호에서 입지를 굳히고, 그 스스로도 뒤처지지 않기 위해 더욱 노력했다. 구소희라는 아이가 정말 가외체이고 지금의 나이가 열여덟이라면, 이미 몇 년 전부터 그 이름이 강호에 회자되었을 것이다. 백의천은 지금 그런 점들을 의심하고 있었다.

"호호홋, 장문인께선 도저히 가외체의 존재를 인정하기 어려운가 본데, 내 정보는 확실하오. 무림맹에 몸담은 자들만이 모르고 있을 뿐, 그들의 일거수일투족은 내 손바닥 안에 다 그려지고 있소. 호호홋! 화산파 역시 다르다고는 할 수 없겠지. 호호호홋!"

초화공은 거만하게 눈을 내리뜬 채 백의천을 한번 노려보았다.

백발 성성한 늙은이임에도 초화공에게선 아무런 무게감이 느껴지지 않았다. 그런데도 그의 눈빛과 마주친 백의천은 소름이 돋는 것처럼 한차례 몸에 한기를 느껴야 했다.

'상대하기 싫은 자로다. 결코 만만치 않은 인물이야!'

백의천은 알 수 없는 두려움에 빠져 있었다. 방금 전 초화공이 말했던 것처럼 화산파의 일거수일투족이 초화공에게 들켜지고 있는 느낌이었다. 두 달 전 자신의 처소에 자객이 침입했을 때도 누구 하나 그의 존재를 눈치 채지 못하고 있었던 것이다. 자객은 연기처럼 나타났다가 연기처럼 사라졌다.

백의천은 얼떨결에 주위를 한번 둘러보았다. 어쩌면 지금 이 순간에도 어딘가에 자객이 숨어서 자신들의 모습을 지켜보고 있을 것 같았기 때문이다.

"그렇다면 초화공께선 이 일을 어떻게 처리했으면 좋겠습니까?"

마음을 추스르고 난 백의천이 초화공에게 넌지시 물었다.
강호가 이미 초화공이 쳐놓은 그물에 걸려들었다면 자신과 화산은 어떻게 해서든 초화공의 손에서 살아남아야 했다. 그러기 위해선 그물 안이 아닌 그물 밖, 즉 초화공의 옆에 서서 같은 곳을 쳐다보는 수밖에 없었다.
"오호호홋! 방법은 세 가지나 있지요. 첫째, 사건의 중심에 서 있는 추혼검 구소희를 제거하는 것. 둘째, 범현을 죽이거나 매수해 비무대회의 개최를 막는 것. 셋째, 화산의 제자가 비무대회에서 우승하는 것. 호호홋! 아주 단순한 문제 아니겠소? 장문인이 무엇을 선택하든 나는 화산을 위해 내 힘이 닿는 데까지 지원할 것이오. 오호호홋!"
단순한 문제. 초화공은 분명 실타래처럼 복잡하게 얽혀 있는 상황을 그렇게 표현했다.
순간 백의천은 초화공에 대한 두려움이 더해졌다.
어느 곳에서든 두각을 드러내는 인물들에게는 단호한 의지와 실천력이 있었다. 자신의 길을 가로막는 것은 무엇이 되었든 제거하고, 목적한 것을 위해 무섭게 돌진하는 힘. 그러므로 그들에게 있어선 아무리 복잡한 것도 단순한 문제로 전락하고 만다.
'저 간사한 인간에게서도 배울 게 있구나.'
백의천은 요사이 자신이 너무 소극적으로 변해 있었던 것은 아닌가 하는 생각이 들었다. 무림맹주에 올라 자신과 화산의 이름을 영원히 강호에 남기는 것, 이것이 그동안 자신과 유성파천 정경신이 희생해 온 목적이 아니었던가. 그럼에도 초화공과 손을 잡은 이후 많은 부분을 그에게 의지한 채 사태를 관망하고만 있었다.
백의천은 어쩌면 방금 전 초화공이 했던 말이 자신에 대한 따끔한

질책일지도 모른다는 생각이 들었다.
 하지만 단순한 문제라는 초화공의 표현과는 달리 그가 제시한 세 가지 방법은 어느 것 하나 쉬운 것이 없었다. 명색이 명문정파인 화산이 자객을 동원해 원한도 없는 추혼검 구소희를 제거할 수도 없는 일이고, 범현 거사 역시 쉽게 제거하거나 매수할 수 있는 인물이 아니었다. 그렇다면 결국 비무대회에서 우승하는 방법밖에 없었다. 물론 화산의 제자 가운데 자신이 크게 기대하고 있는 인물들이 있긴 하지만, 만약 초화공의 말대로 구소희란 신예가 가외체가 맞다면 그 역시 쉽게 승리를 장담하기 어려운 형편이었다.
 생각을 정리해 가던 백의천은 다시 의기소침해질 수밖에 없었다.
 "장문인, 너무 고민하지 마시오. 내게는 내가 제시한 해결책 모두를 감당할 수 있는 사람이 한 명 있소. 장문인은 그저 결정만 내려주면 되는 것이오. 그렇지 않은가, 취운?"
 초화공은 모처럼 부드러운 말투를 백의천에게 건넸다. 그리고는 자기 옆에 서 있는 취운이란 인물에게 뜻 모를 미소를 보냈다.
 "그건 또 무슨 말씀이신지……?"
 백의천은 초화공과 취운이란 사내를 번갈아 보며 물었다. 초화공은 도저히 그 깊이를 알 수 없는 묘한 인물이란 생각이 들었다. 한낱 내시에 불과한 그가 세상을 떡 주무르듯 주무르고 있었던 것이다.
 "호호홋! 솔직하게 말하리다. 이미 알고 있겠지만, 내가 요사이 강호의 일에 관여하고 있는 것은 사평왕의 황제 등극을 돕기 위해서요. 어리석은 자들이 보기엔 그것이 역모일 수도 있겠으나 강한 자가 주인이 되는 것은 천하의 이치요. 강호 역시 그러한 이치를 따르고 있는 만큼 장문인 역시 잘 알고 있으리라 믿소이다. 그런데 애석하게도 무당의 장소천이나 소림의 범현 거사는 그 흐름에 역행하려 하고 있소. 문제는 그들이 무림맹을 대표하는 인물들이라는 점이오. 결국 이러한 정황을 바꾸어놓지 않는다면 사평왕은 황태자 유를 중심으로 뭉친 세력은 물론 무림맹으로 대표되는 강호 전체를 상대해야 하지. 애석하게도 어리석은 민심은 황실보다 강호를 따르고 있는 만큼 그것은 큰 부담이오. 그런 까닭에 우리는 어떻게 해서든 강호의 분위기를 바꾸어놓아야 하오. 다만 힘으로 제압하느냐, 아니면 우호적인 세력을 강호의 주인으로 앉히느냐 하는 판단이 필요한 것이지. 호호홋! 장문인, 사평왕은 그 소임을 나에게 맡겼소. 그런데 나는 결국 화산이라는 현명한 문파를 통해 강호와 우의를 맺기로 결정한 것이오. 그런 만큼 백의천 장문인을 무림맹주에 앉히기 위해 무슨 짓이든 할 것이오."

초화공은 갑자기 말을 멈추고 지그시 눈을 감았다. 백발 아래로 드러난 눈가의 주름이 어느새 밝아진 아침 햇빛에 의해 확연히 드러났다. 그 주름은 마치 초화공이 살아오며 만났던 고비고비를 짐작케 해주는 상징물 같았다.

잠시 후 초화공이 다시 입을 열었다.

"장문인! 지금 내 옆에 서 있는 취운은 왜국 최고의 검객이오. 본래는 한인이었으나 다섯 살이란 나이에 왜국으로 건너가 혹독한 훈련을 받으며 성장했지. 나는 이 아이의 아비 덕에 목숨을 구한 적이 있소. 하지만 그 일로 인해 이 아이의 아비는 죽고 말았지. 이 아이를 왜국으로 보낸 것도, 검객으로 키운 것도 나요. 하지만 그것이 잘한 일인지는 모르겠소. 나는 취운을 내 양자로 거두고 싶으나 이 아이는 그것을 거부하는구려. 어느새 검림의 사람이 되어버린 것이지. 호호홋! 그래서 말인데, 이 아이를 화산에서 거두어주었으면 하오."

초화공은 다시 말을 멈춘 후 지긋한 눈길로 백의천을 바라보았다.

백의천으로선 철면피처럼 냉혹한 인물로만 여기고 있던 초화공에게 그런 면이 있다는 것이 내심 놀라웠다. 하지만 워낙 갑작스런 부탁인 만큼 어떻게 대처해야 할지 난감해서 아무 말도 하지 못한 채 망설여야 했다.

그런 백의천의 모습에 초화공은 다시 야릇한 미소를 지으며 말했다.

"호호홋, 장문인! 이 아이를 거두어주신다면 우리의 관계는 단순한 야합이 아닌 혈맹이 될 것이외다. 더구나 앞서 말했던 해결책 모두가 이 아이를 통해 이루어질 것이오. 이 아이는 구소희나 범현 거사를 제거할 수도 있고, 비무대회에 나가 우승을 차지할 수도 있소. 이 아이 역시 가외체이기 때문이오."

초화공의 말에 백의천을 비롯한 모든 이들의 표정이 납빛으로 굳어졌다. 백 년에 한 번 날까 말까 한다는 가외체가 바로 자신들 옆에 있다는 것이 믿어지지 않았던 것이다. 더구나 아미파의 추혼검 구소희 역시 가외체라면, 한 시대에 두 명의 가외체가 현신했다는 말이 된다. 도저히 믿어지지 않는 일이었다.

하지만 얼마 후 백의천의 얼굴로 희색이 자리 잡아가기 시작했다. 다만 그것이 가외체의 현신을 확인할 수 있게 되었기 때문인지, 그 외의 이유 때문인지는 알 수 없었다.

"음… 내가 한번 시험해 보아도 되겠소?"

"홋, 홋하하하하하……!"

백의천의 말에 초화공은 도저히 참을 수 없다는 듯 앙천대소했다.

"오늘 이 초화공이 고명하신 화산 장문인의 십사수매화검법을 구경하게 되었구려. 홋하하하하하! 이런 영광이 있을 수 있나. 홋하하하하!"

평소와는 달리 화통한 웃음을 웃어 젖힌 초화공은 백의천과 취운을 향해 번갈아가며 고개를 끄덕였다.
 자신을 비웃는 듯한 초화공의 웃음이 눈에 거슬렸지만, 백의천은 아무 내색 없이 검각으로 다가가 애검인 매화검을 집어 들었다.
 "따라 나오게!"
 백의천은 짤막하게 한마디 던진 후 방문을 열고 나섰다.
 잠시 생각에 잠겨 있는 듯하던 취운은 초화공을 한번 쳐다보았고, 그가 고개를 끄덕여 보이자 곧 백의천의 뒤를 따라나섰다. 시간은 어느덧 진시(辰時)를 향해 치닫고 있었다.

 "혹 검림지옥(劍林地獄)이란 말을 들어보았는가?"
 백의천은 5장여의 거리에서 자신을 마주 보고 있는 취운에게 나직한 음성으로 물었다.
 화산도장이 내려다보이는 연화봉 정상의 한 공터. 싱그러운 풀잎들이 한줄기 바람에 흔들리며 이슬을 떨구고 있었다. 폐부를 맑게 하는 아침 공기로 인해 새들의 지저귐은 더욱 청명했고, 하늘은 마치 저 혼자 지난가을을 머금고 있는 듯 푸르고 푸르렀다.
 "강호가 바로 그곳이 아니겠습니까?"
 백의천의 맞은편에 서 있던 취운이 무심하게 대답했다.
 "글쎄… 그다지 틀린 말 같지는 않지만, 젊은 자네가 그렇게 쉽게 답할 수 있는 문제 역시 아니겠지. 검림지옥이란 불가에서 말하는 16지옥 중 하나를 말하네. 불효, 불경하고 자비가 없는 자들이 떨어지는 지옥인데, 그곳에는 시뻘겋게 달아 있는 과일이 검수(劍樹)에 주렁주렁 달려 있다고 하지. 그 검수의 숲에서 죄 많은 망자들은 자신의 전생으로 인해 고통에 시달리지. 굶주림에 지쳐 과일을 따 먹으려고 하면 시뻘겋게 달아오른 과일로 인해 손이 익어버리고, 고통스러워 날뛰다 보면 검수(劍樹)에 베어 몸은 만신창이가 된다네."
 백의천은 낭랑한 목소리로 이야기를 하다가 갑자기 말을 멈추었다. 그리고는 검집에서 검을 빼 들었다. 매화검의 날렵한 검신이 햇빛을 받아 눈부시게 빛났다.
 한동안 자신의 검이 내뿜는 빛을 바라보던 백의천이 좀 더 나직한 음성으로 말을 이었다.
 "그런데… 그런데 말일세. 검객들은 자네가 말했던 것처럼 강호를 검림이라 말하며 고독한 삶을 살아가지. 검객이란 어떤 목적으로 검을 집었든 떨칠 수 없는 원죄를 안고 있기 때문일 걸세. 어쩌면 그것은 자신의 검이 앞으로 저지르게 될 살생에 대한 속죄일 수도 있겠지. 그러니 검객은 살생을 두려워할 필요가 없네. 자신은 이미 그 죗값을 치르며 살고 있으니까. 자, 취운. 이제 자네의 검이 지닌 죄의 무게를 보여주게."
 백의천은 희미한 미소를 보이며 검을 든 채 현란한 방위를 밟기 시작했다. 마치 검무처럼 화려한 그 자세는 검에 비친 햇살보다 눈부셨다.
 그 모습을 지켜보고 있던 취운 역시 검집에서 검을 빼 들었다.
 피—릉!
 영롱한 검의 울림과 함께 하늘처럼 푸르디푸른 빛이 뿜어져 나왔다. 취운의 쾌속한 발검으로 인해 마치 화산의 아침이 두 동강 나는 느낌이었다.
 그사이 백의천의 움직임은 마치 운무에 휩싸인 듯 신비롭게 펼쳐지고 있었다. 그리고 어느 순간, 그의 검신이 부챗살처럼 여러 가닥으로 나뉘며 취운을 향해 쏘아져 들어오기 시작했다. 검의 속도가 너무나 빨라 잔영이 보여진 것이다.

취운의 검 역시 찬란한 벽광을 내뿜으며 쏜살같이 백의천을 향해 파고들어 갔다.

취—앙!

둘의 검이 맞부딪치는 순간 섬광이 일었고, 폭사된 검기의 충격으로 인해 두 사람 모두 4, 5장 밖으로 튕겨져 나갔다.

'강력한 검기다. 도저히 약관의 젊은이가 펼쳐 내는 검술이라고는 믿을 수 없다.'

백의천은 입가를 비집고 나오는 가는 핏줄기를 닦아내며 내심 놀라고 있었다. 자신의 십사수매화검법이 한낱 약관의 젊은이에게 막힐 것이라고는 꿈에도 생각지 못했던 것이다. 자신은 무당의 장소천과 함께 검의 일인자로 칭송받고 있는 인물이 아닌가.

백의천은 새로운 방위를 밟으며 검무를 추기 시작했다. 십사수매화검법을 극성으로 펼쳐 내기 위해 전신의 공력을 한 자루의 검에 모으고 있었던 것이다.

하지만 막상 취운은 검을 쥔 우수를 내려뜨린 채 고목처럼 굳어져 있었다. 다만 그의 눈동자가 끊임없이 이어지는 백의천의 보법을 따라 조금씩 움직이고 있었는데, 백의천은 미처 그런 그의 움직임을 알아채지 못했다.

조금씩 빨라지던 백의천의 검무는 굽이굽이 휘어져 돌며 올라가는 산길처럼 정점을 향해 치닫고 있는 듯했다. 그리고 어느 순간, 검은 사라지고 그윽한 매화 향기와 함께 꽃잎인지 눈송이인지 모를 것들이 천

여자 대 여자 41

지를 덮을 듯 쏟아져 나오기 시작했다. 매화검법의 십사수가 극성으로 펼쳐진 것이다.

그것은 황홀한 살기였다. 검신에서 뻗쳐 나온 예리한 검기가 푸근한 환영에 묻혀 취운의 전신을 훑어간 것이다.

하지만 잠시 후 믿지 못할 일이 벌어졌다. 가만히 정지해 있는 것처럼 보이던 취운의 검이 수십 개로 나뉘어지더니 쏟아져 들어오는 백의천의 검기와 맞부딪쳐 나가며 폭사했다.

쿠르릉! 쾅! 쾅! 쾅!

정말이지 이해할 수 없는 일이었다. 취운이 펼친 검법은 분명 백의천과 같은 십사수매화검법이었던 것이다. 다만 초식의 변형이 심해 전혀 다른 검술로 착각할 정도였으나 취운의 검기가 이룬 형태는 분명 흩뿌려지는 매화 그 자체였다.

"헉!"

"흡!"

뿌연 운무처럼 주위를 감싸던 폭사의 여운이 사라진 후 드러난 것은 검을 의지해 간신히 상체를 버티고 있는 백의천과 취운의 모습이었다. 두 사람의 몰골은 처참했다. 옷 여기저기가 찢겨져 나갔으며 찢겨져 나간 옷 사이로 선혈이 흘러내리고 있었다.

"풋하하하하! 취운이라, 가외체라……! 자네가 손속에 사정을 두었군 그래. 풋하하하하!"

백의천은 산발이 된 머리카락을 쓸어 올리며 웃음을 터뜨렸다. 하지만 그 웃음은 더없이 공허하고 허탈한 것이었다.

"이제껏 이러한 검법은 경험해 본 적이 없습니다. 화산 검법의 심오함에 고개가 숙여질 뿐입니다, 사부님! 크흡!"

취운은 힘겨운 기침과 함께 검붉은 핏덩이를 토해냈다. 아무리 가외 체라지만 약관의 몸에 쌓인 내공으로 감당하기 어려운 검법을 시전한 탓에 내장이 요동을 치고 있었던 것이다.
 "풋하하하하! 사부님이라? 화산의 홍성이 내 대에서 이루어지겠구나. 풋하하하하!"
 더 이상 망설일 이유가 없었다. 백의천은 취운을 문하로 거두기로 결심했다. 어쩌면 이미 자신의 경지를 넘어서 있을 두려운 후학에게 화산의 장래를 맡기기로 한 것이다.
 두 사람의 비무는 그렇게 처절하고 화려하게 끝을 맺었다.

2장
네놈이 책임을 지거라

결혼이란 제도의 존재 양식은 폭력이다.
사회적 강요와 억압이다.
결혼은 남자와 여자 모두를 종속시킬 뿐이다.
결코 사랑과 연관된 존재 양식은 아니다.

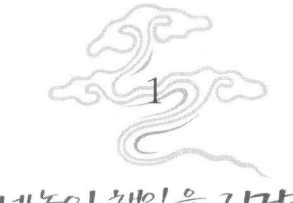

네놈이 책임을 지거라

"석금아?"

"응, 영감."

"저 녀석이 분명 양해구의 친구였단 말이지?"

"응. 해구신 할아버지가 물구나무서서 죽으면서 분명히 그랬다. '석금아, 깜구는 내 친궁께 내가 죽어도 슬퍼하지 말어다구. 내가 보고 싶으면 깜구를 봐다구!'"

"정말 그랬단 말이지?"

"응. 그래서 나는 안 울었는데 깜구는 해구신 할아버지 죽었다고 너무 슬퍼서 펑펑 울었다. 그리고 사흘 동안 좋아하던 풀도 먹지 않았다. 깜구는 정말 해구신 할아버지 친구고 가슴으로 사는 개다."

"석금아, 해구신이 아니라 양해구니라."

"그거 도찐개찐이다."

"음… 그런데 석금아, 한 가지 정말 궁금한 게 있거든."
"뭐든지 다 물어봐라, 영감."
"왜 양해구는 할아버지고 나는 영감인고?"
"영감, 그것도 도찐개찐이다."
"…석금아, 한 가지 더 궁금한 게 있는데……."
"또 뭐야, 영감?"
"개도 펑펑 우냐?"
"……."

평소와 다름없이 깜구는 마당 앞 수풀에서 한가롭게 풀을 뜯어 먹고 있었다. 하지만 그 풍경을 바라보는 인물들은 그다지 한가롭거나 마음 편하지 않았다.

산채 앞에는 일소천과 주유청, 무산, 석금이가 나란히 앉아 있었는데, 깜구를 둘러싼 이들의 이해 관계가 복잡하게 얽혀 있었던 것이다.

한편 산채 안에서는 나머지 일행들이 곯아떨어져 있었다. 오랜 여행으로 인해 피로가 누적되어 있었던 것이다.

배은망덕 이편의 걱정과는 달리, 지난밤 소뢰가 이끄는 초혼야수의 엄습은 없었다. 일소천 일행은 곧장 무산과 석금이가 머물고 있던 산채로 옮겼고, 그동안의 이야기를 주고받느라 날이 새는 줄도 몰랐다.

무산은 벽운산에서의 혈겁을 시작으로 돈수정, 농귀와 엽수, 초혼야수 등 악연의 연속이었던 지난 한 달여간의 일을 일소천에게 들려주었다. 마침 돈수정과 방초는 일찌감치 옆방에 들어 신경전을 벌인 덕에 무산은 마음 놓고 자기 편한 대로 이야기를 부풀리기도 하고 비틀기도 했다.

무산의 이야기를 다 듣고 난 일소천은 난감하기 그지없었다. 자신이 비록 천하제일이기는 하지만 제자 하나 잘못 둔 탓에 엉뚱한 일에 휘말리게 되었음을 깨달은 것이다.

사실 일소천이 용문파를 연 것은 무슨 큰 뜻이 있어서는 아니었으나, 이왕 시작한 만큼 강호에 이름을 떨쳐야 한다는 강박에 시달리고 있었다. 과거 자신의 명성에 대한 자부심으로 살아온 그였기 때문이다.

비록 낭만과 계휼에 패하기는 했으나 그것은 자신의 용등연검법이 약했기 때문이 아니다. 낭만과 계휼이 좀 더 젊었던 것뿐이다. 그러므로 자질이 뛰어난 제자를 거두어 자신의 무공을 잇게 한다면 자신의 대에서 이루지 못한 천하제일의 꿈을 실현할 수 있으리라 믿고 있었다. 그런데 제자들은 영 그의 기대에 미치지 못하고 있었다.

"무산아!"

고민스런 표정으로 깜구를 바라보던 일소천이 입을 열었다.

"예, 사부."

"저 녀석이 분명 네 목숨을 구했단 말이렷다?"

"예, 제 생명의 은인이죠. 게다가 네 발 달린 짐승에 대한 사랑이 얼마나 각별한지 마치 부처가 개로 현신한 게 아닐까 하고 가끔 생각할 정돕니다."

무산은 아주 나긋나긋한 목소리로 대답했다. 그 역시 깜구에 대해 상당히 애정을 가지고 있었던 만큼 일소천의 모진 마음을 여리게 할 만한 대답을 찾아내고 있었다.

일소천 일행이 이 산골까지 오게 된 이유가 깜구에게 있다는 이야기를 들은 이후 무산과 석금이는 그들을 경계하지 않을 수 없었다. 특히 무산은 일소천이 한번 마음먹은 일, 한번 약속한 일은 무슨 일이 있어도 해내고야 마는 성격이라는 것을 잘 알고 있었다. 그런 만큼 더욱 적극적으로 깜구를 변호할 수밖에 없었다.

"허허, 그것참 고민이로고!"

일소천은 주먹으로 자기 머리를 툭툭 치며 한숨을 내쉬고 다시 머리를 툭툭 치다가 이내 난감한 표정을 지으며 말했다. 바로 옆에 주유청이 앉아 있었으므로 자신이 고뇌하는 모습을 가장 적나라하게 보여주어야 했던 것이다.

"사부, 설마 제자 목숨 구한 개를 개장국으로 만드시진 않겠지요?"

무산은 일소천의 얼굴을 빤히 들여다보며 방긋 웃었다.

용문마을의 처녀들을 한 방에 보낸 그 미소. 하지만 일소천은 귀찮다는 듯 발바닥으로 무산의 얼굴을 밀어내며 무심하게 말했다.

"내가 왜 못 그럴 거라고 생각하는고?"

"예?"

"저놈의 개가 양해구의 친구만 아니었더라도 당장 작대기에 꿰어버렸을 것이니라."

일소천은 과거 자신과 비무를 겨루었던 양해구의 모습을 떠올리며 애잔한 음성으로 대꾸했다. 마치 무산의 말은 소가 우는 소리쯤으로 넘겨듣는 듯한 자세였다.

일소천의 그런 태도에 무산은 은근히 열이 뻗쳐 오르기 시작했다.

"깜구가 제 목숨을 구.했.대.두.요!"

무산은 산채가 떠나갈 듯한 목소리로 크게 소리를 내질렀다.

그의 머리로 한순간 지난 두 달여간의 일이 주마등처럼 스쳐 지나갔던 것이다.

타향에서 낯선 사람들로부터 받아온 멸시와 설움, 목숨을 담보로 한 모험, 위기! 그때마다 자신을 강호에 내보낸 사부 일소천을 원망했었다. 하지만 그만큼 그리워하기도 했다. 그런데 막상 일소천은 죽음의 고비를 넘기고 살아남은 자신을 찬밥처럼 대하고 있다. 무산이 화가 난 것은 바로 그런 이유들 때문이었다.

하지만 이번에도 일소천은 심드렁한 눈길로 무산을 쳐다보았다. 그리고는 맥없는 소리만을 늘어놓았다.

"이 녀석아, 아무리 그래도 개는 그냥 개이고, 그래서 개소리를 듣는 것이니라."

"개가 어때서요!"

"이런 썩을 놈, '개 눈에는 똥만 보인다', '개하고 똥 다투랴', '개꼬리 3년 두어도 황모 못 된다', '개방귀 같다' 등등 개 들어간 속담치고 우아한 것이 있더냐? 개 못된 것은 들에 가 짖는다더니 저 깜구란 놈이 쓸데없이 밥벌거지를 구해놓은 것이지. 에헤엠! 더 읊어주랴? '개 같은 짓거리', '개뿔도 없는', '개부랄', '개굴개굴······.'"

일소천은 손가락으로 목 언저리를 긁으며 뭔가를 더 곰곰이 생각하려는 눈치였다. 그 모습이 또 무산의 염장을 지르고 있었다.

"그만 하시죠, 사부님. 아무리 그래도 그렇지, 제자 목숨 구한 걸 쓸데없는 짓거리에 비유하시다니······."

"명예도 모르는 색마 놈은 비명횡사하는 것이 바람직하거늘, 한낱 개 주제에 천명을 거슬렀으니 그게 개짓거리 아니고 무엇이던고?"

일소천 역시 나름대로 맺힌 것이 있었으므로 쉽게 물러설 수 없었다.

분명히 강호에 나가 용문파의 명성을 드높이라 했거늘, 무산은 사고만 저지르고 쫓겨온 것이다. 일소천으로선 제자라고 길러놓은 무산이 영 성에 차지 않았다.

"색마라니요?"

"순진한 처자를 겁탈한 놈이 색마가 아니고 무엇이더냐? 명예를 안다면 똥통에 빠져 혀를 깨물고 죽을 일이로다."

일소천은 되는대로 마구 지껄여 댔다.

마침 그때 두 사람의 대화를 듣고 있던 석금이가 빤히 그들을 쳐다보았다. 석금이로선 모처럼 만난 사제지간의 모습이 왠지 이상하게 보였던 것이다. 게다가 자기가 두목으로 모시고 있는 무산이 점점 초라해지고 있는 것이 안타깝기도 했다.

그런 석금이의 눈빛을 읽은 무산은 더 이상 참고 있을 수만은 없었다. 이 세상에 단 한 사람, 자신을 존중해 주고 충성을 바치는 석금이 앞에서 망신을 당한 것이 분통 터졌던 것이다.

"사부님, 노망날 나이라고 함부로 말씀하지 마세요. 그동안 사부님 먹여 살린 공로를 생각해서라도 그렇게 섭하게 말씀하시면 안 되죠. 그리고 돈수정, 저 계집이 순진한 처자라구요? 방초랑 살다 보니 여성에 대한 편견과 오해가 생기셨나 본데, 깜구도 안 물어갈 말 그만두시죠! 사부님하고 똥 다툴 마음도 없고, 사부님 방귀 같은 말씀을 더 듣고 싶지도 않아요. 저도 이제 독립하겠습니다!"

쿠쿵!

최후의 보루였다. 독립! 머리가 굵어진 이후 무산과 무랑이 일소천을 상대함에 있어서 가장 극적인 무기는 독립이었다. 제자라고는 달랑 그들 둘뿐이었으므로 독립이란 말이 나올 때마다 일소천은 오금을 저려야 했다. 무산과 무랑의 독립은 곧 용문파의 봉문을 의미하는 것이었기 때문이다.

다만 그것도 너무 자주 써먹다가는 매타작에 죽어날 것이 뻔했으므로 무산과 무랑은 결정적인 순간 외에는 독립이란 말을 좀체 입 밖에 내지 않았다.

'흠… 근 6개월 만에 써먹는 말이니 어느 정도 약발이 받겠지? 흠, 흠, 흠!'

무산은 거만한 눈길로 일소천을 빤히 쳐다보았다.

하지만 일소천은 입꼬리를 말아 올리며 기분 나쁜 웃음을 흘렸다. 뭔가 심상치 않은 말을 준비하고 있음이 분명했다.

"음… 그래, 네놈도 나이가 찼으니 더 이상 내 밥을 축내선 안 되겠지. 어쩌랴, 내가 수정이를 깨워줄까나? 마침 배필도 생겼으니 당문의 사위로 들어가 한평생 머슴처럼 살아가려무나. 풋하하하하!"

일소천은 아주 통쾌한 웃음을 쏟아내며 무산의 표정을 살폈다. 그로서는 이미 무산의 약점을 눈치 채고 있었던 것이다.

사실 일소천은 지난밤 무산의 이야기를 들으며 감정이 수시로 교차하는 것을 느꼈다. 불쌍한 고아를 거두어 그런대로 쓸 만한 젊은이로 키웠고 이젠 장가를 들이게 되었다는 생각에 뿌듯한 자부심이 드는 한편, 무산을 당문의 데릴사위로 주어야 한다는 아쉬움 때문에 마음 한구석이 허전하기도 했다.

일소천은 무산이 걱정하듯 당문의 살수로 인해 어떤 보복을 받을까 노심초사하지는 않았다. 그의 자부심은 당문 따위를 염두에 두고 있지 않았기 때문이다. 다만 의도적인 것은 아니었을지라도 남의 여식을 취한 만큼 무산은 그에 합당한 대가를 치르는 것이 마땅하다는 생각이었다. 그러자면 돈수정의 요구대로 당문의 데릴사위로 들어가는 것이 무난한데, 당문의 성격을 아는 그로서는 은근히 근심이 되는 부분도 있었다.

'흠, 네 녀석이 당문에 들어가 잘 버텨낼 수 있을지 걱정이로구나.'

한순간 일소천의 눈가에 애잔한 사랑이 담겨지고 있었다. 일소천은 행여 그 눈빛을 무산에게 들킬까 싶어 얼른 주유청에게로 고개를 돌렸다. 그는 의외로 쑥스러움이 많은 늙은이였던 것이다.

무산이 일소천의 눈가에 자리 잡은 닭살 돋는 눈빛을 발견한 것도 그 순간이었다.

'젠장할! 새로운 제자가 생겼다 그거군! 그것도 북경반점 주인 동생 놈이라니 식탐 많은 늙은이가 오죽이나 행복할까.'

앞뒤 사정 모르는 무산으로선 오해할 만도 했다.

"사부님 뜻이 정 그렇다면 오늘부로 독립을 선언하겠습니다. 그동안 보살펴 준 은혜 백골난망입니다만, 저도 사부님 먹여 살리느냐고 허리가 휘어지게 일했으니 쌤쌤이라고 생각하겠습니다. 부디 북경반점 음식 많이 드시면서 행복하게 살다 돌아가십시오."

무산은 일소천에게 예를 갖추어 절하며 가시 박힌 인사를 올렸다.

"그리고 깜구는 분명히 임자가 있는 개니까 함부로 하실 생각 마세요. 깜구는 석금이가 일곱 살 때도 석금이 개였고, 석금이가 스무 살 때도 석금이 개였습니다. 개장국으로 만드느냐 마느냐는 석금이가 결정할 문젭니다."

뒤늦게 생각났다는 듯 일소천에게 추가로 당부의 말을 전한 무산은 바로 옆에 앉아 있던 주유청을 빤히 쳐다보았다. 나이는 대략 30대로 보였으나 순박한 인상 때문인지 꽤나 만만하게 보였다. 그런 만큼 무산은 결코 그냥 지나칠 수 없었다.

"자네, 유청 사제라고 했는가? 내가 비록 자네보다 열 살가량 어리고 독립을 하는 마당이긴 하나 한번 사형은 영원한 사형이니까, 길거리에서라도 우연히 만나게 되면 꼬박꼬박 인사하게나."

무산은 주유청의 머리를 쓰다듬으며 아주 거만하게 말했다.

그것으로 모든 인사는 끝난 셈이었다. 하지만 무산은 좀체 발길을 뗄 생각을 하지 않았다. 갈 곳이 없었던 것이다. 좀 아니꼽긴 했지만 어떻게 해서든 사부 그늘에 머물러 있는 것이 제일 안전하다는 것을 인정할 수밖에 없었다.

이제껏 멀뚱히 무산의 행동을 지켜보던 일소천은 한심하다는 듯 혀를 차다가 허리에 차고 있던 채찍으로 무산의 어깻죽지를 한 대 갈기며 소리 질렀다.

"그놈의 주접은 여전하구나! 에히잉, 버르장머리없는 놈. 깜구를 개장국으로 만들 일은 없으니 냉큼 주저앉거라. 그리고 숨도 쉬지 말고 고개를 처박은 채 사부의 말을 경청하거라. 이제부터 이 사부님이 네놈도 살고 깜구도 사는 비책을 일러주겠느니라."

일소천은 한 손으로 수염을 쓰다듬으며 다시 한 번 고민스런 표정을 지었다. 이번 표정 역시 주유청을 의식한 것임이 분명했다.

하지만 잠시 고민하는 척하던 일소천의 머리로는 곧 양해구의 모습이 스쳐 지나갔다. 깜구와 양해구의 이야기를 들으면서부터 아련히 그의 기억이 떠올랐던 것이다.

일소천은 무산과 주유청의 눈길엔 아랑곳없이 양해구와 비무를 겨루던 40여 년 전으로 되돌아가고 있었다.

40여 년 전, 가을이 끝나가는 천진의 한 거리. 환갑을 갓 넘긴 일소천은 자신보다 10여 살 어린 개방 방주 양해구와 팽팽한 긴장을 이루며 대치하고 있었다.

변방에 근접한 도시였던 만큼 왁자지껄한 상인들의 호객 행위와 이국에서 온 보따리 장사꾼들의 어색한 발음이 저자를 가득 메우고 있었다.

일소천과 양해구가 대치하고 있는 저잣거리의 한 중심에는 몽고인들 특유의 말 비린내가 곳곳에서 풍겨나는 가운데 요령 지역을 거쳐 멀리 조선에서 온 상인들이 노점을 차린 채 인삼을 팔기도 했고, 드물게는 색목인들까지 지나다니며 유난히 북적거리고 있었다.

하지만 그런 북적거림은 시간이 지나며 잠잠해졌고, 대신 한 무리의 거지 떼가 빙 둘러싸서 만든 작은 공간으로 사람들의 시선이 모여들기 시작했다.

승신검이란 건방진 외호만으로도 대략 짐작할 수 있듯, 당시 일소천은 안하무인의 사고뭉치였다. 일단 자신이 점찍은 강호고수가 있는 곳이라면 시간과 장소를 가리지 않고 무작정 찾아가 비무를 겨루었던 것이다.

마침 그날 양해구는 자신의 부하들과 저잣거리를 돌며 동냥을 일삼고 있었는데 느닷없이 일소천이 나타나 비무를 청했다.

대개의 경우 일소천으로부터 비무 신청을 받은 고수들은 한적한 곳으로 옮겨 승부할 것을 원했다. 아직 승신검의 이름이 없을 때 그를 얕보고 그 자리에서 즉시 검을 날렸던 자들 대부분이 일 다경을 채 넘기지 못하고 무릎을 꿇음으로써 씻을 수 없는 치욕을 경험했고, 그런 소문은 어느새 강호에 파다하게 퍼지게 된 것이다.

그 이후 승신검의 소문을 들은 이들은 일소천과 마주쳤을 때, 혹 자신이 패할 것을 두려워해 사람들을 물리고 조용히 비무를 겨루고자 했다.

하지만 양해구는 달랐다. 일소천이 부하들을 밀치며 느닷없이 나타나 비무를 청했을 때 얼마간 당혹스런 표정을 짓기는 했으나 곧 유쾌한 웃음을 터뜨린 후 그 자리에서 타구봉을 거머쥐었다. 그리고 뜬금없는 말을 내뱉었다.

"그대가 승신검이오? 나와 비무를 겨루시겠다? 하하, 하지만 어쩌리까. 전대 방주께서 말씀하시길 타구봉은 개를 잡는 데만 쓰라고 했으니, 내가 이것으로 귀하를 패기 위해선 우선 귀하께서 개라는 것을 증명해야 하오. 자, 귀하께서 그것을 증명하기 전까지 나는 결코 움직이지 않을 것이니, 나를 잡아먹든 삶아먹든 마음대로 하시구랴."

양해구는 말을 마친 후 일소천에게 타구봉을 겨눈 그 자세 그대로 미동도 하지 않았다.

일소천은 당황하지 않을 수 없었다. 이제껏 숱한 인물들과 비무를 겨루는 동안 승신검이란 명성을 두려워해 비무를 피하는 인간들도 많이 만나보았다.

그들이 일소천과의 비무를 거부하는 명분이나 태도의 유형은 여러 가지였다. 부하들을 시켜 떼로 덤비거나 무작정 달아나는 사람들도 있었고, 이유없이 검을 들 수 없다며 짜증을 내는 사람들도 있었다.

하지만 대부분 그의 끈질긴 요구에 밀려 어쩔 수 없이 비무를 겨루거나 검을 내던진 채 기권을 하는 것으로 승부가 났다.

그런데 양해구의 방식은 상당히 난해했다. 자존심 하나로 살아온 일소천이 개가 될 수도 없는 노릇이고, 무방비 상태의 양해구를 공격할 수도 없었던 것이다.

일 다경, 이 다경… 시간은 흘러 한 시진이 다 되어갔고, 그사이 지친 구경꾼들이 자리를 떠나고 있었지만 일소천은 양해구에게 검을 겨눈 처음의 그 자세 그대로 굳어 있을 수밖에 없었다.

"양 방주! 익히 명성은 들어 알고 있었으나 참으로 깊고 큰 사람이구려. 하지만 나 일소천, 한번 마음먹은 일은 하늘이 무너져도 하고 마는 사람이니 그만 포기하고 승부를 겨룹시다. 양 방주께서 허락을 하기 전까지 나는 사흘 밤낮 동안이라도 이 자세 그대로 멈춰 있겠소."

근 세 시진이 지난 후 일소천은 코끝에 매달린 땀방울을 입으로 불어내며 자신의 결연한 의지를 양해구에게 전했다. 그것이 실수였다.

"그렇다면 뜻대로 하시구랴. 내 생각이야 변함이 없을 것이나 귀하의 뜻이 그러니 어디 한번 그대로 사흘 밤낮을 견뎌보시오. 하지만 나와 정 겨루고 싶다면 차라리 개가 되는 것이 빠를 터인데… 쯧쯧쯧!"

말을 마친 양해구는 일소천에게 겨누었던 봉을 거두더니 그대로 돌아서서 제자들과 함께 인파 속으로 사라졌다.

"……."

완패였다. 일소천은 검을 거두어야 할지 말아야 할지 판단이 서지 않았다. 자신이 방금 전 한 말을 어떤 식으로 해석해야 할지 몰랐던 것이다. 자기 무덤 판다는 이야기가 딱 들어맞는 경우였다.

'내가 사흘 밤낮을 이러고 있겠다고 했던 건가, 아니면 그럴 수도 있다고 했던 건가?'

일소천은 어둠이 저자를 덮어갈 때까지 손가락 하나 까딱하지 않은 채 그 자세 그대로 멈춰 서서 생각에 잠겨갔다.

'내가 이러고 사흘 동안 버티면 양해구가 나와 겨루어준다고 했던가, 아니면 내가 이러고 있거나 말거나 겨루지 않겠다고 했던가?'

시간은 자꾸만 흘러 어느덧 자시가 되었고, 이제 저자에는 사람의 그림자조차 찾아볼 수 없었다. 하지만 일소천은 양해구란 놈이 어딘가에 숨어 자신을 지켜볼지도 모른다는 생각에 미동도 할 수 없었다.

천진 시내에 그해의 첫눈이 내린 것도 하필이면 그날이었다. 가을은 완전히 쫓겨나 버리고 냉혹한 북풍과 함께 여인의 한처럼 매서운 눈발이 날리기 시작한 것이다.

'내가 사흘 밤낮을 이러고 있겠다고 했던 건가, 아니면 그럴 수도 있다고 했던 건가? 내가 이러고 사흘 동안 버티면 양해구가 나와 겨루어 준다고 했던가, 아니면 내가 이러고 있거나 말거나 겨루지 않겠다고 했던가? 정말 양해구가 숨어서 나를 보고 있을까, 아닐까? 그나저나… 내가 왜 이렇게 살아가고 있는 걸까? 생로병사의 고리를 끊어버릴 수 있는 것은……?'

싯다르타가 괜히 고행을 한 것이 아니었다. 달마가 괜히 면벽을 한 것이 아니었다. 그날 밤 석상처럼 굳어진 채 첫눈을 맞으며 일소천은 별의별 생각을 다했다. 그리고 새벽녘이 되었을 때 그는 비로소 해탈이 아닌 허탈을 경험했다. 다행히 허탈 뒤에는 깨달음이 있었다.

'일소천은 일소천이고 개는 개다! 양해구는 양해구고 타구봉은 타구봉이다!'

그 순간, 동녘을 물들이며 찬연히 떠오르는 아침의 태양!

"이야―아! 일소천은 일소천이고 개는 개다! 양해구는 양해구고 타구봉은 타구봉이다!"

일소천은 천진 시내가 울릴 만큼 크게 소리를 내지른 후 삐거덕거리는 팔과 다리를 열심히 휘저으며 개방 본부를 향해 달려갔다. 그리고 밤새 편한 잠에 들고도 여전히 곯아떨어져 있는 양해구를 깨워 말했다.

"양해구! 너, 강룡18장으로 덤벼!"

지난날을 회상하던 일소천의 입가로 희미한 미소가 번졌다.

그날 아침, 양해구는 질렸다는 표정으로 일소천의 비무 신청을 받아들였고, 혼신의 힘을 쏟아 부어 강룡십팔장을 펼쳤다. 그러나 그 싸움은 일소천의 승리로 판가름났다. 비록 양해구가 뛰어난 자질을 가지고는 있었으나 늦은 나이에 개방에 입문한 탓에 방주 직에 오른 지도 채 1년이 되지 않은 상태였다. 즉, 강호에 난 명성과는 달리 타구봉법과 강룡십팔장이 빛을 보기엔 이른 시절이었던 것이다.

반면 일소천은 무르익을 대로 무르익어 있었고 타고난 승부사였다. 그들의 일전은 채 한 식경을 넘기지 못하고 끝나 버렸다.

하지만 양해구는 싸움이 끝난 이후에도 대인다운 면모를 보여주었다. 거지에게 있어 세상의 모든 사람은 친구인데, 그중에서도 자신의 오만함을 꺾어준 친구는 피를 나눈 형제나 다름없다며 의형제를 맺자고 제의한 것이다.

친구! 형제! 일소천에게 있어 그때까지 그런 존재는 세상에 한 명도 없었다.

비록 그날 이후 양해구를 다시는 만나지 못했으나 그가 남긴 깊은 인상은 일백의 나이에 즈음한 지금까지도 뚜렷하게 남아 있었다.

'깜구 역시 양해구의 친구였단 말이지?'

일소천은 다시 한 번 희미한 미소를 배어 물었다. 그는 지금 이 순간 또 하나의 깨달음을 얻은 것이다.

양해구와 헤어진 후 강호를 주유하던 끝에 낭만과 계휼에게 패했을 때, 그가 스스로도 이해할 수 없을 만큼 담담할 수 있었던 것은 어쩌면 양해구가 가르쳐 준 형제애 때문이었을지도 모른다는 생각! 일소천의 눈에 새삼 세상이 아름답게 보였다.

"사부님, 무슨 말을 해야 경청할 거 아니에요! 혹시 비책이 없는 거 아니에요? 고개 아파 죽겠어요. 빨리 살길을 일러주세요!"

고개를 무릎 사이에 처박은 채 묵묵히 일소천의 말을 기다리던 무산이 더 이상은 참지 못하겠다는 듯 소리를 질러댔다. 그로 인해 일소천은 비로소 상념에서 벗어날 수 있었다.

휘리릭, 착!

"으허헉!"

일소천의 채찍이 허공을 갈랐고 뒤이어 무산의 비명이 터져 나왔다.

"이놈아, 내가 숨도 쉬지 말라고 했지! 네놈이 죽을 때까지 기다렸다가 비책을 일러주려고 했느니라. 에히힝, 가볍고 작은 놈!"

잠시 아름답던 일소천의 세상은 무산으로 인해 그렇게 무너져 내리고 있었다.

2
네놈이 책임을 지거라

두—우웅! 두—우웅!

사천성 서부의 아미산. 황금빛 노을이 대웅전을 물들일 무렵 팔괘가 그려진 거대한 동종이 장엄한 아미산의 정적을 깨뜨리며 울고 있었다.

잠시 후 비구니들이 청아한 음성으로 염불을 외기 시작했고, 그 소리에 익숙해진 숲의 짐승들이 고개를 들어 대웅전 처마에 걸린 풍경을 쳐다보았다. 마치 물살을 헤치며 시원을 향해 거슬러 올라가는 물고기처럼 풍경에 걸린 쇳조각이 맑은 소리를 내며 바람의 결을 가르고 있었고, 노을은 어느새 아미산 전체를 뒤덮고 있었다.

"차 맛이 그만입니다그려."

아미의 제자들이 불당에 모여 낭랑하게 염불 외는 소리를 귓전으로 흘려보내며 사내가 입을 열었다.

머리를 단정히 묶고 의관을 정갈하게 차려입어 얼마간 신수가 훤해지긴 했지만 사내는 분명 두어 달 전 귀수삼방과 일전을 치른 파검 구용각이었다.

술에 절어 늘 얼굴이 붉게 물들어 있던 과거와는 달리 그의 얼굴엔 취기가 없었다. 하지만 거무튀튀하게 죽어버린 얼굴빛만으로도 그의 건강이 그다지 좋지 않다는 것을 짐작할 수 있었다.

"혈루검으로부터 칭찬을 들으니 기분이 그다지 나쁘진 않군요. 그래, 이제 몸은 좀 나아지셨나요?"

사내의 맞은편에 앉아 차를 마시고 있던 늙은 여승이 살짝 웃으며 대답했다. 하지만 어딘가 껄끄러운 느낌이 전해지는 웃음이었다.

"흠, 적선 사미의 간호가 있었는데 그까짓 독이 얼마나 버티겠소. 이제 몸도 어느 정도 나아졌으니 그만 돌아가야 하지 않을까 싶습니다그려. 아무리 네 밥 내 밥 없는 절밥이라지만, 부처님도 내가 먹는 밥은 아까워하실 것 같아서. 하하하!"

구용각 역시 늙은 여승과 마찬가지로 묘한 느낌이 전해지는 말투로 대답했다. 구용각과 적선 사미! 그들은 지난 두 달여 동안 늘 이런 방식으로 대화를 주고받았다.

두 달 전 귀수삼방과의 일전에서 구용각은 심각한 부상을 입었다. 허수가 내지른 단필에는 해독이 쉽지 않은 두꺼비 독이 묻어 있었고 출혈도 심했다.

하지만 구용각은 그 몸으로 아미산까지 쉬지 않고 달려, 사흘 만에 풍경 소리 고즈넉한 아미파의 불전에 당도할 수 있었다. 그리고 몽롱하게 흐려지는 정신을 미처 다잡지 못하고 그대로 쓰러져 버렸다. 출혈이 지나치게 많았던 것이다.

낯선 남자의 등장으로 갑자기 소란이 일자 기어코 적선 사미가 나서게 되었는데, 적선 사미 역시 처음에는 구용각을 알아보지 못했다. 온몸을 피로 적신 구용각은 산발한 머리가 얼굴을 덮어 그 생김새를 온전히 드러내지 못했기 때문이다.

하지만 구용각이 한 손에 꼭 쥐고 있던 귀고리를 보는 순간 적선 사미는 낯빛을 굳힐 수밖에 없었다. 그제야 그 처참한 몰골의 사내가 누구인지 기억해 낼 수 있었던 것이다.

구용각! 그가 15년 전 자신을 찾아와 딸 접몽을 맡기던 순간부터 적선 사미는 기어코 오늘 같은 날이 찾아올 줄 알고 있었다.

당시 구용각은 아내인 야란을 칼로 내려친 후 강호에서 살인을 거듭하다가 무림공적으로 지목되어 쫓겨다니는 신세였다. 그러던 어느 날 몽골 변방의 사막에서 무림맹의 고수들과 싸우던 도중 모래폭풍에 휘말려 사라졌었다. 그 후 강호에서는 구용각을 죽은 인물로 여기고 더 이상 그를 쫓지 않았다. 무림 각 파 역시 구용각과는 껄끄러운 관계에 있었으므로 어느 누구도 그 일을 더 물고 늘어지고 싶어하지 않았던 것이다.

구용각 역시 그날 이후 강호에 자신의 모습을 드러내지 않았다. 그런 만큼 파검 구용각은 완전히 죽은 인물로 처리되었다. 간혹 사막에서 그의 모습을 보았다는 이야기가 떠돌긴 했으나 무림에서는 그 이야기를 그냥 바람처럼 스쳐 보냈을 뿐이다. 한 사나이의 슬픔을 그렇게 묻어주자는 묵계였을지도 모른다.

그런데 채 반년도 지나지 않아 구용각이 적선 사미 앞에 모습을 드러낸 것이다.

한밤중 어린 딸 접몽을 품에 안고 월담해서 적선 사미의 처소로 잠입한 구용각의 심신은 퍽 지쳐 있었다. 옷은 해질 대로 해져 있었고 온몸에서 심한 악취까지 풍겨났다. 하지만 더욱 심각한 것은 접몽의 상태였다. 세 살 난 아기가 감당하기에는 너무나 버거운 여정이었을까, 접몽은 온몸이 불덩이처럼 뜨거웠고 당장이라도 멎어버릴 것처럼 호흡이 불규칙했다.

"내가 찾아올 곳은 이곳밖에 없었소!"

구용각은 적선 사미 앞에 무릎을 꿇고 고개를 숙인 채 울먹이며 말했다. 그가 왜 굳이 아미파를 찾아온 것인지 적선 사미는 알 수 없었다. 그리고 무림의 공적인 혈루검, 아니, 파검 구용각을 어떻게 상대해야 할 것인지도 생각할 수 없었다. 다만 어떻게 해서든 당장 꺼져 가는 어린 생명을 살려야겠다는 생각뿐이었다. 그녀는 구용각으로부터 접몽을 넘겨 받은 후 밤새 심혈을 기울여 치료하고 간호했다.

한순간 한순간이 고비였다. 적선 사미의 뛰어난 의술이 아니었다면, 그리고 조금만 더 늦었더라면 접몽은 싸늘한 주검으로 변해 버렸을지도 모를 일이었다. 하지만 천우신조로 접몽의 숨결은 점차 안정을 되찾아갔다.

문풍지를 뚫고 들어온 미명이 화색을 되찾은 접몽의 얼굴을 비칠 즈음, 적선 사미는 이마로 흐르는 땀을 닦아내며 주위를 둘러보았다. 그리고 그제야 이제껏 자기 옆에 머물러 있던 구용각의 모습이 보이지 않는다는 것을 깨달았다.

적선 사미는 기력이 쇠한 접몽을 위해 진기를 주입하고 있었는데 그 사이 구용각이 자취를 감춘 것이다. 대신 그가 앉아 있던 자리에 곱게 빛을 발하고 있는 진주 귀고리 하나만이 놓여 있었다.

이후 구용각은 아미파를 찾지 않았고 적선 사미는 접몽에게 소희라는 새 이름을 지어준 후 제자로 거두었다. 접몽을 치료하던 중 그 아이가 가외체임을 알게 된 적선 사미는 퍽 오랫동안 고민해야 했다. 만약 그 아이에게 무공을 가르친다면 무림의 판도를 바꾸어놓을 수 있는 고수가 될 것이나, 행여 아비나 어미를 닮아 아이의 심성이 곧지 못하다면 무림은 피바다로 변할 수도 있다는 것을 잘 알고 있었던 것이다.

적선 사미는 비로소 구용각이 왜 자신을 찾아온 것인지 어렴풋이 짐작할 수 있었다.

자신이 보았듯 접몽, 즉 소희는 무공을 위해 태어난 가외체였고 여아였다. 하지만 구용각은 무림 각 파의 젊은 고수들이 아내 야란과 놀아났던 일을 뼈에 사무치게 기억하고 있었으므로 더 이상 그들을 상대하고 싶지 않았을 것이다. 그러므로 그녀에게 무공을 전수해 줄 수 있는 무림문파 중 은원도 없고 남자도 없는 아미파에 자신의 친딸을 위탁하고자 했던 것이다.

적선 사미는 고민 끝에 소림의 범현 거사에게 소희에 관한 문제를 논의했고, 범현은 친히 아미파까지 걸음해 그녀의 신체를 살폈다. 이후 두 사람은 몇 년간 무공의 기초만을 가르치며 그 아이의 심성을 관찰하기로 했다.

소희의 나이 아홉이 되던 해, 드디어 두 사람은 소희를 두 사람 모두의 제자로 거두어 자신들의 절기를 전수하기로 합의했다. 그녀의 심성에 대한 믿음이 확고해졌던 것이다.

소희는 소불(小佛)이라 할 만큼 심성이 맑고 사려 깊은 아이였다. 걸음을 옮길 때도 길가의 벌레가 다치지 않게 조심조심 걸었고, 남을 배려하는 마음이 컸으며, 누군가를 미워하지 못하는 성격이었다.

적선 사미와 범현 거사가 기대했던 대로 소희는 빠른 무공의 성취를 보이며 일취월장했다. 하나를 보면 열을 헤아렸고, 둘을 보면 그 이후의 것을 보지 않고도 알았다. 적선 사미는 소희를 통해 아미의 무공이 지닌 진정한 아름다움과 힘을 보았다. 마치 그녀 자신이 소희의 제자가 된 듯 그녀를 통해 이제껏 깨닫지 못하고 있던 초식의 비밀을 발견했고, 새롭게 거듭나는 검법의 묘미를 맛보았다. 그것은 소림의 범현 거사 역시 마찬가지였으며, 비로소 무림에 진정한 의미의 고수가 등장한 것을 기뻐했다.

하지만 그런 기쁘고 가슴 벅찬 감동의 순간순간에도 그들은 파검 구용각을 떠올려야 했다. 언제 구용각이 소희를 데려가기 위해 아미로 들이닥칠지 모르는 일이었기 때문이다. 적선 사미와 범현 거사에게 있어 구용각은 하나의 어두운 그림자로 늘 소희와 자신들 주위를 배회하는 느낌이었다.

그런데 그러한 두려운 걱정이 두 달 전 구용각의 등장으로 실현되고 만 것이다.

"지금에 와서 그 아이를 데려가 무엇을 어쩌겠다는 말씀이오?"

적선 사미는 미간을 찡그리며 차갑게 말했다.

구용각은 지난 두 달간 아미에 머무르며 허수에게 입은 상처를 치료했다. 단필에 묻은 두꺼비 독으로 인해 옆구리가 썩어 들어가고 있었던 것이다. 단필로 인한 상처는 그다지 깊지 않았으나 두꺼비의 독은 정말이지 지독했다. 날마다 독을 제거하고 소독하고 살을 도려내도 다음날이면 살은 다시 썩어 들어갔다. 그런 고질적인 중독이 반복되길 50여 일. 열흘 전쯤 적선 사미가 백 년 묵은 살무사의 독으로 해독한 후에야 조금씩 회복되기 시작했다.

구용각의 피 묻은 손에 쥐어져 있던 진주 귀고리를 보는 순간 적선 사미는 그 옛날 소희를 맡기며 구용각이 남긴 진주 귀고리를 떠올렸고, 그로 인해 구용각이 찾아온 목적을 어렴풋이 짐작할 수 있었으나 묵묵히 치료를 해주었다.

적선 사미는 15년 전처럼 만신창이가 되어 모습을 드러낸 구용각에게 또 한 번의 은혜를 베푼 것이다. 그런 모습에 고마움을 느꼈던 것일까, 치료를 받는 두 달 내내 구용각은 접몽에 대해 아무런 얘기도 꺼내지 않았다. 그저 무엇인가를 고심하고 있는 듯 묵묵히 생각에 잠겨 있었을 뿐이다.

그런데 오늘 아침 구용각은 시중을 들던 아미의 제자에게 적선 사미와 접견하게 해줄 것을 요청했다. 얼마 후 적선 사미의 허락이 떨어졌고, 그녀의 처소에 마주 앉게 된 구용각은 느닷없이 소희를 데려가겠다고 말했다.

적선 사미로서는 청천벽력과 같은 말이었다. 한편으론 화가 솟구쳤고 또 한편으론 두렵기도 했다. 일단 그녀는 마음을 가다듬기 위해 저녁에 다시 만나 이야기하기로 하고 구용각을 돌려보냈다. 그리고 하루 종일 그 문제로 고심했다.

오랫동안 예견하고 있었던 일이기는 하나 막상 그것이 현실로 들이닥치자 어떻게 해야 할지 종잡을 수 없었던 것이다. 결국 약속한 시간이 되어 지금 구용각을 만나고 있지만 적선 사미는 여전히 혼란스러울 뿐이었다. 다만 어떻게 해서든 구용각으로부터 소희를 지켜내야겠다는 생각뿐이었다.

"사미께선 크게 걱정하지 않으셔도 됩니다. 나는 단지 소희와 3개월여의 짧은 시간을 함께하고 싶은 것뿐입니다. 그 이후에 그 아이를 다시 사미께 돌려보내겠습니다."

구용각은 적선 사미의 날카로운 시선을 그대로 받아내며 차분하게 말했다.

"소희는 자신의 출생 내력을 몰라요. 그것에 대해 아는 사람은 빈니와 범현 거사, 그리고 혈루검 당신, 그렇게 셋뿐이지요. 빈니로선 이 비밀이 영원히 묻혀지기를 바랍니다. 소희가 그것을 아는 것도 바라지 않고, 일이 그릇되어 무림에서 당신과 소희의 관계를 알게 되는 것도 두렵단 말이지요."

적선 사미는 나긋하면서도 야멸찬 음성으로 대꾸했다. 결코 물러설 수 없는 담판이 될 것임을 알고 있었던 것이다.

하지만 정작 구용각은 이제까지와는 달리 진지한 표정이었다.

"난 지금 내 딸 접몽을 필요로 하고 있소. 그 아이에게 진 빚을 갚아야 하오. 지난 두 달 동안, 아니, 지난 15년 동안 나 역시 많은 갈등을 해왔소이다. 그 아이에게 있어 내가 무엇인지, 제 어미의 목을 벤 이 아비를 그 아이가 어떻게 받아들일지……. 하지만 그 모든 것은 하늘의 뜻에 맡기기로 했소. 그러니 사미 역시 내 마음을 알아주시기 바랍니다. 단 3개월! 그것으로 족합니다."

어느새 구용각은 15년 전 처참한 몰골로 접몽을 부탁하던 때처럼 간절하고 나약한 아버지의 모습으로 돌아와 있었다. 다만 침착한 표정을 가장하고 있었을 뿐이다.

적선 사미로서는 좀체 이해할 수 없는 일이었다. 제 혈육을 간절히 보고 싶어하는 마음은 헤아릴 수 있겠으나, 3개월 동안 무엇을 어떻게 하겠다는 것인지 도통 알 수 없었던 것이다.

정말이지 난감했다. 적선 사미는 최근 범현 거사와 함께 모종의 계획을 세우고 있었다. 위기에 처한 무림맹을 구하기 위해 새로운 구심점을 마련하고자 했던 것이다. 그러기 위해선 무엇보다도 소희의 역할이 필요했다. 곧 비무대회 개최가 공고될 것이고, 소희는 그곳에서 장원을 차지해야 했다. 그것은 단순히 적선 사미 자신을 새로운 무림맹주에 올리기 위한 계책이 아니라 앞으로 무림을 이끌어갈 소희가 장차 무림의 맹주로 자리 잡을 수 있는 발판을 마련하기 위한 것이었다.

그런 점들을 감안해 볼 때 구용각은 역시 장애물이었다.

"혈루검! 그것은 이미 지나간 과거이고 당신의 인생이에요. 소희에겐 소희의 인생이 있는 것이지요. 당신도 잘 알고 있겠지만 소희는 가외체랍니다. 장차 무림의 맹주로 자리하게 될 아이란 말이지요. 당신이란 존재만 없다면 말입니다."

적선 사미는 차분한 음성으로 말한 후 두 눈을 지그시 감았다. 구용각이 아비 된 자가 맞다면 딸의 앞길을 가로막지 않으리란 기대와 함께.

"적선 사미… 알고 계실지 모르겠으나 나는 그 아이의 친부가 아니오. 비록 그 아이가 내 아내의 몸을 빌어 나왔다고는 하나 내 피를 잇지는 않았단 말이오!"

구용각은 피를 토하듯 괴로운 음성으로 말을 내뱉었다.

적선 사미는 충격에 사로잡힐 수밖에 없었다. 비록 야란의 난잡한 사생활로 인해 구용각의 인생이 망가져 버렸다는 것은 알고 있었으나, 소희가 구용각의 친딸이 아닐 것이란 생각은 한 번도 해보지 못한 것이다.

하지만 적선 사미는 곧 또 다른 의문에 사로잡히게 되었다. 만약 접몽이 구용각의 친딸이 아니라면 구용각은 왜 굳이 15년이 지난 지금 그녀의 앞에 나타나 자신을 알리고자 하는 것일까, 그것이 궁금했던 것이다.

"혈루검, 당신의 생각을 헤아리기 어렵군요."

적선 사미는 모처럼 경계심을 푼 채 구용각을 바라보았다. 자신이 알지 못하는 어떤 사연이 있을 수도 있다는 생각이 들었기 때문이다.

"생각 같은 건 없소. 단지 애증만이 있을 뿐이오. 이것을 기억하고 계십니까?"

구용각은 품 안에서 진주 귀고리 하나를 꺼내며 말했다.

15년 전 적선 사미에게 소희를 맡기며 그녀의 처소에 남기고 간 것과 같은 모양의, 그리고 지난 두 달 전 아미파에 들어 쓰러지면서도 피 묻은 손으로 꼭 움켜쥐고 있던 바로 그 진주 귀고리였다.

"기억하고 있지요. 실은 남은 한쪽을 소희가 간직하고 있답니다."

적선 사미는 점점 혼란스러워지는 생각들을 정리하며 솔직하게 대답해 주었다.

자기 눈앞에 앉아 있는 사내는 이미 혈루검이 아니라는 사실을 이제야 깨닫게 된 것이다. 구용각, 그는 이제 혈루검도 파검도 아닌 한없이 가여운 남자일 뿐이다.

"그 귀고리는 야란, 그러니까 접몽의 어머니 것이오. 내가 그녀를 사랑했는지는 알 수 없으나, 아직껏 그녀를 잊지 못하고 있는 것만은 사실이오. 그리고 또 한 사람, 나와 같은 마음으로 지난 세월을 살아온 사람이 있소. 그 귀고리를 야란에게 선물했던 사람. 바로 접몽의 친부요. 내가 접몽을 데리고 가고자 하는 것도 그 친부를 만나게 해주기 위해서요. 적선 사미, 이제 그의 수명은 채 세 달이 남지 않았소. 접몽을 그에게 데려다 주고 싶소."

구용각은 애틋한 시선으로 적선 사미를 바라보며 이야기했다. 적어도 지금 이 순간 구용각에게는 지천명이란 나이가 너무나 잘 어울리고 있었다.

적선 사미는 길게 한숨을 내쉬었다. 한평생 불가에 몸담아온 그녀로선 남녀 간의 애증을 온전히 이해하기 힘들었다. 하지만 인간으로서 가질 수밖에 없는 애욕과 집착을 얼마간 짐작할 수는 있을 것 같았다.

"구용각, 몇 가지 약속해 줄 수 있겠어요?"

잠시 고민에 잠겨 있던 적선 사미는 애틋한 음성으로 말했다. 그녀로선 더 이상 구용각을 막을 힘이 없음을 깨닫게 된 것이다.

"말씀하시지요."

구용각 역시 적선 사미의 심중을 헤아리고 들뜬 음성으로 물었다.

"첫째, 소희에게 혼란을 주어서는 안 됩니다. 소희 자신이 누구인지, 당신이나 친부와 어떤 관계에 있는지를 철저하게 비밀로 해주세요. 둘째, 아직 공고된 것은 아니나 머지않아 무림맹의 비무대회가 개최될 거예요. 소희는 거기에서 반드시 우승을 차지해야 합니다. 그것은 소희뿐 아니라 전 무림을 위해 반드시 이루어져야 할 일이에요. 그러니 결코 약속한 세 달을 넘겨서는 안 됩니다. 셋째, 그 세 달 동안 당신의 무공을 모두 소희에게 전수해 주세요. 소희라면 반드시 세 달 안에 그 모든 것을 소화할 수 있을 거예요. 세 번째 부탁은 첫 번째와 두 번째 부탁을 위해서라도 들어주셔야 합니다. 소희에게는 당신을 무공 수련을 위해 세 달간 위탁한 임시 사부로 소개하겠어요. 내 부탁을 들어줄 수 있겠어요?"

적선 사미는 단호하게 말한 후 구용각의 표정을 살폈다. 어쩌면 소희에게 있어 이번 여행이 도움이 될 수도 있겠다는 생각이 퍼뜩 들었던 것이다.

파검 구용각이라면 과거 한때 전 무림을 통틀어 다섯 손가락 안에 드는 인물이었다. 비록 사파에 몸담고 있었다고는 하나 그의 무공에선 결코 사특한 기운이 느껴지지 않았다. 게다가 일정한 초식이나 검법도 없었다.

마치 몸과 검이 하나가 되어 흐르듯 거리낌이 없고 두려움이 없었다. 그가 그의 애검인 혈루검을 부러뜨린 이후에도 맨몸으로 무림 각 파의 고수들을 격파할 수 있었던 것 역시 그런 초월의 형식 덕분이었다.

지금 소희에게 있어 구용각의 그런 무공 유형은 무엇보다 절실하게 필요한 것인지도 몰랐다. 틀에 박히지 않은 형식은 자유로움 그 자체이므로 자기 안에 내재한 무한한 가능성을 표출케 해준다. 특히 소희와 같은 가외체에게 있어 그것은 몇 단계의 수준을 뛰어넘을 수 있는 획기적인 수련법이 될 것이다.

"고맙소, 적선 사미. 결초보은하리다."

구용각의 대답은 시원스러웠다.

소희만 데려갈 수 있다면 그 정도의 부탁쯤은 어렵지 않았다. 아니, 구용각 자신도 적선 사미가 염려하는 바를 염려하고 그녀가 희망하는 바를 희망했다. 소희에 대한 애정은 두 사람 모두 어느 누구에게도 뒤지지 않을 만큼 컸기 때문이다.

"그럼 언제쯤 길을 떠나실 생각인가요? 아직 몸이 회복되려면 멀었을 텐데요."

적선 사미가 다정한 음성으로 물었다.

"하하, 그런 것은 상관없습니다. 어차피 죽을 날만 기다리는 목숨입니다. 조금 불편하다고 해서 안타까울 것도 없지요. 내일쯤 떠났으면 합니다만……."

"아미타불……!"

"자, 그럼 전 이만 처소로 돌아가 보겠습니다."

낮게 불호를 외는 적선 사미에게 정중한 인사를 한 후 구용각은 방문을 열었다.

구용각은 처소로 돌아가는 길에 죽기 전 자신이 해야 할 일들이 얼마나 남았는지를 대충 헤아려 보았다. 대략 10개월? 길다면 길고 짧다면 짧은 나날들이었다.

'귀수삼방과의 약속이 지켜질 수 있으려나? 하긴 그게 뭐 그리 중요한 일일꼬. 하하하핫!'

구용각의 모습이 사라진 적선 사미의 방 안으론 어둠이 스며들고 있었다. 염불을 외던 비구니들의 낭랑한 음성도 이미 멎어 있었다. 그저 바람에 흔들리는 풍경만이 여전히 맑은 소리를 냈고 덤불로 파고드는 산새들의 울음이 가끔씩 풍경 소리를 헤집고 들려올 뿐이었다.

그 소리에 귀기울이던 적선 사미가 누런 황초에 불을 밝히며 낮은 탄식을 내뱉었다.

"아미타불……! 업보로다, 업보야……!"

3
네놈이 책임을 지거라

"네놈이 책임을 지거라."
"싫어요!"
"네놈이 책임을 지래두!"
"싫대두요!"
"이놈아, 그럼 내가 대신 장가를 들으랴?"
"……."

일소천이 제시한, 무산도 살고 깜구도 사는 비책은 얼마간, 아니, 상당히 독선적인 해결 방안이었다.

엉뚱한 고집만을 키우며 늙어가는 대부분의 노인들이 그렇듯 일소천은 모든 것을 자기 기준에 맞추고 있었다.

우선 무산과 돈수정의 문제에 있어서 일소천은 돈수정을 당나귀에 비유했다. 즉, 실수로 남의 당나귀를 다치게 했으면 당나귀 주인에게 사과를 하고 치료비를 계산해 주어야 한다는 것이다.

일소천이 그렇게 당나귀의 비유로 서장을 장식했을 때 무산은 얼굴 가득 흐뭇한 미소를 지었다. 적어도 자신이 당문의 데릴사위로 들어가거나 돈수정을 아내로 삼아 검은 머리가 파뿌리가 될 때까지 잘근잘근 밟히는 일은 없겠다 싶었던 것이다.

하지만 뒤이어 나온 또 하나의 비유로 인해 무산의 얼굴은 백지장처럼 하얗게 변했다. 일소천은 무산까지도 당나귀에 비유했던 것이다. 말하자면 당문이 돈수정이란 당나귀를 키우고 있었는데, 일소천이 키우던 무산이란 당나귀가 사고를 쳐서 돈수정이란 당나귀의 상품 가치를 떨어뜨렸다. 그러므로 일소천은 무산이란 당나귀를 당문에 넘기는 것으로 일을 공명정대하게 마무리 짓겠다, 뭐 그런 식의 이야기였다.

"사부, 제가 용문에서 당나귀처럼 일만 하며 청춘을 썩힌 것도 억울한데, 이제 팔려가기까지 하라구요? 도대체 이게 사제지간의 도립니까?"

무산은 부화가 치밀어 더 이상 참을 수 없었다. 모든 일의 발단이 일소천의 허영심에서 비롯되었건만, 막상 중요한 순간에 오리발을 내미는 사부가 얄밉기 그지없었던 것이다.

하지만 일소천은 여전히 강 건너 불 구경이었다.

"싫으면 죽든가."

"죽긴 왜 죽어요! 악착같이 도망 다니면서 백수를 누릴 겁니다. 히히, 사부님! 한 백 년 살면서 아무것도 이루어놓은 게 없으니 늘그막에 당문 며느리라도 하나 얻었다고 자랑하면서 다니고 싶으신가 본데, 천만의 말씀입니다요."

무산은 일소천의 염장을 지르기 위해 노골적으로 말했다.

하지만 웬일인지 일소천은 화를 내지 않았다. 평소 같았으면 채찍이나 몽둥이를 날려서라도 무산의 입을 막았을 텐데 여유만만이었다.

"너, 그러다간 정말 죽는다니까?"

"홍! 홍입니다요. 제가 용한 점쟁이한테 사주를 본 적이 있는데요, 너끈히 백 살은 넘겨 살 팔자라고 했습니다. 히히히!"

"이놈아, 사주란 것이 네놈이 태어난 해와 달과 날과 때의 네 가지 육십 갑자를 따져서 살피는 것인데, 언제 태어났는지도 모르는 놈이 무슨 사주를 보느냐? 사주를 본 놈이나 봐준 놈이나 순 닭대가리로다."

"이—씨! 그래요, 나 닭대가리예요! 하지만 사부, 훌륭한 스승 밑에 멍청한 제자 없다고 했습죠. 내가 닭대가리면 사부님은 닭장숩니까? 어쨌거나 전 죽어도 데릴사위론 못 들어가요. 그렇게만 알고 계셔요."

"그래. 그럼 돼지라니까, 이 녀석아."

채찍도 몽둥이도 날아오지 않았다. 그런 만큼 무산은 이제 마음 놓고 속에 있는 말을 내뱉기로 했다. 하지만 일소천은 여전히 천하태평이었고, 그것이 무산을 근심스럽게 했다.

"홍! 바람벽에 풀이 날 때까지 만수무강하세요. 저 진짜 갑니다."

무산은 제풀에 꺾여 자리에서 벌떡 일어섰다. 일소천의 성격을 잘 아는 만큼 더 이야기를 해봐야 빠진 독에 물 붓기라는 것을 잘 알고 있었던 것이다. 그러면서도 내심 일소천이 한 번쯤 더 자신을 잡아주길 바랬다.

하지만 일소천의 반응은 전혀 엉뚱했다.

"무산아, 이 녀석. 그거 새로운 인사법이구나. 푸하하! 바람벽에 풀이 날 때까지? 그게 토끼 머리에 뿔 날 때까지 살라는 것과 비슷한 의미더냐?"

"아니요, 토끼 머리에 뿔 날 일은 없지만 바람벽엔 풀 날 수도 있지요. 사부님이 벽에 똥 칠만 잘해주면요. 푸하하하하!"

무산은 이제 거칠 것이 없었다. 말 그대로 죽기 아니면 장가가기였던 것이다.

"저런 시러베자식! 그래, 그렇게 까불고 날뛸수록 독이 더 잘 퍼질 거다. 이놈아, 그 잘난 낯짝이 송장처럼 문드러질 날이 보름도 남지 않았구나. 히히히히!"

"예? 그게 무슨 재수없는 소리래요?"

무산은 펄쩍 뛰며 소리 질렀다. 내심 뭔가 있을 것이라 짐작하고 있었지만 일소천의 말은 그야말로 충격이었다.

"아직도 몰랐더냐? 어젯밤 야참으로 꿩죽을 먹지 않았느냐. 내가 우연히 보니 수정이란 계집이 네 죽에다가 무슨 가루를 타더란 말이지. 나는 꿩죽을 먹으면서 생각했지. 저놈의 계집애가 지 낭군 죽에만 맛난 향료를 타고 이 늙은이 죽엔 뼈다귀만 넣었구나 하고. 그런데 다 먹고 나서 생각해 보니 그게 심상치 않더란 말이지."

일소천은 음흉한 미소를 지으며 무산을 쳐다보았다.

"그런데요……?"

무산의 목소리가 떨려 나왔다. 돈수정의 성격에 대해 알 만큼 알고 있었던 것이다.

"네놈이 이쁜 짓을 한 적이 없는데 수정이가 왜 네 죽에 향료를 넣어 주겠냐? 그래서 수정이를 은밀히 불러 물어보았더니 아니나 다를까, 고 계집애가 살짝 웃으며 얘기해 주더구나. 히히히."

"뭘요?"

"그것이 사향(死香)이라는 독인데 아주 지독하다더구나. 중독당한 당사자는 아무것도 느끼지 못하지만 점점 살이 썩어 문드러진다는 거야. 그것이 보름에 걸쳐 진전되는데, 한 사흘쯤 지나면 머리카락이 듬성듬성 빠지기 시작하고, 여드레가 되면 손톱과 발톱이 빠져나간다지? 열흘을 채우면 코가 썩어 들어가면서 눈알이 빠지고, 그 다음부터는 손가락, 발가락이 떨어져 나가다가 팔이 빠지고 다리가 빠지고… 결국 보름 만에 죽게 되는데, 그때까지도 썩지 않고 남는 건 거시기라는구나. 흐히히! 이놈아, 더 큰 문제는 무엇인지 아느냐? 그 독에는 내성이 없다는 것이야. 썩은 송장을 뜯어 먹고 사는 벌레에서 독을 채취했기 때문에 살아 있는 동식물로 만든 독과는 달리 만독불침의 몸이라도 그 독을 당해낼 수 없다는 것이지. 해독약은 단 하나, 그 벌레의 알을 마비시켜 만든 환약으로 독을 제거하는 것인데, 그것을 만드는 비법은 당문만이 가지고 있지. 히히. 네놈이 설령 깜구의 피로 독에 대한 내성을 가진 몸이 되었다 하더라도 사향의 독을 이겨내지는 못할 것이니라."

일소천은 아주 고소하단 표정으로 무산을 쳐다보며 말했다.

순간 무산의 얼굴엔 쉽게 형용할 수 없는 많은 표정들이 뒤섞이더니 급기야 허리를 숙여 구토를 하기 시작했다. 독이 발작을 한 것이 아니라 썩은 송장의 벌레로 만든 독이란 이야기를 듣고 비위가 상했던 것이다. 한동안 그렇게 토악질을 해대던 무산은 고개를 숙여 자신의 거시기를 물끄러미 쳐다보았다.

"이놈아, 왜 수정이가 네놈에게 그 끔찍한 독을 썼는지 알고 있느냐?"

충격적인 이야기를 듣고 의기소침해진 무산이 한편으론 안됐다 싶었던지 일소천은 쯧쯧, 혀를 차며 물었다.

"그나마 내 거시기가 만족스러웠나 보죠 뭐."

"저런 개차반 같은 놈! 네놈이 정신 차리고 죽긴 그른 놈이렷다! 이 놈아, 수정이가 뭐라고 했는지 아는고? 네놈이 정 당문의 데릴사위를 마다한다면, 네놈의 거시기를 잘 말려서 곱게 가루를 낸 다음 토끼에게 먹인다더라. 히히히. 그런데 왜 수정이가 굳이 그 흉측한 것을 토끼에게 먹이려 했을꼬?"

일소천은 야릇한 미소를 지으며 무산의 거시기를 빤히 쳐다보았다.

"그런 눈으로 보지 마세요! 저 토끼 아니에요, 씨. 제가 토끼였으면 수정이 고 계집애가 이렇게 죽자살자 매달리겠어요?"

무산은 팽 소리를 내질렀다.

그런데 반응은 엉뚱하게도 석금이에게서 나왔다.

"토끼?"

일소천과 무산의 대화는 아주 심각한 것이었기 때문에 이제껏 주유청과 석금이는 잠자코 듣고만 있었다. 하지만 석금이는 더 이상 참을 수 없었다.

사실 석금이는 궁금한 것이 너무 많았다. 그래도 깜구 이야기가 나올 때까지 참고 있으려고 했지만 토끼 이야기가 나온 이상 듣고 있을 수만은 없었다. 석금이는 토끼를 너무 좋아했던 것이다.

"두목, 토끼라면 나한테 물어봐라!"

석금이는 알고 있었다. 귀가 길고 꼬리는 짧으며 앞다리에 비해 뒷다리가 크게 발달한 귀여운 동물. 임신 기간은 대략 30일 정도로 위턱의 앞니는 2쌍씩 나고, 아래턱을 양 옆으로 움직여서 풀을 씹어 먹는다. 번식력이 강한 데다 깜구의 위협으로부터 안전해 이 산 일대엔 토끼가 널려 있다. 한때는 석금이가 직접 키워보기도 했다. 그랬다, 토끼에 관해서라면 석금이에게 물어보면 끝나는 것이다.

하지만 지금 무산은 석금이를 상대로 농담 따먹기를 할 기분이 아니었다.

"그래, 석금이가 토끼에 대해서 많이 아니까 네가 토끼 해라."

무산은 어이없다는 듯 고개를 흔들며 석금이에게 대답했다.

석금이의 단순 무식에 서서히 적응해 가던 일소천과 주유청은 그제야 석금이의 뚱딴지 같은 소리가 농담이 아니었음을 깨닫고 앙천대소했다.

"풋하하하하하하!"

"히히! 그래, 나 토끼 시켜줘라. 히히히!"

"……."

더 이상 누구도 석금이를 비웃을 수 없었다. 단순함도, 무식함도, 토끼에 대한 사랑도 결국 조소의 대상은 아니었으므로.

"사부, 그럼 전 어떻게 해야 하나요?"

석금이에게서 비롯된 잠시의 소란이 지난 후 무산이 심각하게 물었다.

"이놈아, 이미 말하지 않았더냐. 네가 책임을 지거라. 난들 피땀 흘려 키워놓은 제자 놈을 생으로 빼앗기고 싶겠느냐? 하지만 네가 썩어 죽지 않기 위해선 오늘 당장 귀수삼방을 찾아 떠나야 하느니라. 수정이, 고 영악한 것이 아예 해독약을 귀수삼방에게 맡겨놓고 왔다는구나."

얼마간 진지해진 일소천이 차분한 음성으로 답했다. 어젯밤, 그는 이미 돈수정과 이번 일에 대해 상세하게 논의했던 것이다.

"귀수삼방이요?"

"만나보면 아느니라. 당문이 키워놓은 괴물들인데, 나 역시 소문으로만 들었을 뿐이니라."

"그 다음에는요? 제가 정말 당문의 데릴사위가 되어야 하는 건가요?"

"……."

일소천은 아무 말도 할 수 없었다. 자신으로서도 별다른 방법이 없었던 것이다. 당문이 두려워서가 아니었다. 그는 다만 고지식했을 뿐이다. 순결 지상주의, 일부일처, 무한 책임주의, 뭐 그런 도덕적인 고지식함이 아픈 결정을 내리게 했던 것이다.

잠시 침묵을 지키던 일소천이 다정한 목소리로 무산에게 말했다.

"무산아, 잘 듣거라. 남녀 간의 교접이란 것이 말을 타고 내리는 것과는 다른 것이니라. 남성과 여성은 무극에서 갈린 양과 음의 기초라 할 수 있다. 태극은 그저 무의미하게 서로 뒤엉킨 듯하나, 실은 우주의 규칙에 의해 조화를 이루는 것이란 얘기지. 흔히 혼인을 앞둔 남녀가 궁합을 이야기하는데, 그것은 사실 무의미하다고도 할 수 있느니라. 궁합이란 오행(五行)에 기초하여 상극이 되느냐, 상생이 되느냐를 따지는 것이지. 하지만 양과 음의 이끌림을 거스르는 절대적인 것은 아니니라. 오히려 궁합을 문제 삼아 양과 음의 화합을 깨뜨린다면 그것이야말로 우주의 운행에 역행하는 짓거리가 될 것이야. 음… 너와 수정이의 경우도 마찬가지니라. 음… 네가 똥이고, 수정이가 꽃씨라고 하자꾸나. 우연히 덮은 똥이 꽃씨의 거름이 되어 꽃을 피운다면 그것은 아름다운 일이다. 하지만 우연히 꽃씨를 덮은 똥이 거름이 되기를 마다하고 그저 똥으로 남는다면 그것은 참 냄새나는 일이다. 음… 그러니까 이 사부의 이야기는… 냄새나는 세상보다는 아름다운 세상, 향기로운 세상을 위해 네가 희생해야 하지 않겠냐는… 음… 뭐, 그런 이야기니라. 알아듣겠느냐?"

길고 지루한 이야기를 마친 일소천은 고즈넉한 눈길로 무산의 반응을 살폈다.

무산은 일소천의 이야기를 경청하는 동안 고개를 숙인 채 무엇인가를 골똘히 생각하고 있는 눈치였다.

"이해가 가느냐?"

일소천은 얼마간의 기대감을 안고 무산에게 물었다. 하지만 막상 무산의 입에서 나온 말은 전혀 엉뚱한 것이었다.

"사부님, 제가 왜 똥이죠?"

휘리릭, 착!

"으허헉!"

너무 오랫동안 참아 곰팡이가 필 뻔했던 일소천의 채찍이 통쾌하게 허공을 갈랐고, 뒤이어 무산의 변함없는 비명이 터져 나왔다. 일소천은 비로소 깨달은 것이다. 말보다는 매가 우선이란 고금의 진리를.

"에이힝! 똥만도 못한 놈!"

일소천은 자신의 고매한 설법을 똥처럼 여긴 무산을 도저히 용서할 수 없었다. 그것은 그의 채찍 역시 마찬가지였으므로 적막하던 산중엔 또 한 차례의 소란이 일기 시작했다.

휘리릭, 착!

"으허헉!"

네놈이 책임을 지거라

"석금아, 깜구를 용문산으로 데려가도 되겠느냐?"
"왜, 영감?"
"흠… 약속을 지키기 위해서이니라."

결국 무산은 돈수정과 함께 귀수삼방을 찾아가기로 했다. 일소천의 어설픈 설교 때문이라기보다는 거시기를 토끼에게 먹히고 싶지 않았기 때문이다.

이제 그들에게 남은 문제는 깜구였다.

일소천과 주유청은 북경반점의 주인인 주유술에게 쌍두구를 잡아다 주겠다고 약속을 한 만큼 깜구에 대한 미련을 버리기 어려웠다. 하지만 이미 확인했듯 깜구는 주인 있는 개였다. 더욱이 석금이로부터 양해구와 깜구에 관한 이야기를 들은 만큼 일소천으로선 난감할 수밖에 없었다. 주유청 역시 형에게 한 마지막 약속을 어길 수도, 도의에 어긋

난 일을 할 수도 없었다.

대륙을 통째로 뒤진다 해도 깜구 이외의 쌍두구를 찾아낼 수 있으리란 보장이 없었던 만큼 깜구를 둘러싼 이들의 갈등은 커져만 갔다.

주유청은 결국 깜구를 포기하기로 했다. 자신이 아귀황을 조직해 대륙 내의 숱한 영물들을 사냥함에 있어 단 한 번의 실패도 없었지만, 이번만은 사정이 달랐다. 사람의 목숨을 구한 영물을 음식으로 만들 수는 없는 일이었다.

하지만 주유청이 자신의 뜻을 밝히려는 찰나 일소천이 새로운 비책을 들려주겠노라 선언함으로써 주유청은 잠자코 그의 말에 귀를 기울이기로 했다.

"석금아?"

"응, 영감."

"닭이나 소와 마찬가지로 개 역시 가축이니라. 그렇지?"

"음… 그렇다고 봐야겠네."

"봐야겠네가 아니라 그렇단다! 가축의 쓰임에는 여러 가지가 있겠으나 궁극적으로는 식용에 그 목적이 있느니라. 깜구 역시 너희 집 개였지? 그렇다면 네 할아버지 역시 깜구를 잡아먹기 위해 키운 것이 분명하지?"

일소천의 말에 석금이는 뭔가 수상하다는 눈치는 채면서도 막상 무슨 대답을 해야 할지 몰라 망설이고 있었다. 그리고 시간이 지날수록 얼굴은 사색이 되어갔다. 석금이에게 있어 이야기의 복선이나 구성의 치밀함은 폭력이나 다름없었던 것이다.

"석금아, 요 덜 익은 머리로 무리한 생각을 이끌어내는 것은 자살 행위이니라. 그저 이 할아비의 이야기를 듣기만 하려무나."

석금이의 표정이 안쓰러웠는지 일소천은 그의 머리를 어루만지며 다정하게 말했다. 하지만 그런 일소천의 모습을 지켜보는 무산은 불안하기 그지없었다. 그는 사부란 인간이 다정하게 나올 때 더 위험한 일이 준비되고 있다는 것을 잘 알고 있었기 때문이다.

"식용으로 키워진 개는 음식이 되었을 때 소기의 목적을 마치게 되느니라. 그것이 인간과 가축 사이의 슬픈 관계지. 한편으론 비정하게 보여질 수도 있겠으나 그렇다고 해서 우리가 소고기나 돼지고기를 먹으며 매번 눈물을 흘릴 수는 없느니라. 우주의 질서란 그런 비정함을 전제로 구축되는 것이기 때문이지. 그러니 깜구를 북경반점의 요리로 만들려는 나나 유청이를 무작정 탓해서는 안 되느니라. 알겠지?"

일소천은 여전히 석금이의 머리를 쓰다듬으며 애잔한 음성으로 말했다. 그럴수록 석금이는 울상이 되어갔다.

"깜구는 가축 아니다. 해구신 할아버지 친구고 내 형제다. 그리고 두목 목숨도 구했다."

석금이는 고개를 세차게 흔들며 일소천을 노려보았다. 우주의 질서가 무엇이든 간에 안 되는 것은 안 된다는 것이 가슴으로 사는 석금이의 생각이었다. 아무도 그런 생각을 깨부술 수는 없었.

'석금이는 바보가 아니다. 진짜 남자다!'

울먹이는 석금이의 모습을 지켜보던 무산은 가슴이 뭉클해지는 것을 느꼈다.

"이런이런, 우리 석금이가 우는구나? 이 할아비의 말을 끝까지 들어보렴. 석금이 말대로 깜구는 양해구의 친구다. 너는 모르고 있겠지만 양해구는 이 할아비의 친구이기도 하단다. 그러니 깜구는 내 친구도 되지. 그러니 나 역시 깜구를 음식으로 만들 수는 없단다. 하지만 그것은 깜구 대에서 끝나야 하는 인연이지. 사람은 사람의 삶이 있고, 개에 겐 개 같은 삶이 있는 거야. 그래서 말인데, 석금아. 깜구를 용문으로 데려가 새끼를 치게 하면 어떨까? 이야기를 듣자 하니 이 산골엔 개가 없어 깜구가 늑대도 덮치고 멧돼지도 덮치며 근근히 성욕을 해결한다고 하던데, 그것 역시 친구에 대한 처우가 아니지. 그러니 용문마을에서 딱 한 달만 깜구를 키워보자꾸나. 용문마을에는 과부로 늙고 있는 개들이 무척 많거든. 그러니 깜구가 마음 놓고 성욕을 발산할 수 있겠지. 그렇게 하면 그 암놈들이 깜구의 새끼를 낳을 테고, 그중에는 깜구를 닮아 머리 둘 달린 강아지가 나올 수도 있지. 나와 유청이는 그놈을 가축으로 키워 북경반점으로 보내겠다. 그렇게라도 주유술 대인과의 약속을 지키고 싶구나. 석금이도 가슴으로 사는 남자니까 약속을 지키고 싶어하는 이 사나이의 마음을 알겠지?"

일소천의 말이 이어지는 사이 석금이의 눈에는 눈물이 맺어 있었다. 일소천의 감언이설에 깜박 넘어가고 만 것이다.

"용문마을에 정말 암캐가 많아?"

"그럼, 용문마을은 정말 개판이란다. 오죽하면 사람들이 용문을 복문(伏門)이라고 하겠니? 사람 반 개 반인 동네란 의미지. 게다가 용문마을 사람들은 수캐를 좋아해서 웬만하면 수캐만 잡아먹느니라. 그러니 암캐가 많을 수밖에."

석금이가 비로소 반응을 보이자 그 모습에 힘입은 일소천은 입에 침을 발라가며 되는대로 지껄여 대고 있었다.

그 모습을 보고 있는 무산은 또 속이 뒤집어졌다. 방금 전 당문에 자신을 팔아먹기 위해 똥이 어떻고 꽃씨가 어떻고 하면서 양과 음의 일 대 일 조화를 주장하던 사부가 석금이에겐 용문마을의 암캐 전체를 미끼로 유혹하고 있었기 때문이다.

 하지만 무산은 잠자코 있었다. 비록 자신은 당문에 팔려갈지언정 깜구라도 숱한 암캐들과 함께 청춘을 불사르며 행복하게 살길 기원한 것이다.

 '깜구 팔자가 상팔자로구나!'

 무산은 길게 한숨을 내쉬었다. 바로 그 순간, 일소천의 채찍이 날아들었다.

 휘리릭, 착!

 "으허헉! 왜 때려요, 씨!"

 "요놈, 송장 썩는 냄새 난다. 한숨도 쉬지 말거라. 그리고 그 고까운 표정은 무엇인고?"

 결코 방심해서는 안 될 늙은이, 그가 바로 일소천이었다.

3장 천형(天刑)의 계절

사랑은 늘 아프다.
연인을 위해 망가져 가기 때문이다.
망가져 가는 연인을 지켜보아야 하기 때문이다.
그렇게 가여운 것들의 이름이 바로, 사랑이다.

1
천형(天刑)의 계절

"움— 파! 움— 파! 무랑아, 이놈아. 이 풋풋한 공기를 들이마셔 보거라. 이처럼 아름다운 하늘을 사랑하지 않을 수 있더냐? 이처럼 촉촉한 대지를 그리워하지 않을 수 있더냐? 1년 365일, 의미없는 날이 없으련만 왜 오늘 나는 이다지도 허기지게 시인의 마음이 그립느뇨?"

열해도 팽이는 천천히 걸어가고 있는 말 위에 앉아 두 눈을 지그시 감은 채 양팔을 활짝 벌리고 있었다. 따그닥거리는 말의 장단에 맞추어 자연스레 어깨가 흔들렸고 입가로는 만족스런 웃음을 가득 머물고 있었다.

잠시 후 지그시 감았던 눈을 뜬 팽이는 무랑의 반응에는 아랑곳없이 유미주의자의 절절한 눈빛으로 다시 하늘을 바라보며 말했다.

"아, 그리운 일소천아, 저 아름다운 하늘 아래의 어느 귀퉁이에서 너도 나를 그리워하고 있으렷다. 그래, 너의 향기가 느껴진다. 똥 냄새처럼 친근하고 똥색처럼 선명한 너의 빛과 향이 바람과 구름빛으로 다가온다. 아, 이 아름다운 세상……."

"정말 미치겠군!"

무량은 지친 음성으로 낮게 중얼거렸다. 그리고 추적추적 비가 내려 곳곳에 흙탕물이 고인 지저분한 길로 말을 몰았다. 하늘은 흐리다 못해 거름 더미에 고인 빗물처럼 우중충했고 더운 날씨와 높은 습도로 인해 온몸이 끈적였다. 게다가 태풍이 오기라도 하려는지 바람이 심상치 않게 불어대고 있었다.

'저 늙은이가 미친놈이란 건 의심할 여지가 없어.'

무량은 예전에 무산에게 들은 미친놈과 날씨에 관한 이야기를 떠올리며 생각했다.

그 이야기는 무산이 농담 삼아 한 것이기는 했으나 어느 정도 타당성이 있었다. 무산의 말에 따르면, 대부분의 미친놈들은 날씨가 흐린 날 묘하게도 생기발랄해진다는 것이다. 미친놈의 머리 속 환경이 워낙 우중충하기 때문에 흐린 날이 되면 아주 절묘한 동화 작용을 일으킨다는 것이다. 그러므로 흐린 날 괜히 들떠서 날뛰는 인간들 중 9할가량이 미친놈이라는 설명이었다.

팽가객잔에서 열해도 팽이의 눈부신 무공을 목도한 이후, 무량은 될 수 있는 한 그를 존중해 주고 싶었다. 하지만 한 달이 넘게 여행을 해온 지금에 이르러선 더 이상 그런 아량이 남아 있지 않았다.

날씨가 화창해서 무량이 모처럼 화려한 경관을 즐길라 치면 팽 영감은 괜한 짜증을 내며 그늘 속으로 기어들어 가거나 일찌감치 여곽을 잡아 방에 처박히곤 했다. 그것이 뜻대로 되지 않을 땐 이 사람 저 사람에게 시비를 걸거나 죄없는 무량에게 잔소리를 해댔다.

반면 오늘처럼 날씨가 더러운 날은 괜히 기분이 들떠서 혼자 노래도 하고 시도 읊고 무랑에게 닭살 돋는 친절을 베풀며 살을 비비곤 했던 것이다.

"무랑아, 이놈아. 저곳이 담연지(淡蓮池)이니라. 이렇게 좋은 날 담연지를 지나치게 되다니, 우리를 위해 하늘이 준비해 둔 역사가 오늘 이루어지게 되었구나. 히히힛!"

팽 영감의 말에 무랑은 고개를 들어 전방을 바라보았다.

멀리 담연지를 중심으로 펼쳐진 유흥가가 제법 선명하게 모습을 드러내고 있었다. 그들은 이제껏 인가도 없는 들길을 지나쳐 왔으나 이제부터는 저자와 홍등가가 즐비하게 늘어선 시내로 들어설 차례였다. 그 첫 번째 관문이 바로 저곳 담연지였고, 무랑은 은근히 걱정되기 시작했다. 그렇지 않아도 늦어진 발걸음이 아예 이곳에 붙박여 버릴 것 같았기 때문이다.

"히히히! 무랑아, 이놈아. 우리 저 연못에서 뱃놀이나 하다 가자꾸나. 이런 날 뱃놀이를 하지 않는다면 억울해 잠도 오지 않을 것이니라. 히히. 뱃삯은 이 형님이 내줌지."

팽 영감은 콧노래를 흥얼거리다가 갑자기 무랑을 쳐다보며 배시시 웃어 보였다.

'형님? 저 미친 영감이 정말 징그럽게 왜 이래? 용문의 족보는 무슨 개 족본가? 제가 내 형님이면 우리 사부는 큰형님이냐? 아유, 상대를 말자, 상대를 말아!'

무랑은 끝끝내 팽 영감을 무시한 채 앞만 보고 말을 몰았다.

약 일 다경쯤 말을 몰아 그들은 결국 담연지를 끼고 자리 잡은 마을로 들어서게 되었다. 그곳은 장안 외곽의 유흥가로 늘 푸른 물빛을 자랑하는 연못에는 놀잇배와 가녀들의 노랫소리가 끊이지 않았다.
 하지만 담연지는 말이 연못이지 늪지에 가까운 넓은 저수지로, 연분홍의 연꽃이 가득 수면을 덮고 있다 하여 그런 이름을 가지게 되었을 뿐이다.
 아직은 때가 일러 담연지엔 꽃이 없었고 다만 무성한 연잎들만이 연못을 덮고 있었다. 게다가 비가 내리는 탓에 대부분의 배들이 못가에 정박해 있었다. 다만 비가 와서 더 구슬퍼진 가녀들의 노랫소리가 간혹 수면을 스치다가 못가로 되밀려오곤 했을 뿐이다.
 "히히, 무랑아, 아름다운 풍경에 취한 이들이 저렇듯 풍류를 즐기는데, 풍류의 진면목을 아는 우리가 그냥 지나칠 수 있더냐? 일소천, 그 늙은이야 제 한 몸 돌볼 힘은 충분하니 서둘러 찾을 것 없느니라. 에서 쉬었다 가자꾸나."
 팽 영감은 옆으로 바짝 말을 몰아 무랑의 옷소매를 잡아끌며 말했다.
 "나는 산에서만 자라서 뱃놀이엔 그다지 관심이 없지비. 영감 혼자 놀다 오든 말든 난 내 길을 갈 거야. 그러니 영감이 알아서 해."
 무랑은 팽 영감의 끈적끈적한 유혹을 물리치며 담담히 말을 몰았다.
 "히히, 이놈아. 물은 싫어도 계집은 마냥 좋지 않으냐. 내 오늘 삼삼한 계집을 붙여줄 테니 하루만 놀다 가자꾸나. 내가 이런 날이 올 것을 알고 그동안 악착같이 돈을 벌어놨건만 어찌 이 기회를 놓치랴?"
 "영감, 그 나이에도 마음이 동하오? 거저 줘도 못 오를 배에 왜 그렇게 미련을 가지지? 미친 영감 소원이 복상사라면 모를까, 나이를 생각해야지, 원!"
 담연지는 제법 화려한 곳이어서 담연지를 따라 난 길로 말을 모는 무랑 역시 기녀들의 체향에 얼마간 마음이 동하는 것이 사실이었으나 팽 영감과 함께 가다 보니 너무 많은 시간을 지체하고 있었다.
 그들은 약 보름 전 북경반점을 떠나 지금은 일소천 일행이 떠났다는 화산으로 향하고 있는 중이었다. 하지만 거북이도 팽 영감 같은 거북이가 없었다. 객잔 주인으로 처박혀 있을 때는 돈과 일소천밖에 모르던 영감이 몇십 년 만에 대처에 나오자 눈이 돌아가 버린 것이다.
 여자들만 보면 헤벌쭉이 벌어진 입으로 침을 흘려대는가 하면, 맛난 음식 앞에선 아예 사족을 못 썼다. 그동안 벌어놓은 돈이 얼마나 되는지는 알 수 없으나 팽 영감의 주머니에선 끊임없이 돈이 나왔고, 그때마다 무랑은 그의 근면 정신과 화통함에 두 번 놀라야 했다. 하지만 한편으론 그것이 미친놈의 생활 방식이지 싶기도 했다.
 "아, 고 녀석, 날씨도 좋은 날 왜 짜증을 내고 그러지? 제 사부 닮아서 성격도 참 유별난 놈이군."
 팽 영감은 아쉽다는 듯 연신 연못에 눈길을 주며 무랑을 따랐다.
 하지만 얼마나 걸었을까, 갑자기 팽 영감이 무랑의 팔소매를 다시 잡아당겼다.
 "아, 그 영감 참 성가시네. 오늘은 비가 와서 배를 띄우지도 않아. 다들 기루에 처박혀 술이나 축내고 있단 말이야. 어디 한 척이라도 배가 떠 있나 영감 눈으로 똑똑히 보란 말이지."
 무랑은 신경질적으로 팽 영감의 손을 뿌리치며 말했다.
 "흐히히, 세상에는 너처럼 이상한 놈만 사는 게 아니거든. 저기를 보려무나. 진정 풍류를 아는 자가 있지 않느냐?"
 팽 영감은 득의에 찬 목소리로 말하며 연못의 한 켠을 가리켰다.
 언제 배를 띄운 것인지, 팽 영감이 가리킨 곳엔 정말 한 척의 배가 비를 헤치며 수면을 가르고 있었다. 배 위에선 삿갓을 쓰고 흑의를 걸친 사내 하나가 바닥에 앉아 노를 젓고 있었고, 그 바로 뒤편에선 한 여인이 의자에 앉아 비파를 뜯고 있었다. 그들은 막대를 세워 고정한 천막에 의지해 비를 피하고 있었으나 바람이 점점 거세어진 탓에 배는 물결에 심하게 일렁였다.

"캬하— 멋지도다, 멋지도다!"

팽이는 동류의 인간들을 만난 것이 기쁜지 연신 탄성을 내질렀다.

"어딜 가나 미친놈이 하나둘씩은 있군."

배를 지켜보던 무랑은 한숨을 내쉬며 낮게 중얼거렸다. 하지만 여인의 손에서 탄주되는 비파의 그 애잔한 가락에는 무랑조차 마음을 빼앗기고 있었다.

2
천형(天刑)의 계절

 바람이 점점 거세진 탓에 무랑과 팽 영감은 일찌감치 여곽에 숙소를 잡았다. 그리고 고량주 한 병을 주문해 방 안에서 대작하고 있었다.
 팽 영감이 아무리 미친 영감이라지만, 그렇게 간절히 원하던 뱃놀이를 못하게 한 것이 무랑으로선 내심 마음에 걸려 술이라도 같이 마셔 주기로 한 것이다. 하지만 팽 영감은 뱃놀이를 못한 것이 못내 아쉬운지 의자를 앞뒤로 흔들며 한 시진가량 지치지 않고 뱃노래를 해댔고, 무랑은 슬슬 짜증이 나기 시작했다.
 "영감, 지금이라도 나가서 배를 타든가!"
 무랑은 술잔을 탁자에 탁, 내려놓으며 짜증스레 말했다.
 "내가 미쳤냐, 이놈아. 이런 날씨에 혼자 배를 타게."
 "……."
 팽 영감의 말에 무랑은 순간 당황했다. 이제 정신이 제대로 돌아올

시간인가 싶었던 것이다. 하지만 무랑이 너무 앞질러 가고 있었을 뿐이다.

"무랑이, 네놈이 배를 저어줘야 내가 시를 읊을 게 아니더냐. 이 아름다운 날에 내가 노나 젓고 있으랴? 어떠냐, 네놈도 이제 슬슬 배가 타고 싶어진 게로구나? 흐히히, 삼삼한 계집 두어 명과 함께 우리 태풍의 품으로 안겨보자꾸나. 연꽃과 태풍과 계집이라… 흐히히. 일소천, 그놈이 무척 부러워할 소재로다."

"영감, 연꽃은 아직 피지도 않았어. 주접 좀 그만 떨어."

"시적 허용이니라, 무식한 놈!"

쉬애—에!

팽 영감이 열어놓은 들창으로 물기 머금은 바람이 거세게 쏟아져 들어왔다.

태풍이 점점 다가오고 있는 것이 분명했다. 열려진 창문이 심하게 쿵쾅거렸고, 탁자까지 흔들리기 시작했다.

"아히—햐! 아까 그 연놈들은 좋겠다. 지금쯤 배가 뒤집히려고 요동을 칠 테고, 고 삼삼한 계집이 사내놈 품에 폭 안겨들면서 교태를 부리겠지? 아이고, 아쉬워라. 이런 태풍이 언제 또 올지 알고 내가 여기에 처박혀 술이나 축내고 있단 말인고?"

팽 영감은 탁자 아래의 두 다리를 흔들며 연신 아쉬운 탄성을 내질렀다.

어스름이 자리 잡기 시작하면서 기루의 홍등이 불 밝혀지고 있었으나 비와 함께 거친 바람이 몰아치는 탓에 거리에는 인적이 딱 끊겼다. 그럼에도 며칠째 이곳에 머물며 음주와 가무를 즐기고 있는 유람객들 탓에 낙양 외곽의 이 유흥가에는 음악과 교성이 끊이지 않고 들려오고 있었다.

어차피 팽 영감이야 날씨에 미쳐 저 혼자 중얼거리고 있었기에 무랑은 간간이 들려오는 가녀들의 탄주를 들으며 술을 홀짝였다. 그런데 어느 순간 아주 가까운 곳에서 연못가를 지나며 스쳐 들었던 애잔한 곡조가 울려 퍼지기 시작했다.

그 비파음은 무랑과 일소천이 머물고 있는 여곽의 아래층에서 들려오는 것이 분명했다. 여곽의 1층은 식당으로 제법 넓은 평수였지만, 여곽 자체가 소박한 만큼 가녀를 불러 연주를 할 만한 처지는 아니었다. 그렇다면 손님으로 온 누군가가 탄주를 하고 있는 것일 테고, 그 사람은 한 시진 전 무랑 자신이 언뜻 보았던 선상의 여인임이 확실했다.

"영감, 저 비파 소리… 아까 우리가 들었던 그 곡조 아니야?"

무랑은 여전히 창밖의 풍경에 얼이 빠져 있는 팽 영감에게 물었다.

"비파 소리? 어, 그러네? 그 연놈들이 벌써 뱃놀이를 마쳤나?"

팽 영감은 화들짝 놀라 무랑을 바라보다가 비파 소리에 귀를 기울이더니 고개를 끄덕이며 대답했다. 그리고는 자리에서 벌떡 일어나 무랑의 소매를 잡아끌었다.

"이놈아, 뭘 하고 있느냐? 얼마나 삼삼한 계집인지 구경하러 가자꾸나."

비파의 선율이 워낙 애잔했던 만큼 무랑 역시 여인에 대한 궁금증이 일었기에 결국 못 이기는 척 팽 영감의 손에 이끌려 문을 나섰다.

무랑과 팽 영감은 복도를 지나 2층 난간에 멈추어 서서 아래층을 내려다보았다.

아래층은 많은 사람들로 붐비고 있었는데, 대개가 상인이나 떠돌이 무사, 표국의 표사같이 일을 위해 여행길에 올랐다가 태풍 때문에 어쩔 수 없이 여곽을 찾아든 사람들인 듯했다.

비파음은 입구에서 떨어진 구석 자리에서 울려 퍼지고 있었다.

비파를 탄주하고 있는 여인은 삼단 같은 머리를 단정하게 늘인 채 지그시 맞은편 사내를 응시했는데, 가늘고 긴 손가락은 마치 연인의 몸을 애무하듯 부드럽고 자연스럽게 현을 어루만지고 있었다.

사내를 바라보는 여인의 눈동자는 깊고 맑아 마치 비파음이 그 눈동자에서 울려 나는 것이 아닌가 하는 착각이 일 정도였다. 아무런 치장이 없었음에도 여인의 얼굴은 마치 까마득한 단애에 피어난 한 송이 풍란처럼 우아했으며, 그 어느 한편엔 뿌리칠 수 없는 색기가 자리 잡고 있었다.

아래층에 모인 사내들의 눈 또한 그녀 한 사람에게 고정되어 있었다. 하지만 그녀와 맞은편에 앉은 사내는 그런 시선에 아랑곳하지 않은 채 비파를 연주하고 감상하며 서로를 바라볼 뿐이었다.

여인과 마주 앉은 사내는 실내인데도 삿갓을 벗지 않고 있었으며, 등에 멘 한 자루 검도 풀어놓지 않았다.

사내를 바라보던 무랑의 눈에 이채가 감돌았다. 뒤돌아 앉아 있는 탓에 얼굴은 볼 수 없었으나 분명 낯익은 모습이었다. 체형과 복장, 검, 삿갓… 무랑의 눈이 이번엔 여인의 손목에 가 닿았다. 그녀의 손목엔 푸른색 천이 앙증맞게 매어져 있었는데, 그 천은 분명 구절심 천형이 목에 두르고 있던 것과 같았다.

'구절심……?'

무랑은 사내의 얼굴을 살피기 위해 난간을 따라 몇 걸음 더 앞으로 걸어나갔다. 하지만 그때였다.

"컥… 커허……!"

사내는 손에 쥐고 있던 손수건으로 입을 틀어막으며 심하게 기침을 해댔다. 그리고 잠시 후 입에서 손수건을 떼어냈다. 손수건에는 검붉은 선혈이 가득 묻어 있었다.

'아, 역시 구절심이었구나. 참 묘한 인연이다, 이곳에서 다시 그를 만나게 되다니.'

무랑은 계단을 내려서다가 잠시 망설였다. 무턱대고 구절심을 향하고는 있었으나, 막상 그 앞에 선다 해도 아무런 할 말이 없었던 것이다. 그저 스치듯 얼굴을 익혔을 뿐 그와는 아직 통성명조차 하지 않은 사이였다.

"괜찮아요?"

여인은 탄주를 멈춘 후 구절심의 옆으로 자리를 옮기며 물었다. 그리고는 아무 말 없이 고개를 끄덕이는 구절심의 머리를 두 손으로 감싸 자신의 가슴에 묻었다.

"내가 다 낫게 해줄게요."

선이 고운 목소리로 나지막하게 말한 여인은 옷고름을 살짝 풀어헤친 후 구절심의 한 손을 잡아 그 안으로 집어넣었다. 여인의 가슴 부근에서 구절심의 손이 꿈틀거리기 시작했다. 아주 부드러운 손짓이었다.

이제껏 그들의 모습을 훔쳐보던 사내들의 표정이 놀라움으로 변해갔다. 무랑 역시 여인의 대담한 행동에 얼마간 충격을 받았다. 하지만 그들 연인의 모습은 지극히 자연스러웠으며 아름답기까지 했다.

'음… 구절심! 늘 거친 바람을 몰고 다니는 사내에게 저런 연인이 있었던가?'

무랑이 그런 생각에 잠겨 있을 때 여곽의 문이 거친 바람에 밀려 쿵, 소리를 내며 열어젖혀졌다. 그리고 키 작은 노인 한 명이 고개를 움츠린 채 들어서더니 재빨리 돌아서서 문을 닫았다.

한차례 숨을 내쉰 노인은 여곽 안을 둘러보더니 구절심을 발견하고는 만족스런 웃음을 웃었다. 노인의 얼굴은 온통 사마귀로 덮여 있었으나 생쥐 눈처럼 작고 둥근 눈에서는 영악한 기운이 넘쳐흘렀다.

"이런, 미안하게 되었네그려. 웬 놈의 바람이 그렇게나 세든지 한참 애를 먹었지 뭔가. 하하하, 그나저나 우리 가연이는 점점 아름다워지는구나. 가슴도 더 무르익은 것 같고."

키 작은 노인은 곧장 구절심과 여인에게 다가가 탁자 맞은편에 앉으며 너스레를 떨었다. 하지만 노인이 연신 하하거리는 것과는 달리 구절심의 표정은 굳어 있었다.

"한 번만 더 우리를 기다리게 하면 목을 베어버리겠다."

구절심은 차갑게 내뱉은 후 봇짐에서 보자기에 쌓인 물건을 꺼내 탁자에 내려놓았다.

구절심이 봇짐을 집기 위해 손을 빼는 바람에 여인의 풀려진 옷고름 사이로 하얀 속살이 내비쳤지만 여인은 그것을 추스를 생각도 하지 않은 채 배시시 웃음을 흘릴 뿐이었다.

"현상금도 걸려 있지 않은 목은 베어 무엇에 쓰게? 하하핫. 그래도 행여나 내 목을 베게 되면 그 모가질 가연이 가슴에 묻어주게나. 흐히히힛!"

사내는 구절심에 대한 아무런 두려움이 없는지 얄궂게 지껄인 후 탁자 위에 놓인 보자기를 풀었다.

…….

여전히 구절심 쪽에 시선을 주고 있던 여곽의 사람들은 또 한 번 놀란 표정을 지으며 저마다 낮은 탄성을 내지르기 시작했다. 구절심이

내놓은 보자기 안에는 한 사내의 머리가 잘려진 채 두 눈을 부릅뜨고 있었던 것이다.

"흐하하핫! 매성목아, 매성목아… 네가 이렇게 될 것을 모르고 깝쳤더냐? 죽어서 두 눈을 부릅뜬들 누가 두려워하랴? 이제 네놈의 머리는 우리 구황문 본전의 섬돌 아래에 묻혀 하루 수천 번씩 짓밟히게 될 것이니라. 푸하하핫!"

노인은 잘려진 머리를 두 손으로 집어 든 채 큰 소리로 웃어 젖히며 말했다. 그리고 노인의 말로 인해 여곽 안은 한순간 긴장감에 휩싸였다.

매성목! 그는 북천문의 교주로, 한때 강호를 떨게 했던 인물이다. 하지만 혈루검 구용각을 잃고 10년 전 정사의 대결에서 패해 강호의 변두리로 밀려나면서부터 그의 이름은 잊혀지기 시작했다. 그런데 지금 몸뚱이조차 잃은 처참한 주검이 되어 장안의 한 여곽에 모습을 드러낸 것이다.

하지만 여곽을 긴장으로 몰아넣은 것은 매성목의 이름 때문만은 아니었다. 노인의 입에서 나온 또 다른 말, 구황문! 그것이 사람들을 떨게 하고 있었다.

구황문은 북천문이 세력을 잃기 전까지만 해도 간신히 명맥이나 유지하던 사파의 한 지류였으나 최근 10년 사이 사파의 여러 세력을 흡수하며 급성장하고 있는 문파였다. 비록 천무밀교의 거대한 위용에 가려 두각을 나타내지는 못하고 있으나 사파의 정통을 잇고 있다는 점 때문에 강호에서는 아무도 그들을 무시할 수 없는 형편이었다. 그런데 그 구황문에서 과거 사파의 거목이었던 매성목의 목을 취한 것이다.

"흑자린… 컥… 커허……! 네놈의 목도 이 보자기에 싸일 날이 있을 것이다."

구절심은 다시 한 번 피를 토해낸 후 매서운 눈으로 노인을 노려보며 말했다. 하지만 노인은 여전히 여유로운 모습으로 구절심을 바라보며 비아냥거릴 뿐이었다.

"그 보자기가 아니라 가연, 저 계집의 젖무덤에 묻어달라니까. 푸하하하핫!"

여곽 안으로는 흑자린이라 불린 노인의 웃음소리만이 울려 퍼질 뿐 어느 누구의 목소리도 들리지 않았다. 다만 여곽 밖의 거리에서 들려오는 거친 바람 소리가 그 웃음소리의 여운을 삼켜가고 있었을 뿐이다.

천형(天刑)의 계절

 천형(天刑), 즉 천벌이란 이름을 가진 자, 구절심 천형! 그는 지금 연인 가연의 품에 안겨 바람 소리에 귀 기울이고 있다.
 늘 거센 바람 속에서 살아온 사람이 바로 그였다. 삶의 순간 순간이 늘 고비였고 고통이었다. 하지만 가연의 품에 머물러 있는 한 그는 자궁 속의 태아처럼 편안했다.
 "바람 소리가 무섭죠. 걱정 말아요. 내가 당신을 지켜줄게요."
 가연은 구절심의 머리를 쓰다듬으며 나직하게 말했다. 하지만 그녀의 목소리는 마치 영혼이 없는 것처럼 무심했다.

 백치 가연. 하오문에서 그녀는 그렇게 불렸다. 마치 향기가 없는 꽃처럼 그녀에게선 영혼이 느껴지지 않았던 것이다. 광동제일의 기녀로 불릴 만큼 빼어난 미모와 탄주 실력을 가졌음에도 백치처럼 무심한 표정과 말 때문에 늘 남에게 바보 취급을 받고 이용만 당하던 가연.

천형이 그녀를 만난 것은 그가 아직 하오문에 몸담고 있던 10년 전이다. 당시 그의 나이 스물다섯, 가연의 나이 스물하나였다.

천형의 어미 역시 하오문의 세력 내에서 구차하게 살아가던 기녀였다. 하지만 떠돌이 무사와 사랑에 빠지고, 기녀의 몸으로 아기를 잉태했다. 기녀들의 사랑이 대개 그렇듯 오래지 않아 그 아비는 바람처럼 사라졌고 어미는 구절심을 낳다가 한 많은 삶을 마감했다.

천형의 인생은 그렇게 처음부터 고통스러운 것이었다. 제 어미를 죽이고 나온 자식이라는 의미에서 지어진 이름 그대로.

천벌을 받은 자, 아니, 그 스스로 하늘의 형벌인 자, 구절심 천형. 기생들의 치마폭에서 노닐고, 뛰어다닐 나이가 되면서부터는 소매치기와 투전, 도둑질을 배웠다. 살인과 방화, 강간… 무엇이 되었든 청탁받은 대로 일을 처리했고, 그러던 중에 검(劍)을 알게 되었다.

그에게 있어 검은 도(道)가 아닌 술(術)이었다. 즉, 검을 사용함에 있어 어떠한 원칙이나 철학도 필요치 않았던 것이다. 최대한 빠르고 날카로우며 위력적인 것. 그것이 천형이 배우고 익힌 검의 모든 것이었다.

그의 실력이 두각을 나타내면서 그는 하오문에서의 위치가 높아졌고, 그만큼 많은 힘을 얻게 되었다. 자신이 원하는 여자는 언제든 마음껏 취했으며 눈에 거슬리는 자는 쥐도 새도 모르는 사이 사라졌다.

늘 고독하고 냉혹한 표정으로 사람들에게 위압감을 주었고, 자신에게 조금이라도 해코지를 하려는 자들은 철저하게 응징했다. 그는 마치 서슬 퍼런 한 자루의 검처럼 감정도 망설임도 없는 인물이 되어갔다.

가연을 만난 것 역시 그 즈음이었다. 평소 구절심에게 잘 보이고자 애를 쓰던 선배 몇 명이 초대한 기루에 그녀가 있었던 것이다.

천형은 처음 그녀를 본 순간 이유없이 눈물이 날 것 같았다. 단 한 번도 본 적 없는 어머니를 느꼈던 것이다. 가연이 비파를 연주하며 무심한 목소리로 구슬픈 연가를 노래할 때 천형은 막연히 그녀로 인해 자신의 삶이 그 노랫가락처럼 비극적인 결말을 맞게 되리라 짐작할 수 있었다.

그날 이후 천형은 늘 가연을 찾았고, 하오문에서는 그 일을 주목했다. 천형의 검술이 빛을 발하면 발할수록 그로 인해 위기감을 느끼는 이들 역시 많았기 때문이다. 천형보다 나이가 많거나 지위가 높음에도 왠지 그 앞에서 주눅이 들어야 했던 자들에게 가연은 좋은 미끼고 담보물이었다. 더욱이 백치처럼 아무런 생각도 하지 못하는 가연이었던 만큼 그들이 그녀를 이용하는 것은 손쉬웠다.

천형을 경계하던 그의 선배 몇 명이 그녀를 마약에 중독시켰고, 평소 천형에게 무시를 당하거나 열등감을 느끼던 자들은 가연을 능욕함으로써 자신들의 구겨진 자존심을 회복하고자 했다. 천형의 역할이 커지면 커질수록, 그로 인해 위기감을 느끼는 자들이 늘어나면 늘어날수록 가연은 폐인이 되어갔다. 그럼에도 워낙 백치 같은 여인이었기에 그녀는 무심한 눈빛으로 천형을 맞았고 아무 말 없이 저 혼자 여위어갔다.

천형이 자신과 관계된 자들의 그런 조직적이고 야비한 만행을 눈치챈 것은 한참 후의 일이었다. 가연의 상태가 점점 나빠지는 것을 이상히 여기고 그 이유를 캐어가던 중 비로소 그녀의 병 뒤에 숨은 어두운 그림자들을 볼 수 있었던 것이다.

천형은 불같이 노했다. 그의 검 역시 독한 살기를 내뿜었다. 그는 곧 가연을 데리고 기루를 나와 하오문의 총타로 들이닥쳤다. 그리고 문주를 비롯한 여러 장로와 선배들 앞에서 하오문을 탈퇴할 뜻을 밝혔다.

그의 한 손에는 서슬 퍼런 검이 들려 있었으며, 다른 한 손엔 여전히 무심한 눈빛으로 자신을 능욕한 사내들을 바라보고 있는 가연의 손이 잡혀 있었다.

천형을 둘러싼 하오문 수뇌들의 표정은 납처럼 굳어 있었다. 아무도 실력으로 그를 제압할 수 있는 자가 없었던 것이다. 하지만 그것은 이미 예견된 일이었고, 그런 만큼 그들도 철저하게 준비해 놓은 상태였다.

천형이 문주를 등진 채 가연의 손을 이끌고 나가는데, 어느새 앞질렀던 것인지 아홉 명의 사내가 대문 밖에서 기다리고 있다가 길을 막았다.

"천형! 가연은 이 약을 필요로 하지. 그녀는 이 약 없이는 단 보름도 버틸 수 없어. 생각해 보거라. 가연은 영혼이 없는 여자야. 하지만 이 약을 먹는 동안은 천국에서 노닐고 있는 자신의 영혼을 되찾지. 이 약의 이름은 취혼화(取魂花). 가연에게 있어선 생명과도 같다. 네가 오해하고 있는 것과는 달리 우리는 가연에게 생명을 주고 있는 것이야. 하지만 네가 정 하오문을 등지겠다면 그녀는 더 이상 이 약을 얻을 수 없을 것이다."

제일 앞에서 천형의 길을 막아선 것은 단괴(丹傀)라는 인물로 가연을 마약에 중독시킨 장본인이었다.

그는 기루와 싸움패, 도박꾼들을 상대로 마약을 제조해 보급하는 일을 맡고 있는데, 의학에도 상당히 능통했으며 타고난 성격이 사특해 한번 그의 마수에 걸려든 사람들은 쉽게 벗어날 수 없었다.

득의만면한 미소를 머금은 채 취혼화가 든 병을 흔들어 보이는 단괴의 뒤로 여덟 명의 사내가 늘어서며 허리춤에서 날카로운 꼬챙이를 빼 들었다.

그들은 하오문 내의 살수 조직인 팔천부(八賤夫)로 주로 하오문 내의 반역자를 제거하는 일을 담당했는데, 천형보다 직위가 높았음에도 실력은 한참 뒤졌다. 결국 그것이 그들의 열등감을 자극했고, 죄없는 가연을 정기적으로 능욕하는 이유가 되었다.

"천형, 네가 오늘 우리를 배신한다면 항상 등 뒤를 조심해야 할 것이다. 저 계집 역시 마찬가지지. 언제 우리 꼬챙이에 심장이 꿰어 죽을지 모르거든? 조용히 돌아가 오늘 일을 반성하며 문주님의 지시를 기다리는 것이 신상에 이로울 것이다. 정 이 계집을 죽이고 싶다면 네 뜻대로 하오문을 떠나도 상관없겠지만 말이야. 흐흐흐!"

팔천부의 단장 일천(釰千)이 음산한 목소리로 말한 후 자신의 꼬챙이를 혀로 핥으며 천형을 노려보았다. 대낮이었음에도 그의 눈에선 시퍼런 안광이 흘러나오는 듯했다.

천형은 입가에 싸늘한 미소를 머금었다. 차가운 금속성이 새어 나온 것도 그 순간이었다.

"나는 삶에 미련이 없었다. 하지만 이제는 아니다."

말이 끝나기도 전에 천형의 검은 어느새 단괴의 목을 베고 있었다.

"아니, 모르겠다. 아직 내가 살고 싶은 것인지."

일천의 꼬챙이가 방향을 잡기도 전에 천형의 검은 이미 그의 어깨를 가로 그었다.

"아니, 살아야 한다. 가연이란 여인을 사랑하기 때문이다."

세 번째 사내의 목이 땅바닥을 굴렀다.

"아니, 그녀가 가엾기 때문이다."

네 번째 사내의 비명 소리…

"아니, 그녀가 그립기 때문이다."

다섯 번째 사내의 피가 가연의 옷자락을 적셨다.

"아니, 그녀의 옆에 머물러야 하기 때문이다."
여섯 번째 사내의 단말마!
"아니, 그녀의 웃음을 보고 싶어서다."
일곱 번째 사내의 손이 부르르 떨렸다.
"아니, 그냥… 그냥 그녀가 존재하기 때문이다."
여덟 번째 사내의 의심에 찬 눈초리.
"나는 너희들을 죽이고 싶지 않았다. 하지만 죽여야 한다."
아홉 번째 사내의 부릅떠진 눈!
순식간의 일이었다. 하오문의 대문은 피로 흥건하게 젖어 있었다. 단괴가 미처 물러서기도 전에, 팔천부의 꼬챙이가 검을 막기도 전에 천형의 살기 짙은 검이 그들의 목과 심장을 가로지른 것이다.
피에 젖은 흙을 밟으며 쓰러진 자들을 남겨두고 걸어가는 천형의 얼굴엔 아무런 감정도, 표정도 담겨 있지 않았다. 그리고 그의 옆에 달라붙어 있는 가연의 눈동자 역시 마찬가지였다. 백치처럼 무심하고 무미건조했다.
그날 이후 천형은 구절심이란 외호를 가지게 되었고, 하오문에선 자신들이 가연에게 저질렀던 사악한 짓을 숨긴 채 천형에 대한 끔찍한 소문만을 퍼뜨렸다.

"당신은 늘 무엇을 그렇게 생각하고 있나요?"
잠시 옛 생각에 잠겨 있던 구절심의 어깨를 흔들며 가연이 말했다.
구절심은 그런 가연의 얼굴을 물끄러미 쳐다보았다. 선과 악, 진실과 거짓, 기쁨과 슬픔. 그녀의 눈동자엔 그 모든 것이 빠져 있었다. 마치 탈처럼 자신의 감정을 가지지 못한 얼굴이었고 수렁처럼 아무것도 담지 않은 눈빛이었다.

"당신은 늘 무엇을 그렇게 생각하고 있나요?"

가연은 구절심을 살짝 밀치며 다시 말했다. 하지만 그의 대답을 기다리는 대신 옆에 놓인 비파를 당겨 가슴에 품었다.

차르릉!

비파의 현을 한차례 쓸어 내린 가연은 유난히 길고 흰 손가락으로 현을 뜯으며 슬픈 연가를 연주하기 시작했다.

선과 악, 진실과 거짓, 기쁨과 슬픔, 살아가야 하는 이유! 어쩌면 그 모든 것은 그녀의 몸을 떠나 그녀가 안고 있는 그 비파에 담겨 있다는 듯, 비파는 아름답고 애잔한 선율로 구절심의 몸을 감싸기 시작했다.

알 수 없는 편안함. 구절심은 마치 바다에 잠긴 것처럼 마음과 몸이 편안해지는 것을 느꼈다. 하지만 곧 또 다른 상념에 잠겨들고 말았다.

비이사(非而似) 흑자린(黑子鱗)! 하오문의 배신자. 가연과 함께 광동 땅을 떠난 구절심이 제일 먼저 찾은 인물이 그였다.

원래 흑자린은 천민들을 상대로 의술(醫術)을 펼치던 인물로, 멋모르고 하오문에 들었다가 근 30년 가까이 그곳에 머물게 되었다. 하지만 막상 그가 하오문에서 한 일은 마약이나 미약(媚藥)을 만드는 것이었다. 투전판과 기루, 소매치기나 도둑 등의 잡놈들을 상대로 먹고 사는 하오문이었던 만큼 기생이나 투전꾼, 돈 많은 과부, 홀아비를 등치기 위해 마약과 미약을 필요로 했던 것이다.

한때 신의(神醫)를 꿈꾸며 의학을 공부하고, 한평생 가난한 이들을 위해 의술을 펼치며 살고자 했던 흑자린으로서는 그 일이 죽기보다 싫었으나 감히 하오문을 벗어날 생각은 하지도 못했다. 배신자에 대한 철저한 보복으로 유명한 하오문이었던 만큼 그것은 목숨을 담보로 하는 일이었던 것이다.

하지만 어느 날 그는 우연히 길거리에 쓰러진 한 도사를 구하게 되었는데, 그가 바로 구황문의 구대호법 중 한 사람인 구천일뢰(九天一雷) 장각(張覺)이었다.

위험한 고비에서 흑자린의 의술 덕에 목숨을 구한 장각은 고마운 마음에 흑자린의 부탁 한 가지를 들어주기로 했다. 그런데 그때 흑자린이 부탁한 것이 바로 지긋지긋한 하오문에서 벗어나는 일이었다.

장각은 흔쾌히 그의 청을 들어주기로 했고, 객잔에서 며칠 몸조리를 한 후 곧장 흑자린을 구황문 본교로 데리고 갔다. 뒤늦게 흑자린이 사라진 것을 안 하오문은 발칵 뒤집혔지만 그를 데려간 곳이 구황문이라는 것을 알고는 어쩔 수 없이 포기하기로 했다. 당시 구황문은 사파의 새로운 주인으로 성장하고 있었고, 그 수법의 악랄함은 하오문 따위에 견줄 바가 아니었기에 감히 건드릴 수가 없었던 것이다.

이후 하오문은 흑자린의 자리에 그의 제자였던 단괴를 앉히는 것으로 소란을 수습했지만 흑자린에 대한 아쉬움은 늘 남아 있었다. 비이사(非而似), 즉 사이비(似而非)와는 달리 겉보기엔 사기꾼 같고 엉성해도 그 실력이나 심성은 자신이 꿈꾸던 신의와 비슷한 인물이 바로 흑자린이었기 때문이다.

구절심 역시 흑자린에게 몇 차례 도움을 받은 적이 있으므로 그에 대해서는 제법 잘 알고 있었다.

가연은 하오문을 나선 지 채 닷새도 안 되어 마약, 즉 취혼화로 인한 금단 현상에 시달렸는데, 그때부터 심한 자학 증세를 보이기 시작했다. 영혼이 없는 듯하던 그 몸 어디에 그런 흉포함이 도사리고 있었는지는 알 수 없으나, 손톱으로 자신의 온몸을 할퀴고 바위에 머리를 부딪치는 등 스스로를 학대하며 고통스런 신음을 흘렸다.

그때마다 구절심은 혈도를 눌러 그녀를 마취시켰지만 마취에서 깨어난 가연은 다시 고통스레 몸을 떨었고, 기어코는 자살을 시도하기도 했다.

숱한 의원들을 찾아가 보았지만 허사였다. 의원들은 그녀의 병을 고치는 것은 고사하고 그녀가 왜 고통스러워하는지조차 알지 못했다.

가연이 고통에 몸을 떨 때마다 더욱 큰 고통에 시달리는 사람은 구절심이었다. 마치 가연과 하나의 영혼을 나누어 가진 것처럼 그녀의 고통은 구절심에게 전이되었다.

결국 구절심은 흑자린을 떠올렸고, 무작정 구황문의 본교를 찾아 떠났다. 하지만 구황문은 철저히 자신들의 본거지를 숨기고 있었으므로 그를 만나게 되기까지는 근 7년여의 시간이 걸렸다. 매일같이 고통에 몸부림치는 가연과 함께한 그 7년여의 시간은 그야말로 지옥처럼 느껴졌다. 단괴가 그녀의 몸에 심어놓은 취혼화의 독은 시간이 지날수록 그 뿌리를 깊게 내뻗고 있었던 것이다.

하지만 정작 구절심과 가연이 흑자린을 만난 것은 그들이 머물고 있는 이 여곽에서였다. 그것도 구절심이 그를 찾아낸 것이 아니라 흑자린 자신이 구절심을 찾아왔던 것이다.

흑자린은 구절심이 자신을 찾아 헤맨다는 정보를 입수한 후 한동안 그의 동태를 살피다가 결국 모습을 드러내기로 한 것이다. 그런데 정작 구절심 앞에 모습을 드러낸 흑자린은 과거의 흑자린이 아니었다. 하오문의 그 천박하고 구차한 생활 속에서도 여유와 남에 대한 배려를 잃지 않았던 흑자린이었건만 오랜만에 나타난 그에게선 알 수 없는 사특함만이 느껴질 뿐이었다.

흑자린은 일단 가연의 병세를 살폈고, 정확하게 그의 증세를 짚어냈다. 즉 취혼화에 의한 중독이며, 그 뿌리가 너무 깊어 도저히 치료가 불가능하다는 이야기였다.

취혼화는 양귀비의 변이종으로 보통 백, 홍, 홍자, 자색 중 한 가지의 꽃 색을 가지는 일반 양귀비와는 달리 한 송이를 이루는 네 잎의 색이 백, 홍, 홍자, 자색 등으로 각각 다른 것이 특징이다. 그것은 희귀한 만큼 아주 독특한 약초인데, 독으로 쓰일 때는 사람의 내장은 물론 피부 조직 깊숙이 배어 결코 해독되지 않는다. 특히 그 독은 사람의 머리를 돌게 하는 역할을 하는데, 일단 중독이 되면 계속 취혼화를 투입해야 한다. 만약 약효가 떨어지고 그 기간이 길어지면 그 사람은 머리 속의 뇌가 녹은 것처럼 완전한 백치 상태가 된다. 이상이 취혼화에 대한 흑자린의 설명이었다.

흑자린은 고개를 내저으며 의구심을 표했다. 정상적인 사람이라면 이미 정신적인 고통 때문에 죽어버렸을 것이라는 이야기였다.

구절심의 충격은 이만저만한 것이 아니었다. 그 끔찍한 시간을 견뎌내며 어렵사리 흑자린을 만났건만 치료가 불가능하다는 대답을 얻었을 뿐이기 때문이다. 그는 흑자린 앞에 무릎을 꿇은 채 머리로 바닥을 찧으며 어떻게 해서든 가연을 치료해 줄 것을 부탁했다.

한동안 그런 구절심의 모습을 지켜보던 흑자린은 묘한 미소를 머금으며 한 가지 제안을 했다. 비록 가연을 완전히 치료할 수는 없으나 그녀의 고통을 없앨 수는 있다는 이야기였다. 그러기 위해선 주기적으로 아홉 가지 약초에 취혼화의 뿌리를 섞어 달인 해독제를 먹여야 하는데, 그것들을 구하는 것이 보통 어려운 일이 아니라는 것이다. 그 아홉 가지 약초는 취혼화와는 상대적인 독성을 지닌 것들로 취혼화만큼이나 희귀했기 때문이다.

 하지만 구절심이 매번 한 가지씩 부탁을 들어준다면 어떻게 해서든 그 해독제를 만들어내겠다고 흑자린은 약속했다. 그때부터 흑자린과 구절심의 계약 관계가 이루어졌고, 오늘 매성목의 목을 흑자린에게 건네줌으로써 스물여덟 번의 약속이 지켜진 것이다.

 "컥, 커허……!"

 가연의 비파 탄주를 들으며 주마등처럼 스쳐 가는 기억들을 되새기던 구절심은 다시 심한 기침과 함께 각혈을 시작했다. 그로 인해 비파음이 끊겼고 가연이 손수건을 내밀어 구절심의 입가를 닦아주며 말했다.

 "걱정하지 말아요, 내가 다 낫게 해줄게요."

 구절심은 희미한 미소를 지으며 손수건을 내려다보았다. 부드러운 비단 천으로 짜여진 그 손수건은 가연이 자신의 속옷으로 손수 만든 것이었다.

 '이제 두 번의 부탁만 더 들어주면 돼. 그럼 편안해질 수 있겠지.'

 구절심은 손을 내밀어 손수건이 들려진 가연의 손을 잡았다. 파닥이는 작은 새를 잡은 것처럼 손이 따스해졌다. 그는 조용히 눈을 감았다. 귓전으로 오래전 흑자린이 했던 말이 맴돌고 있었다.

 "구절심, 하지만 너무 많은 것을 기대하진 말게. 이 해독제는 구산혼(九散魂)이라 불리네. 구산혼으로 취혼화의 독을 막을 수 있는 것은 단 구백 일뿐이지. 그 이후엔 중독자의 혼이 흩어진다네. 반신불수의 몸이 되는 것이지. 그때가 되면 자네 손으로 가연이의 심장에 칼을 꽂게나. 더 이상 도와줄 수 없어 미안하네."

4
천형(天刑)의 계절

"무랑아, 저 하늘을 보아라. 이 형님의 영혼이 느껴지지 않느냐?"
"아, 정말 미치겠네! 영감, 창문 닫아. 잠 좀 자자!"
"무랑아, 오늘 또 하나의 새로운 무공이 창조될 듯하구나."
"비계두일도단법(飛鷄頭一刀斷法)은 어쩌고? 닭 모가지 베는 무공으론 안 되겠어?"
"음, 비계두일도단법이라… 하지만 무랑아, 진정한 도객(刀客)이라면 적어도 보름에 하나 정도의 도법은 새롭게 만들어내야 하지 않을까?"
"이런 젠장할! 지난 수십 년간 만들어낸 것도 부족해? 솔직히 말해 봐, 그거 다 기억이나 하는 거야?"
"어, 그러니까 말이다… 진정한 도객이라면… 과거에 연연하지 않는 것이……."
"……."

"무랑아, 이놈아. 저 풋풋한 하늘을 보아라. 진정 이 영혼의 울림이 느껴지지 않느냐?"

"음… 광기가 느껴지긴 하는군."

장안은 그야말로 팽 영감의 정신 상태와도 같은 광기에 휩쓸리고 있었다. 밤이 되면서 천둥과 번개, 모든 것을 쓸어가 버릴 듯한 폭풍이 세상을 뒤흔들고 있었다. 여곽의 기와가 지붕을 구르며 날아가는 소리가 들리는가 하면, 어디선가 거대한 고목이 쓰러지는지 우지끈 소리를 내며 여곽을 울렸다. 곳곳에 회오리가 일어 간혹 담연지의 물이 역류했고 빗발은 번갯불에 반짝이며 천지를 덮었다.

그 태풍의 한가운데에 팽 영감이 서 있었다. 창문을 활짝 열어젖힌 채 웃통을 벗고 거센 바람과 비를 맞고 서 있었던 것이다.

"영감, 태풍 부는 날 그러고 서 있다간 벼락 맞아 죽지!"

"이놈아, 한때 내 외호가 열해도(裂海刀)였다는 것을 잊었느냐? 내가 곧 벼락이고 천둥이며 거센 태풍이었느니라. 벼락이 벼락을 두려워할까!"

여전히 광기에 휘말려 헤벌쭉이 웃고 있는 팽 영감을 보며 무랑은 고개를 저었다. 바닥은 창문을 통해 들어온 비로 인해 흥건하게 젖어 있었으며, 탁자도 화병도, 벽에 달라붙어 있던 값싼 족자도 바람에 날려 바닥을 나뒹굴고 있었다.

'하긴, 미친 영감보다 더 무서운 게 있을까.'

바람이 미치지 않는 벽 한 귀퉁이에서 이불로 몸을 감싼 채 팽 영감을 바라보고 있던 무랑은 정말 질린다는 표정이었다.

하지만 가진 돈이 없으니 참는 수밖에 없었다. 지난 한 달여간 무랑은 팽 영감에 의지해 이곳까지 오게 된 것이다. 일단 팽가객잔을 벗어난 팽 영감은 무랑과 함께 여행하며 흥분에 들떠서 자신의 과거와 일소천과의 일전, 지난 40여 년간의 뼈아픈 나날들에 대해 떠벌리며 한시도 무랑을 가만히 내버려 두지 않았다.

팽 영감이 하북팽가의 열해도 팽이였다는 사실을 알았을 때만 해도 무랑은 충격에 휩싸여 제대로 말을 할 수 없었다. 하지만 한번 터진 팽 영감의 입은 한시도 가만히 있지 못했다. 하루에 수십 번 똑같은 이야기를 반복했고, 그 반복된 이야기를 듣는 동안 무랑은 지쳐 갔다.

"여름 감기는 개도 안 물어간다는데, 저 영감 저러다 감기 걸리지."

한동안 팽 영감의 모습을 지켜보던 무랑은 고개를 내저으며 조용히 중얼거렸다.

히히히힝!

거센 비바람 소리를 뚫고 한 떼의 말 울음소리가 들려온 것은 그때였다. 말 울음소리는 바로 여곽의 문 앞에서 들려왔는데, 족히 수십 마리는 될 듯했다.

"히히히! 무랑아, 이놈아. 저것 좀 보려무나. 이런 풋풋한 날씨엔 꼭 재미있는 일이 생기기 마련. 저놈들이 드디어 이곳에 도착했구나. 히히히히!"

이제껏 바깥 풍경에 한시도 눈을 떼지 않고 있던 팽 영감이 신나게 지껄여 댔다.

"저놈들은 이 거리에 늘어선 여곽이란 여곽은 모두 뒤지고 다녔느니라. 언제 이곳에 도착하나 했는데 이제야 왔구나. 흐히히! 어쩌면 좋은 구경거리가 생길지도 모르니 졸립다고 그냥 처자지 말고 좀 더 기다려 보려무나. 흐히히히!"

팽 영감이 씩 웃곤 말했다.

"영감, 숙소를 찾는 모양이지. 누가 이런 날 싸움하자고 거리를 누비고 다니겠어?"

"흐히히! 모르는 소리. 저놈들은 여각에 들러 제일 먼저 마구간을 살폈느니라. 누군가 찾는 사람이 있다는 이야기지. 그리고 복장으로 보아 하나같이 사파의 무리들이니라. 아마 북천문의 후레자식들일 거야. 흐히히, 네놈도 아까 매성목의 모가질 보았겠지? 나는 그걸 보는 순간, 아니, 구절심을 보는 순간부터 '조만간 좋은 구경하게 생겼구나'하고 생각했단다. 흐히히! 이 열해도의 동물적인 감각은 한 번도 빗나가 본 적이 없지. 흐하하하하!"

열해도 팽이는 비쩍 말라서 골마다 확연히 드러나는 갈비뼈를 출렁이며 크게 웃어 젖혔다. 그리고는 다시 말을 이었다.

"무랑아, 이놈아. 나는 태어날 때부터 강호 밥을 먹은 사람이니라. 누구보다 강호 놈들의 생리를 잘 알지. 특히 구절심 같은 부류를 정확히 아는데, 그런 놈은 늘 꼬리를 달고 다니게 마련이니라. 싸움을 빗겨 가기보다는 늘 달고 다니지. 그 녀석은 세상에 두려운 것이 없어 몸을 숨기는 법이 없거든. 보통의 살수라면 자신의 흔적을 지우기 마련이지만, 저 녀석은 일부러라도 흔적을 남겨 귀찮은 떨거지들을 한몫에 청소해 버리지."

"그럼 저자들이 북천문의 무리란 말이야?"

무랑은 다소 긴장된 음성으로 물었다.

팽 영감의 말대로 상대는 매성목이었다. 비록 최근 활동을 자제하며 강호의 변두리에 은닉하고 있다고는 하지만, 한때 중원에까지 그 영향력을 행사하며 무림맹을 떨게 했던 사파제일의 문파였다. 그런 북천문의 문주 매성목이 암살당했으니 그 후환이 없을 리 없었다.

"대부분의 사파가 그렇듯 북천문 역시 종교적인 색채가 강하지. 문주가 곧 교주고, 교주가 곧 신이야. 신을 잃은 신도들은 미쳐 날뛰기 마련이지. 하지만 매성목은 신으로선 너무 나약했지. 어쩌면 그의 죽음으로 인해 북천문은 새로 태어나려 할 거야. 흐히히! 하지만 거듭나기 위해서라도 복수, 즉 철저한 응징은 필요하지. 물론 쉽진 않겠지만. 흐히히히!"

휘— 휙—

팽 영감이 이야기를 하고 있는 사이, 여곽 밖에서 가늘고 긴 휘파람 소리가 났다. 그와 동시에 거리 곳곳에서 말 울음소리와 함께 빗길을 박차고 달리는 말발굽 소리가 들려오기 시작했다. 아마도 그들 무리는 산재해서 각각의 여곽을 살피고 있었던 듯했다.

"저놈들이 드디어 구절심의 말을 찾아낸 모양이다. 흐하하!"

열해도 팽이가 즐거운 듯 히히덕거리며 말했다. 그리고는 창문에서 몸을 돌려 세운 후 방 안을 오락가락하며 무엇인가를 생각하기 시작했다.

"무랑아, 이놈아. 어서 짐 챙기거라!"

팽 영감은 곧 무엇에 생각이 미쳤는지 서둘러 말했다.

"영감, 갑자기 짐은 왜? 우리야 그냥 구경이나 하면 되는 거 아뇨?"

무랑은 아무래도 팽 영감이 너무 앞서 가는 것 같아 불안했다.

사실 아직 아무 일도 일어나지 않았고, 설사 무슨 일이 일어난다 해도 자신들과는 직접적으로 연관될 일이 없는 것이다. 그런데 굳이 짐까지 챙길 이유가 없었다.

"이놈아, 잠시 후면 이 여곽이 불바다가 될 수도 있느니라."

"그건 또 무슨 소리요, 영감?"

"저기를 보거라."

어느새 다시 창가로 다가가 밖을 내다보던 팽이가 낮은 목소리로 말했다.

무랑은 얼른 이불을 걷어치우고 창가로 걸음을 옮겼다. 자신이 생각하기에도 분명 심상치 않은 일이 벌어지고 있는 것 같았기 때문이다.

창밖을 내다보던 무랑은 기가 질렸다. 여곽으로 수십 명의 사내들이 모여들었고, 그들은 말을 탄 채 여곽 주위를 감싸고 있었던 것이다. 하나같이 무기를 들고 있었으며 말에서 내린 자들은 저마다 무엇인가를 들고 바쁘게 움직이고 있었다.

"아니, 저놈들이 북천문이 맞는 거요? 사파의 무리가 중원에서 저렇게 떼를 지어 움직이는 일은 드물지 않소?"

"이놈아, 교주가 죽었는데 저놈들이 그런 걸 가리랴? 머릿수가 많은 건 문제가 안 되느니라. 폭약이 문제야, 폭약이."

팽 영감은 혀를 쯧쯧, 차며 고개를 흔들었다.

무랑은 팽 영감의 말에 화들짝 놀랐다.

폭약이라면 전시에나 사용되는 것이고, 그나마 나라에서 엄격하게 통제해 함부로 다룰 수 있는 것이 못 되었다. 설사 폭약을 구할 수는 있다 해도 강호에서 그것을 사용하는 것은 금기시되어 온 것이다. 아무리 사파라 해도 그 금기는 마찬가지였다.

무랑이 놀란 눈으로 여전히 밖에 시선을 주고 있는데, 마침 밖의 소란을 알아챈 것인지 여곽의 문이 열리며 점소이 하나가 뛰쳐나왔다. 비바람이 몹시 거센 탓에 점소이는 두 손으로 두건을 감싸 잡으며 그들에게 다가가다가 이내 이상한 낌새를 챈 것인지 걸음을 멈추고 슬금슬금 뒤로 물러서기 시작했다.

점소이가 무슨 말인가를 꺼내기도 전에 말 위에 타고 있던 사내 하나가 단검을 던졌고, 그 단검은 정확히 점소이의 목에 박혀들었다. 그것으로 끝이었다. 점소이는 비명조차 내지르지 못한 채 그대로 뒤로 넘어갔다.

그 모습을 지켜보던 무랑은 놀란 눈으로 팽 영감을 바라보았다.

순간 번개가 내리쳐 여곽 주위를 환하게 비추었고, 잠시 후 천둥 소리가 천지를 가를 듯 울려 퍼졌다. 거센 빗줄기는 여곽 밖의 사내들을 때리며 더욱 기승을 부렸다.

점소이에게 단검을 던졌던 사내의 시선이 무랑과 팽 영감에게 닿은 것도 그때였다. 사내는 잠시 흠칫했으나 이내 무표정한 얼굴로 변해갔다. 다만 눈을 매섭게 치뜬 채 팽 영감과 무랑에게 시선을 고정시키고 있었다.

계속해서 내리치는 벼락으로 인해 사내의 얼굴은 또렷하게 드러났. 삭발을 한 머리로 인해 언뜻 승려가 아닌가 하는 생각이 들었으나 옷차림이나 등에 메고 있는 철퇴로 보아 그렇지는 않은 듯했다. 사내는 비교적 가는 얼굴 선을 가지고 있었으나, 툭 불거진 광대뼈와 치켜진 눈매로 인해 사특한 기운이 전해져 왔다. 그리고 아마도 무리의 대장인 듯 그를 중심으로 몇몇의 괴이하게 생긴 자들이 도열한 채 부하들에게 무엇인가를 꾸준히 지시하고 있었다.

"이럴 때는 방긋 웃어주어야 하느니라."

팽 영감 역시 사내의 시선을 의식하고 있었던지 그에게 잇몸을 활짝 드러내고 웃어 보이며 무랑의 옆구리를 쿡쿡 찔렀다.

하지만 무랑은 그런 상황에서 왜 웃어주어야 하는 것인지 알 수 없었고, 웃고 싶지도 않았다. 다만 이제껏 말에서 내린 사내들이 짊어지고 옮기던 것이 화약이라는 팽 영감의 말을 다시 떠올리고 있을 뿐이었다.
 "저 녀석들이 도대체 무슨 생각을 하고 있는지 알 수 없구나. 저렇게 많은 화약을 묻어놓다니. 그것도 이 유흥가 한가운데에 말이야."
 팽 영감은 사내에게 시선을 고정한 채 계속해서 방긋방긋 웃으며 말했다.
 "그나저나 영감, 대관절 왜 그렇게 실없이 웃고 있는 거야?"
 무량은 팽 영감의 정신 상태를 다시 한 번 의심하며 진지하게 물었다. 자신이 생각하기엔 도저히 웃을 상황이 아니었던 것이다.
 무량의 말에 팽 영감은 웃음을 뚝 그쳤다. 그리고는 이상하단 표정으로 무량의 얼굴을 빤히 쳐다보며 말했다.
 "정말 모른단 말이냐? 그래야 내가 미친놈일 거라 생각하고 방심하지 않겠느냐?"
 쿠쿵! 일소천의 말에 무량은 하마터면 뒤로 넘어질 뻔했다.
 여곽 밖의 사내들이 움직인 것도 그 순간이었다. 이제껏 지시를 기다리고 있던 그들이 철퇴 사내의 손짓에 따라 여곽의 문을 밀고 들어선 것이다.
 "그것 보거라, 이놈아. 내가 웃음을 그치니까 저놈들이 당장 몰려들지 않느냐? 가만! 그나저나 싸움 구경을 해야 하나, 아니면 달아나야 하나? 나는 폭약을 아주아주 싫어하는데, 혹 저놈들이 열해도 팽이가 이 여곽에 머물고 있다는 걸 알고 미리 저렇게 폭약을 준비해 온 건 아닐까?"
 상황이 긴박하게 돌아가자 이제껏 천하태평이던 열해도 팽이가 안절부절못하며 주절주절 떠들어대기 시작했다.
 '저 영감이 미친 게 분명하지? 그나저나 왜 저렇게까지 몰려든 걸까?'

마음이 다급해지는 것은 무랑도 마찬가지였다. 보이지 않는 사내들까지 합하면 여곽 주위에는 족히 백여 명에 가까운 세력이 응집해 있음이 분명했다.

아무리 구절심이 뛰어난 살수이고 매성목의 머리를 취했다 해도, 그 한 사람을 노리고 왔다 믿기엔 지나치게 큰 규모였다. 게다가 폭약이라니… 이곳이 비록 장안의 외곽이라고는 하나 유흥지인만큼 많은 사람들이 몰려 있어 폭약을 사용하게 되면 두고두고 말썽이 될 것이 자명했다.

'저들이 정녕 북천문의 무리일까? 혹 다른 목적으로 온 자들이라면……?'

무랑은 좀체 바깥의 동정을 이해할 수 없었다. 그런 만큼 어떻게 대처해야 할지도 판단할 수 없었다. 일단은 기다려 보는 수밖에 없었다.

거친 발걸음 소리가 복도를 울리기 시작했다. 2층 복도를 점거한 자들의 숫자만도 얼추 10여 명은 될 듯했다.

팽 영감과 무랑은 서로의 얼굴을 빤히 쳐다보았다. 이제는 일이 벌어지는 대로 상황에 맞게 대처해 나가는 수밖에 없었다.

"북천문의 이름으로 이 여곽을 점거한다. 여곽 안에 있는 자들은 모두 문밖으로 나와라. 일각의 시간을 주겠다."

2층 복도 한가운데서 굵직한 음성이 울려 퍼졌다. 그 목소리에 이어 복도에 늘어서 있던 자들이 각각의 방문을 두드리며 똑같은 말을 반복했다.

"북천문의 이름으로 이 여곽을 점거한다. 일각의 시간 안에 아래층으로 모여라. 지시에 불응하는 자들은 북천문의 이름으로 단죄할 것이다."

뒤이어 각 방에서 소란이 일기 시작했다. 해시(亥時)를 막 넘긴 시간인만큼 이미 잠자리에 든 이들도 있었고, 모처럼 계집을 사 회포를 풀고자 하는 이들도 있었을 것이다. 그들에게 있어 이 소란은 아닌 밤중에 홍두깨나 다름없었다.

"영감, 어떻게 할 거요?"

무랑은 팽 영감에게 넌지시 물었다.

비록 무랑이 평소 팽 영감을 미친놈 취급해 오긴 했으나 막상 위기가 닥치자 자신도 모르게 그의 경험과 연륜에 의지하게 된 것이다. 하지만 괜한 짓이었다.

"음… 그러니까… 음……."

"관둬, 영감. 냉큼 옷이나 입으시지."

무랑은 멀뚱히 서서 팽 영감의 대답을 기다리다가 한심하단 표정으로 말했다. 그리고는 침상으로 다가가 벗어두었던 검을 집어 들었다.

비에 흠뻑 젖어 더욱 꾀죄죄한 몰골로 서 있던 팽 영감 역시 잽싸게 침상으로 다가가 벗어두었던 웃옷을 집어 입었다. 그리고는 늘 옆에 끼고 다니던 오 척에 이르는 거대한 도(刀)를 챙겨 들었다.

그 즈음 여곽에 묵고 있던 사람들이 하나둘 방문을 열고 조심스레 나오는 소리가 들렸다. 다들 영문은 몰랐으나 무작정 방 안에만 버티고 있을 수도 없는 일이었다. 그러다간 어떤 식으로든 봉변을 당할 게 뻔했기 때문이다.

무랑과 팽 영감 역시 한번 심호흡을 한 후 방문을 나섰다.

"아래층으로 내려가라."

방문 양 옆에 서 있던 자들이 짧게 말했다.

사내들은 하나같이 장삼과 유사한 잿빛 옷들을 입고 있었으나 꽤나 오랫동안 태풍에 시달린 탓인지 흠뻑 젖어 피곤한 얼굴을 하고 있었다.

천형(天刑)의 계절

그럼에도 얼마간 긴장한 눈빛으로 방문을 나서는 사람들의 면면을 유심히 살피고 있었다.

"무랑아, 내가 아주 무서워하는 게 두 개 있는데, 하나는 개구리고 다른 하나는 폭약이니라. 젠장할, 그런데 오늘 두 가질 다 만나다니 아주 일진이 더럽구나. 날씨는 이렇게 풋풋하고 좋은데 말이야."

계단을 내려서던 팽 영감이 턱으로 아래층을 가리키며 떨리는 목소리로 말했다.

"영감, 또 뭘 보고 그러는 거야?"

짜증스런 목소리로 말한 무랑은 팽 영감의 시선을 따라 눈길을 주다가 하마터면 웃음을 터뜨릴 뻔했다.

아래층에는 먼저 나온 숙박객들이 모여 있었는데 그들을 통제하고 있는 한 사내의 얼굴이 영락없는 개구리였던 것이다. 왕방울처럼 툭 불거진 눈과 밤톨을 입에 문 것처럼 불룩한 양 볼, 벗겨진 이마, 콧구멍이 훤히 들여다보이는 들창코, 게다가 좁은 어깨 위에 얹힌 머리는 기이할 정도로 커서 한 번 보고도 평생을 기억할 만큼 인상적인 얼굴이었다.

"나는 북천문의 살모와(殺母蛙)다. 스읍… 오늘 내게서 겪게 될 수모를 잊지 못하겠거든 언제든 나를 찾아 복수해라. 자, 너희 조무래기들, 무장을 해제할 필요는 없다. 어차피 너희같이 하찮은 것들은 나 살모와의 상대가 될 수 없기 때문이다. 스읍! 하지만 내 지시를 따르지 않거나 섣부른 행동을 한다면 나 살모와의 이름으로 가차없이 처단할 것이다."

살모와라는 개구리사내는 긴장된 눈빛을 빛내며 연신 검을 잡았다 놓았다 하고 있는 떠돌이 무사 몇 명을 손가락으로 가리키며 말했다. 말을 하고 있는 도중에도 살모와의 툭 불거진 눈은 수시로 움직이고 있었는데, 특이한 것은 오른쪽 눈동자와 왼쪽 눈동자가 서로 따로따로 놀고 있다는 점이었다.

"영감이 개구리를 싫어할 만하군."

무랑이 배시시 웃으며 나직한 음성으로 팽 영감에게 말했다.

"스읍! 거기, 지금 내려오는 못생긴 꼬마 놈이랑 늙은이! 뭘 그렇게 히히거리고 있지? 조심해. 오늘 날씨가 이렇게 풋풋하지만 않았어도 네놈들의 목은 벌써 땅바닥을 구르고 있었을 거다. 스으읍!"

따로따로 놀고 있는 눈동자로 어렵사리 초점을 맞춘 살모와가 무랑과 팽 영감을 쳐다보며 말했다. 혓바닥으로 잇몸을 훑고 있는 것인지 그는 말 중간중간 스으읍… 하는 묘한 소리를 내고 있었다.

무랑과 팽 영감은 놀란 눈으로 서로를 멀뚱히 쳐다보았.

그것은 스으읍… 하는 기분 나쁜 소리 때문은 아니었고 방금 전 살모와가 말한 '풋풋한 날씨'라는 비교적 친근한 숙어 때문이었다.

'두렵다, 저놈 분명히 미친놈이다!'

'참된 아름다움을 볼 줄 아는 개구리다!'

살모와의 말에 대한 무랑과 팽 영감의 반응은 전혀 상반된 것이었다. 하지만 그 충격의 정도는 거의 비슷했다. 두 사람 모두 살모와에게서 눈을 뗄 수 없었던 것이다.

"네놈들도 떠돌이 무사냐? 하찮은 놈들, 스읍! 어서 저 안으로 들어가 쥐 죽은 듯이 앉아 있거라."

살모와는 무랑과 팽 영감의 행색을 잠시 살핀 후 혀를 쯧쯧, 차며 말했다. 무랑이야 그렇다 쳐도 팽 영감의 행색은 썩기 직전의 송장과 다름없었기 때문이다. 그런데다 5척에 가까운 커다란 도를 메고 있으니 꼴불견이라면 꼴불견일 수도 있었다.

하지만 그런 멸시에도 불구하고 팽 영감은 묘한 애정이 담긴 눈으로 살모와를 바라보며 헤벌쭉이 웃고 있었다. 동류의 인간, 아니, 동류의 미친놈에 대한 알 수 없는 이끌림이었는지도 모른다.

무량과 팽 영감이 숙박객들이 운집해 있는 곳으로 가서 자리를 잡은 후에도 2층 객방에선 십여 명의 숙박객들이 더 내려왔다. 하나같이 어리둥절하거나 두려움에 사로잡힌 얼굴이었다. 개중에는 화류계의 여자들도 몇 명 섞여 있는 듯했는데, 제 버릇 소 못 준다고 살모와에게 값싼 웃음을 흘리며 미리부터 목숨을 구걸하고 있었다.

그렇게 일각의 시간이 지나갔다.

"아직 내려오지 않은 자들이 있더냐?"

대략 시각을 살피던 살모와가 2층의 복도에 늘어선 수하들에게 큰 소리로 물었다.

"예, 두 개의 방문이 열리지 않았습니다."

난간 바로 위에 있는 두 개의 방문 앞에서 그의 수하들이 대답했다. 서로 붙어 있는 두 개의 방문은 밖의 소란에도 불구하고 굳게 닫혀 있었다. 하나는 구절심의 방이고 또 하나는 흑자린의 방이었다.

"우헤헤헤헤헤! 네놈들이 모두 거기에 있는 게로구나. 스읍! 혹시 모르니 섣불리 움직이지 말고 우선 빈방들을 샅샅이 뒤지거라."

살모와는 수하들에게 지시를 내린 후 1층에 모여 있는 사람들의 면면을 다시 한 번 천천히 살펴보았다.

"에이, 하찮은 것들. 스읍! 고작 몇 놈밖에 없었단 말인가?"

알 수 없는 말을 남긴 살모와는 곧 그곳에 도열해 있던 수하들에게 가벼운 눈짓을 보낸 후 기우뚱거리며 여곽 밖으로 나갔다.

채— 채— 챙!

"옴마얏—!"

숙박객들을 둘러싸고 있던 살모와의 수하들이 한꺼번에 검을 뽑아 들었다. 그 동작에 놀란 여자들이 비명을 내질렀고 소란이 일기 시작했다.

하지만 그들은 검을 빼 들었을 뿐 아무런 움직임이 없었다. 단지 검을 겨눈 채 사람들을 견제하고 있을 뿐이어서 소란도 점차 가라앉았다.

잠시 후 몇 명의 사내가 살모와의 안내를 받으며 여곽 안으로 들어섰다. 제일 앞에 선 사내는 말 위에서 점소이에게 단검을 날렸던 사내로, 화려한 청색의 비단 도포를 입고 있었으며 나이는 대략 마흔 살 정도 되어 보였다.

[무랑아, 생각보다는 젊은 놈인데, 우두머리란 놈이 철퇴를 메고 있으니 영 품위가 떨어지는구나. 저놈에게 가서 품위를 생각해 웬만하면 다른 무기를 들고 다니라고 말 좀 해주려무나.]

눈알을 굴리며 상황을 살피던 팽 영감이 무랑에게 전음을 보내왔다.

[영감, 영감 품위나 생각해!]

무랑은 인상을 찌푸리며 팽 영감에게 전음을 날렸다.

도무지 상황 파악이 안 되는 늙은이였다. 팽 영감이 고수인 것만은 확실하지만 지금은 형편이 그다지 좋지 않았다. 최소한 백여 명의 무리가 여곽을 포위하고 있으며, 문주 매성목에 대한 복수인만큼 북천문의 고수들이 모두 한자리에 모여 있을 것이다.

실제로 우습게 생긴 살모와까지도 상당한 내력을 지닌 듯 언뜻언뜻 살기를 내뿜고 있었다. 게다가 무슨 생각에선지 그들은 여곽 밖에 많은 수의 폭약을 묻어놓았던 것이다.

"그들은 어디에 있는가?"

철퇴를 메고 있는 청색 도포의 사내가 입을 열었다. 귀에 거슬리는 쇳소리가 섞여 있어 듣는 것만으로도 인상이 찌푸려지는 목소리였다.
"아직 문밖으로 나오지 않았습니다. 두 개의 방에 나뉘어 있는 듯한데, 스읍! 몇 명이나 되는지는 아직 알 수 없습니다."
살모와가 머리를 조아린 채 대답했다.
"문을 열어라."
청색 도포의 사내는 짤막하게 말했다.
사내의 말이 끝나는 것과 동시에 살모와가 복도의 사내들에게 수신호를 보냈다. 그러자 사내들은 두 개의 문을 동시에 박찬 후 방 안으로 들어갔다.
쉬— 쉿! 휙! 쉬— 쉬— 쉿!
"아악—!"
"으아악!"
묘한 일이었다. 무랑은 검을 빼 든 사내들이 문을 박차고 안으로 들어가는 것까지는 볼 수 있었으나, 막상 방 안에서 무슨 일이 벌어지는지는 보이지 않아 알 수 없었다. 다만 구절심이 검을 빼 들었다면 당연히 칼 부딪치는 소리라도 들려야 할 텐데 들려오는 것은 짧은 파공성과 사내들의 비명 소리뿐이었다.
그나마 흑자린의 방에서는 공기를 가르는 파공성조차 들려오지 않았다. 도대체 무슨 일이 벌어진 것인지는 알 수 없으나 사내들의 비명 소리만이 여곽을 울렸다.
여곽은 잠시 침묵에 휩싸였다. 하지만 살모와와 청색 도포의 사내는 무표정한 표정으로 여전히 2층에 시선을 두고 있었을 뿐이다.
잠시의 정적을 깨뜨리고 2층에서 발걸음 소리가 들려왔다. 구절심과 가연, 흑자린이 모습을 드러낸 것은 거의 동시였다.

구절심은 한 손으로 가연을 품은 채 남은 한 손에 들린 검으로 바닥을 긁으며 방문을 나섰고, 흑자린은 피리처럼 생긴 대나무 막대를 들고 있었다.

"오호라, 누군가 했더니 북천문의 소뢰왕이었군. 아무리 한물간 북천문이라지만, 이건 영 실망인데? 하긴 매성목 같은 소인배 밑에 인재가 남아 있을 리 없지. 아무리 그렇더라도, 너 따위가 문주의 자리를 넘보다니… 끌끌끌! 사파의 위신이 말이 아니군."

흑자린은 징그러운 웃음을 흘리며 비아냥거리듯 말했다.

"하하하, 의외군. 새가슴 흑자린이 홀몸으로 강호에 나왔다? 게다가 이렇듯 겁없이 지껄이고 있다니! 구절심 하나를 믿고 하는 말치고는 너무 위험하다고 생각하지 않는가?"

청색 도포의 사내가 사특한 미소를 지으며 말했다. 그와 흑자린은 평소에 잘 알고 있는 사이인 듯했으나 서로를 그다지 두려워하고 있는 것 같지는 않았다.

"매성목에게 진심으로 충성했는가? 그를 위해 목숨을 걸고서라도 반드시 복수를 해야겠는가? 그렇지 않다면 길을 열어라. 나 구절심은 불필요한 싸움은 하지 않는다."

이제껏 묵묵히 그들을 지켜보던 구절심이 차갑게 말했다.

말을 마친 구절심은 가연을 감싼 손에 지그시 힘을 주고 검으로는 여전히 바닥을 긁어 거북한 소음을 내며 계단으로 걸음을 옮겼다. 한 차례 흑자린과 눈이 마주치기는 했으나 무심한 눈빛이었다. 구절심의 품에 안겨 있는 가연의 눈빛 또한 마찬가지였다.

"쳐라!"

한동안 그런 구절심의 모습을 지켜보고 있던 청색 도포의 사내, 즉 소뢰왕이 쉿소리나는 목소리로 짧게 말했다.

휘리릭! 타타타탓!

소뢰왕의 명령이 떨어지자마자 계단 밑에 서 있던 수하 일곱 명이 한꺼번에 구절심에게 달려들었다.

세 명의 사내는 일렬로 계단을 타고 올라가며 검을 내뻗었고, 두 명의 사내는 계단 밑으로 재빨리 움직여 구절심과 가연이 딛고 있는 나무 발판에 쌍날창을 꽂았다. 그리고 또 다른 두 명의 사내는 계단 측면에서 그대로 날아오르며 암기를 흩뿌렸다. 그것은 거의 동시에 이루어진 동작으로, 어느 한곳 빈틈이 없었다.

하지만 구절심의 이름은 허명이 아니었다. 그는 세 방향에서 동시에 펼쳐진 공격을 일일이 상대하는 대신 전방을 뚫고 나갔다. 그것도 아주 간결하고 신속하게.

구절심은 가연의 겨드랑이에 한 손을 끼운 후 그녀를 안은 채 계단의 난간을 딛고 뛰어오르며 공중에서 회전했다. 순간 그의 검이 여러 가닥으로 나뉘며 흩뿌려졌고, 그가 계단 아래로 착지하는 것과 동시에 계단으로 뛰어오르던 세 명의 사내가 고꾸라졌다.

세 사내의 죽음은 처참했다. 그들이 쓰러지는 것과 동시에 계단 발판을 뚫고 쌍날창이 튀어나와 쓰러지는 사내의 목에 박혀들었고 계단 측면에서 뿌려진 암기들은 그들의 옆구리와 등을 파고들었다.

[무랑아, 보았느냐? 구절심은 검을 부딪치지도 않았다. 그것도 계집을 안은 상태로 회전하면서 말이야. 그야말로 쾌검이로다!]

팽 영감은 눈빛을 빛내며 무랑에게 전음을 날렸다.

무랑은 그제야 방금 전 구절심의 방에서 검 부딪치는 소리 없이 사내들의 비명성만이 터져 나왔던 까닭을 알 수 있을 듯했다. 구절심의 검은 불필요한 방어를 하지 않는다. 가장 간결하고 빠르며 정확한 일격으로 상대를 쓰러뜨릴 뿐이다.

"무엇을 위해 목숨을 버리려 하는가? 내 검엔 자비가 없다. 가로막는 모든 것을 벨 뿐이다. 길을 열어라."

구절심은 여전히 차가운 음성으로 소뢰왕에게 말했다.

그사이 밖에서는 또 한 무리의 사내들이 들이닥쳤다. 어림잡아 30여 명. 그들은 각각 검과 도, 쇠사슬과 도끼, 꺽창, 총채 등 여러 종류의 무기들을 들고 있었다. 언뜻 보기에도 각 분야에서 일정한 경지에 오른 자들인 듯 견고한 자세로 질서 정연하게 포진해 구절심의 길을 막아섰다.

"구절심, 왜 우리 부하들은 명령에 죽고 사는지 아는가? 하긴, 너처럼 고독한 살수가 그것을 알 리 없지. 더 큰 우리를 지키기 위해서다. 그렇기에 오늘 너는 죽을 것이고 우리는 살아남을 것이다."

수하들의 뒤편에 서 있던 소뢰왕이 표정을 굳힌 채 또박또박 말했다.

한편, 구절심의 미간이 미세하게 떨렸다. 아무리 쾌검을 자랑하는 그라 해도 혼자서 상대하기에는 벅찬 수였다. 게다가 자신에게는 제 몸조차 가누기 힘겨워하는 가연이 딸려 있었던 것이다. 그녀를 지키며 사내들을 뚫고 나간다는 것은 사실상 불가능한 일이었다.

[무랑아, 저놈이 무슨 말을 하고 있는 게냐?]

단순 언어 팽 영감은 소뢰왕의 더 큰 우리니, 고독한 살수니 하는 말들이 쉽게 납득이 안 간다는 듯 무랑에게 전음을 보내 물었다.

[짜 덤비는 놈은 못 당한다는 얘기야, 영감. 쪽수가 중요하단 거지.]

무랑은 여전히 구절심에게 눈길을 주며 귀찮은 질문에 대충 대답해 버렸다. 하지만 그의 해석을 들은 팽 영감은 기분 나쁜 미소를 흘리며 다시 전음을 날렸다.

[저놈이 쪽수를 믿고 까분단 말이야? 흐히히, 더 지켜볼까, 아니면 이 열해도 형님이 나가서 상황을 정리해 줄까?]

[영감, 개구리가 무섭다며! 국으로 가만히 처박혀 있어.]

[헉! 맞아, 개구리. 그런데… 왠지 저 개구리는 나랑 통하는 것 같았 거든? 스읍!]

[으… 오죽하겠어!]

무랑과 팽 영감이 전음을 주고받는 사이, 이제껏 2층에서 상황을 지켜보던 흑자린이 천천히 계단을 내려오다가 걸음을 뚝 멈춘 후 크게 웃어 젖히며 말했다.

"우히히히! 소뢰왕아, 소뢰왕아! 네가 아직 상황을 모르는구나. 신체 발부는 수지부모라 했거늘 아무려면 나 새가슴 비이사 흑자린이 혼자서 이 험난한 강호에 나왔을까? 얘들아, 본색을 드러내거라!"

흑자린의 말이 끝나는 것과 동시에 이제껏 숙박객들 사이에 끼어 있던 떠돌이 무사들이 검을 빼 들었다. 그리고 방금 전 흑자린이 걸어 나왔던 방 안에서 네 명의 난쟁이가 모습을 드러냈다.

흑자린의 방에서 나온 난쟁이들은 쌍둥이인 듯 모두 똑같은 얼굴을 하고 있었다. 짧은 다리와 우스운 생김새에 모두 바닥까지 끌릴 만큼 긴 머리를 가지고 있었는데, 동안의 얼굴과는 달리 온통 눈부신 백발이었다. 그리고 하나같이 손과 입에 새빨간 피칠을 하고 있었다.

"사마귀, 누구를 먼저 갉아 먹을까?"

"사마귀, 누구를 먼저 갉아 먹을까?"

"사마귀, 누구를 먼저 갉아 먹을까?"

"사마귀, 누구를 먼저 갉아 먹을까?"

네 명의 난쟁이 중 하나가 입을 열자 나머지 셋이 차례로 그 말을 따라 했다. 그들은 목소리까지도 똑같아서 마치 한 사람의 목소리가 벽과 벽에 부딪치며 메아리를 울리는 듯했다. 그리고 입이 열릴 때마다 붉은 피로 범벅이 된 이빨이 드러나 그렇지 않아도 흉측한 몰골이 더욱 흉측하게 보였다.

난쟁이들의 모습을 지켜보던 소뢰왕과 역시 기이한 생김새로 여곽 밖에서부터 소뢰왕 옆에 붙어 그를 호위하던 사내들의 얼굴이 차갑게 굳어졌다. 하지만 잠시 어리둥절한 눈으로 그들을 바라보던 살모와는 묘한 웃음을 머금으며 음침한 목소리로 말했다.

"식인귀(食人鬼) 사니(四坭)?"

그의 목소리에 이제껏 까불고 날뛰며 어수선하게 주위를 두리번거리던 난쟁이들의 동작이 딱 멈추어졌다.

"살모와? 으아악, 살모와다!"
"살모와? 으아악, 살모와다!"
"살모와? 으아악, 살모와다!"
"살모와? 으아악, 살모와다!"

난쟁이들은 이번에도 차례로 똑같은 말을 늘어놓은 후 바르르 몸을 떨기 시작했다.

"흐히히, 그래! 내가 오늘같이 풋풋한 날을 좋아하는 이유가 있지. 이런 날은 꼭 맛난 파리들이 내 주위에 꼬여든단 말이야. 스읍! 오랜만에 아주 포식을 할 수 있게 생겼어. 흐히히히! 스으읍! 휘릭!"

살모와는 눈알을 서로 엇갈리게 돌리며 스읍… 스읍… 하는 기분 나쁜 소리를 만들어내다가 느닷없이 혀를 쭉 내밀어 휘둘렀다. 마치 소

천형(天刑)의 계절 135

혓바닥처럼 긴 혀가 입 주위를 맴돌았는데, 얼마나 길고 유연한지 빼꼼히 뚫린 콧구멍까지를 훑어 내렸다.

[영감, 사파의 무리들은 대체로 저렇게 괴상한 거야?]

소름 끼친다는 눈으로 그들을 보고 있던 무랑이 팽 영감에게 전음을 날렸다.

[이놈아, 뭐가 괴상하다는 거냐? 남의 식성 가지고 그러는 거 아니다.]

[사람이 사람을 먹는 게 제대로 된 식성이야?]

[미친놈! 저게 어디 사람이냐, 개구리랑 파리지!]

팽 영감은 전음을 날리면서도 여전히 히죽거리며 살모와를 쳐다보았다.

"우히히, 우리 사니가 싫어하는 개구리도 와 있었군. 하지만 살모와야, 너는 내가 상대를 해주지. 자, 한번 이리로 와보련?"

계단 위에 멈춰 선 채 재미있다는 듯 상황을 지켜보던 흑자린이 살모와에게 손짓을 하며 기분 나쁜 웃음을 흘렸다.

"흐히히히! 새가슴 흑자린이 오늘 독약을 삼킨 게로구나. 평소에는 내 앞에서 설설 기던 벌레 같은 녀석이 오늘은 웬일일꼬? 스읍! 그래, 네놈부터 맛봐주마!"

말을 마친 살모와는 양손을 소매 속에 집어넣고 잠시 꿈틀거린 후 다시 꺼냈다. 소매에서 나온 그의 양손에는 서로 크기가 다른 두 개의 갈고리가 끼워져 있었다. 살모와는 갈고리가 끼워진 손으로 몇 차례 허공을 휘저은 다음 뒤뚱거리며 흑자린이 서 있는 계단으로 다가갔다.

"우히히, 개구리가 물갈퀴를 달았구나. 하지만 수영을 할 것도 아닌데 뭐 하러 그런 걸 달고 다니는지 모르겠구나. 우히히히!"

흑자린은 손에 들고 있는 대나무 막대로 계단의 난간을 규칙적으로 두드리며 자신을 향해 다가오고 있는 살모와에게 비아냥 섞인 말을 내뱉었다.
 흑자린의 말에는 아랑곳없이 비실비실 웃음을 흘려대며 걸어가던 살모와는 계단에서 5장가량 떨어진 거리에서 갑자기 바닥을 박차고 뛰어오르며 팽이처럼 빠르게 몸을 회전시켰다.
 대나무 막대로 계단 난간을 두드려 대던 흑자린이 손을 내뻗은 것도 그때였다.
 흑자린의 손에 들려 있던 대나무 막대에서 하얀 가루가 휙 뿌려졌다. 그리고 그 가루의 미세한 분말은 불빛에 반짝이며 흑자린이 떠 있던 허공을 뒤덮었다.
 하지만 흑자린의 손은 너무 느렸고 살모와의 동작은 섬전처럼 빨랐다.
 끼—긱!
 "헉!"
 흑자린의 입에서 신음이 새어 나왔다.
 "히히히! 새가슴 흑자린! 네놈이 그 따위 독 가루로 나를 상대하려 했느냐? 스으읍! 모처럼 용기를 낸 것은 가상하다만, 무공도 모르는 네놈 따위가 상대할 살모와가 아니지. 흐히히, 어디 옛날처럼 이 살모와 님의 발바닥에 난 종기를 입으로 빨아볼 테냐? 스으읍! 하찮고 하찮은 놈. 흐히히히!"
 살모와는 한 손으로 흑자린이 서 있는 계단 옆의 벽면에 갈고리를 박아 넣은 채 유연하게 달라붙어 있었다. 그리고 남은 한 손에 끼워진 갈고리로는 흑자린의 목줄기를 툭툭 건드리며 음산한 웃음을 흘렸다.

살모와의 갈고리가 목을 건드릴 때마다 흑자린은 바르르 몸을 떨었다.

흑자린은 기우뚱거리며 걷는 살모와에게서 그 정도로 빠른 몸놀림이 나올 줄은 상상도 못했다. 과거, 북천문과 구황문이 서로 교류할 때 한차례 살모와의 발에 난 종기를 치료해 준 적이 있을 뿐, 자신의 눈으로 그의 실력을 확인한 적은 없었던 것이다.

"살모와… 살려주게. 나 같은 조무래기를 죽여서 무엇 하겠나? 내가 이 자리에서 무릎을 꿇고 자네에게 일천 배를 올려 죄를 씻겠네! 제발 살려주게……!"

흑자린은 바르르 떨며 조심스레 계단에 무릎을 꿇었다. 그리고 고개를 바닥에 찧으며 살모와에게 절을 하기 시작했다.

살모와는 어이가 없다는 듯 자신에게 절을 하고 있는 흑자린을 물끄러미 쳐다볼 뿐이었다.

흑자린이 비록 의원의 신분인만큼 무공을 모른다고는 하지만, 구황문에 있어 그의 위치는 그렇게 가벼운 것이 아니었다. 워낙 비상한 두뇌를 가진 자라 구황문의 책사(策士) 역할을 하며 많은 일들을 계획해 왔다.

사실 흑자린은 겁이 많아 강호에 모습을 드러내는 일이 드물었다. 혹 강호에 나타난다 해도 늘 철저한 호위 속에서 움직였기에 숙적이 있어도 그를 제거하는 일은 거의 불가능했다. 그런데 그런 흑자린이 오늘 비로소 죽음의 위기에 직면하게 된 것이다.

"진정 하찮고 어리석은 놈! 문주의 복수를 위해 총출동한 우리가 어찌 자비를 베풀까? 스으읍! 하지만 내 한때 네놈에게 작은 은혜를 입은 적이 있으니 고통없이 죽여주마. 잘 가거라, 새가슴 흑자린!"

말을 마친 살모와의 갈고리가 높이 치켜졌다.

하지만 그때였다.

"흑자린을 죽이지 마라."

지극히 담담한 어조로 구절심이 입을 열었다.

"내가 비록 매성목의 목을 취하긴 했으나 내 일과 무관한 북천문을 말살하지는 않았다. 하지만 네 갈고리가 흑자린을 찍는 순간 더 이상 북천문은 없다. 내 검에 모두 죽을 것이기 때문이다. 갈고리를 거둬라!"

구절심은 살모와의 눈을 똑바로 응시한 채 또박또박 말했다.

순간 살모와의 얼굴에 여러 가지 표정이 엇갈리기 시작했다. 구절심이라는 위인이 결코 허풍쟁이가 아님을 알고 있었기 때문이다.

하지만 현재의 상황으로 봤을 때 그것은 터무니없는 착각에 불과했다. 구절심의 실력이 아무리 뛰어나다 해도 이 좁은 공간에서 백여 명을 한꺼번에 상대할 수는 없는 것이다. 더욱이 북천문의 최고 실력자인 소뢰왕, 늘 그와 함께 행동하는 고수 오괴(五傀), 살모와 자신이 있는 이상 구절심은 더 이상 살아 있는 목숨이라 할 수 없었다.

그럼에도 살모와는 망설여야 했다. 구절심의 눈엔 두려움이나 망설임의 빛 대신 자신으로선 도저히 감당하기 어려운 위압감만이 담겨 있을 뿐이었다.

"죽이지 마! 흑자린을 죽이지 마!"

"죽이지 마! 흑자린을 죽이지 마!"

"죽이지 마! 흑자린을 죽이지 마!"

"죽이지 마! 흑자린을 죽이지 마!"

이제껏 2층 난간에 매달려 이리저리 옮겨 다니며 수선을 피우던 사니가 구절심의 말을 흉내 내 차례로 떠들어대기 시작했다. 그들 역시 살모와가 망설이고 있음을 간파한 것이다.

인상을 찌푸리며 사니를 노려보던 살모와가 소뢰왕에게 시선을 돌렸다. 어떻게 행동해야 할지 결정해 주기 바라는 마음에서였다.

소뢰왕은 무표정하게 살모와와 구절심을 바라보았다.

사실 소뢰왕이 북천문을 총동원해 이곳까지 온 데는 나름의 이유가 있었다. 그것은 매성목에 대한 충성심 때문은 아니었다. 어차피 매성목은 얼마 더 살지 못할 만큼 중병에 걸려 있었고, 소뢰왕은 그 이후의 일을 꾸준히 준비해 왔다. 즉, 매성목의 뒤를 이어 북천문을 이끌 만반의 준비를 끝내놓았던 것이다. 만약 매성목이 중병에 걸리지 않았다면 소뢰왕 자신이 그의 목을 베었을지도 모를 일이다.

하지만 구절심이 매성목의 목을 벰으로써 상황은 급변했다. 소뢰왕은 과거 북천문의 명성을 되찾기 위해 차근차근 세력을 모으고 실력을 쌓아왔으나 북천문의 문주가 일개 살수에 의해 암살당했다는 소문이 강호에 퍼지게 되면 북천문의 위상은 그야말로 땅바닥에 떨어지고 마는 것이다.

그것을 극복할 수 있는 방안은 한 가지밖에 없었다. 철저한 응징! 구절심 하나만이 아니라 그 배후에서 그를 사주한 구황문을 상대로 전쟁을 치르는 것이 유일한 해결책이었던 것이다. 그런데 그 길잡이가 되어줄 수 있는 인물이 바로 구절심이었다. 소뢰왕은 이곳 장안의 한 변두리까지 보름여 동안이나 은밀히 구절심의 뒤를 밟았고, 드디어는 구황문의 세력까지 만나게 된 것이다.

소뢰왕이 여곽 밖에 폭약을 매설해 둔 데도 나름의 이유가 있었다. 한 개인이 아니라 구황문 전체를 상대로 한 싸움인만큼 소뢰왕은 만약을 대비해 폭약을 준비해 온 것인데, 마구간을 살피던 중 이 여곽이 심상치 않은 곳임을 눈치 채게 된 것이다.

마구간에는 구절심의 말과 함께 봉안마(鳳眼馬) 한 마리가 묶여 있었다.

문제는 봉안마였다. 봉안마란 말의 이마에 덮인 흰털 한가운데에 봉황의 눈[眼] 형상을 한 붉은 반점 두 개가 찍혀 있는 말로, 구황문의 문주 추역강의 말이었다.

봉안마를 보는 순간 소뢰왕은 회심의 미소를 지었다. 추역강이 직접 이 여곽을 찾지는 않았을지라도 그에 버금가는 인물이 여곽에 머물고 있음이 확실했기 때문이다. 소뢰왕은 즉시 수하들에게 여곽 주위에 폭약을 매설할 것을 지시한 후 살모와를 통해 여곽 안의 정황을 살피게 했다. 그리고 그 자신은 여곽 밖에서 만약의 사태가 벌어질 경우 폭약을 터뜨려 여곽 전체를 불바다로 만들 생각이었다.

하지만 막상 여곽을 점거한 그는 얼마간의 실망감을 느끼고 있었다. 기대와는 달리 여곽에는 추역강이나 그 외 구황문의 고수가 없었던 것이다. 흑자린 따위를 상대하기 위해 자신이 직접 강호에 나선 것은 아니었으므로 그런 실망감은 당연한 것이었다.

"죽여라!"

생각이 정리된 듯 소뢰왕은 차갑고 간결하게 말했다. 그에게 있어 흑자린은 한낱 쓸모없는 인간에 불과했기 때문이다.

"구황문의 개가 된 것을 후회해라!"

소뢰왕의 지시가 떨어지자마자 살모와의 갈고리가 힘껏 위로 치켜졌다.

하지만 그 순간이었다.

"죽인다! 소뢰왕을 죽인다!"

"죽인다! 소뢰왕을 죽인다!"

"죽인다! 소뢰왕을 죽인다!"

"죽인다! 소뢰왕을 죽인다!"

난간에 매달려 있던 사니가 거북한 목소리로 외치며 소뢰왕을 향해 뛰어내리기 시작했다. 그들은 마치 공처럼 몸을 동그랗게 말고 뱅글뱅글 돌며 떨어져 내렸는데, 그 사이사이 소뢰왕에게 십여 개의 비수를 흩뿌리고 있었다.

"아으— 으아악!"

살모와의 비명성이 터진 것도 그 순간이었다. 살모와의 시선이 사니에게 멎어 있는 사이 흑자린이 살모와의 얼굴에 소매 속의 독 가루를 뿌려댄 것이다.

채— 챙! 챙! 챙!

여곽 안은 순식간에 아수라장이 되었다. 이제껏 검을 든 채 북천문의 무사들과 대치하고 있던 구황문의 무사들이 일제히 공격에 들어갔던 것이다.

한편, 소뢰왕을 감싼 채 사니의 비수를 쳐내던 다섯 명의 괴이하게 생긴 사내는 꽤나 무거워 보이는 도(刀)를 머리 위로 휘휘 돌리며 사니의 공격을 막아내고 있었다. 그들은 오괴(五傀), 즉 다섯 허수아비로 불리는 인물들로 벙어리에 귀머거리였다.

오괴는 팔 척 장신의 거대한 체구인만큼 그들이 휘두르는 도에서는 묵직한 파공성과 함께 강한 바람이 일었는데, 네 명의 사니는 양손에 든 단검으로 그들과 맞서며 이리저리 튀어 다녔다.

언뜻 보기에 오괴와 사니의 싸움은 아주 간단하게 끝날 것 같았다.

오괴에 비해 터무니없이 작은 사니는 힘에 있어서나 수에 있어서 훨씬 불리했기 때문이다. 하지만 사니는 눈에 보이지 않을 만큼의 빠른 동작과 조직력으로 오괴를 상대해 나갔다. 네 명의 사니가 한꺼번에 한 명의 오괴에게 달려들어 빠르게 구르고 뛰어 오르며 정신을 빼놓았던 것이다.

사니가 한 명의 오괴에게 달려들 때 나머지 네 명의 오괴는 수수방관할 수밖에 없었다. 동작이 굼뜨기 때문이 아니었다.

구절심! 그의 검이 현란하게 춤추며 소뢰왕을 노리고 있었으므로 그 한 사람을 상대하기에 바빴다.

"영감, 이럴 땐 어떻게 해야 하지?"

바닥에 엎드려 손으로 머리를 감싼 채 비명을 내지르고 있는 여자와 상인들 틈에 끼어 멀뚱히 싸움을 지켜보던 무랑이 팽 영감에게 물었다. 무랑의 시선은 줄곧 구절심과 오괴에 붙박여 있었다.

"에이힝, 이 녀석! 네놈이 그러고도 사내더냐?"

팽 영감의 목소리는 무랑의 뒤편에서 들려왔다.

"무슨 소리야, 영감?"

무랑은 여전히 구절심과 오괴의 싸움에서 눈을 떼지 않은 채 건성으로 물었다.

"나처럼 이렇게 두려움에 떨고 있는 민초를 위로하란 말이다, 이 녀석아!"

팽 영감이 팽, 소리를 내질렀다.

무랑은 그제야 고개를 돌려 팽 영감을 쳐다보았다.

"아가야, 괜찮다. 괜찮으니라. 이 오라비가 있지 않느냐? 흐히히히!"

무랑은 어이가 없어서 말이 나오지 않았다. 팽 영감은 바닥에 엎어져 비명을 내지르는 계집의 엉덩이를 주무르며 실실거리고 있었던 것이다.

"영감, 그러고 싶어?"

"뭔 소리더냐, 이 녀석아. 네놈은 사슴처럼 가녀린 이 아이가 두려움에 떠는 모습이 보이지도 않느냐? 나 열해도 팽이의 도(刀)는 바다를 가를 듯 웅장하지만, 이 가슴만은 뜨겁고 인자하기 그지없느니라. 흐히히히!"

"가슴이 뜨거운 게 아니라 머리가 뜨겁겠지. 뇌가 녹아날 만큼 뜨거울 거야, 아마. 꼭 미쳐도 위험하게 미치는 인간들이 있단 말이야. 으이그그그!"

무랑은 쯧쯧 혀를 차며 흑자린이 서 있던 계단으로 고개를 돌렸다.

하지만 흑자린의 모습은 온데간데없었고 뭉개진 얼굴을 감싼 채 나뒹굴고 있는 살모와의 모습만이 눈에 들어왔다.

무랑은 아수라장이 되어버린 여곽 안을 천천히 살폈다. 그 어디에도 흑자린의 모습은 보이지 않았다. 이상한 것은 구절심의 품에 안겨 있던 가연의 모습 역시 보이지 않는다는 것이었다.

'이상하다! 수십 명의 북천문 무사들이 아직 여곽을 포위하고 있을 텐데 무공도 모르는 두 사람이 어디로 간 거지?'

무랑은 그들의 행방이 은근히 궁금해서 다시 여곽을 둘러보았다.

"으아아악!"

"아아악!"

문밖에서 사내들의 처절한 비명 소리가 들려온 것은 그때였다. 여곽 안의 소란과는 달리 여전히 거세게 쏟아지는 빗소리와 천둥 소리에 섞인 그 비명 소리는 긴 여운을 남기며 계속해서 들려왔다.

"싸움을 멈춰라!"

소뢰왕의 목소리가 여곽 안을 쩌렁쩌렁하게 울렸다. 그 목소리로 인해 여곽 안은 잠시 진정 국면에 들었다.

오괴가 도를 거두는 것과 동시에 구절심과 사니 역시 공격을 멈췄고, 서로 대치해 검을 주고받던 양편의 무사들도 조금씩 물러섰다. 하지만 소뢰왕이나 북천문의 무사들이 어리둥절한 표정인 데 반해 구황문의 무사들은 입가에 희미한 미소를 머금고 있었다.

"소뢰왕! 네 그릇은 너무 작다. 그것이 늘 패하고 마는 자들의 공통된 특징이지."

상당한 내력이 실린 목소리가 여곽을 울렸다.

"으으… 으아악!"

"아… 아악!"

무공을 모르는 일반 숙박객들의 비명이 점점 높아져 갔다. 그들은 귀와 코로 가느다란 핏줄기를 쏟아내며 고통스레 바닥을 굴렀고, 소뢰왕과 북천문의 무사들은 여곽의 문을 바라보며 긴장으로 몸이 굳어갔다.

쉬이익— 쿵!

잠시 후 거친 비바람과 함께 여곽의 문이 열렸다.

"그릇이 작은 자들이 사는 방식은 두 가지다. 보다 강한 자에게 종속되거나 고집스레 미련을 버리지 못한 채 비참한 최후를 맞는 것! 소뢰왕, 너는 어떤 방식의 삶을 선택하겠는가. 내게 종속되겠는가, 아니면 비참한 최후를 맞이하겠는가?"

빗줄기를 가르며 한 사내가 여곽 안으로 들어섰다.

"구황을 뵈옵니다!"

구황문의 무사들이 동시에 바닥에 엎드리며 예를 갖추었다.

'호신강기……?'

사내를 바라보던 무랑의 얼굴에서 핏기가 가셨다. 비바람을 뚫고 모습을 드러냈음에도 사내의 몸 어느 한구석 흩어지거나 빗물에 젖은 흔적이 없었던 것이다.

사내의 모습에 놀란 것은 소뢰왕이나 북천문의 무사들도 마찬가지였다. 그들 역시 자신의 눈을 믿을 수 없었던 것이다. 이제껏 근엄하고 담담한 모습을 유지했던 소뢰왕의 몸조차 바르르 떨리고 있었다.

[영감, 사람이 호신강기를 펼치는 것이 정말 가능한 거야?]

무랑은 곧장 팽 영감에게 전음을 보냈다.

[심오한 내공을 이용해 눈에 보이지 않는 기(氣)의 막을 형성한다는 호신강기? 전설로만 전해져 내려오는 것으로 알고 있지만, 뭐 없으란 법도 없지. 하지만… 쯧쯧, 우산을 쓸 일이지 괜한 힘을 낭비하고 있구나.]

팽 영감은 고통스레 신음하고 있는 계집을 품은 채 심드렁하게 말했다.

무랑은 인상을 찌푸리며 뭐라고 한마디 내뱉으려 했으나 곧 태도를 바꾸어 새삼스럽다는 듯 팽 영감의 얼굴을 들여다보았다. 팽 영감은 빠르게 계집의 혈도를 짚어 나가며 음공에 의한 고통을 완화시켜 가고 있었던 것이다.

[영감한테 그런 면이 있었어?]

무랑이 가볍게 웃으며 전음을 보냈다.

[이놈아, 너 같으면 네 계집이 고통을 당하고 있는데 쳐다보고만 있겠냐? 우린 벌써 오늘 뜨거운 밤을 보내기로 약조했느니라. 우히히히히!]

팽 영감은 혈도를 짚어가던 손을 거두어 입가의 침을 쓱 닦아내더니 무랑에게 헤벌쭉이 웃어 보였다.

한편 소뢰왕은 등 뒤에 걸쳤던 철퇴에 천천히 손을 가져가고 있었다.

'추역강… 과거의 추역강이 아니다!'

구황(九凰)이라 불리는 추역강과는 과거 몇 차례 만난 적이 있으나 최근 몇 년간 그는 강호에 모습을 드러내지 않았다. 그런데… 괄목상대! 그 몇 년 사이에 그의 모습은 확연히 달라져 있었던 것이다.

"그사이 잔재주만 늘었구려, 추역강! 나 소뢰왕의 철퇴가 당신을 시험해 보고 싶다는데 어쩌지? 한번 몸을 섞어보실까?"

"우두머리에는 두 가지 부류가 있지. 자비와 인내로 그 자리에 오른 자, 그리고 무자비한 힘으로 모든 것을 굴복시킨 자! 소뢰왕, 너는 내가 어떤 부류인지 알고 싶다는 것인가? 아마도 나는 네게 자비 대신 힘을 보여줄 것이다. 너는 내 자비와 인내를 허용할 만큼 유익한 동물이 아니기 때문이지. 오너라!"

추역강의 말에 소뢰왕의 미간이 흉물스럽게 일그러졌다.

"네 혀가 죽음을 재촉하는구나!"

소뢰왕이 철퇴를 빼어 든 채 허공으로 날아오르며 소리쳤다.

허공에 떠오른 소뢰왕의 신형은 마치 쌍비각을 펼칠 때처럼 눕혀지더니 철퇴에 힘을 싣는 것과 동시에 빠르게 세 바퀴 회전했다.

"일뢰폭(一雷爆)!"

철퇴가 소뢰왕의 손을 떠나는 것과 동시에 여곽 밖에서 한차례 번개가 일었다.

쿠쿠— 쾅!

천지를 쪼개 버릴 듯한 천둥 소리! 수평으로 회전하는가 싶던 철퇴는 빠르게 수직으로 변해가며 추역강의 머리를 향해 날아갔다.
"폭사(爆絲)!"
어느새 빙그르르 몸을 돌려 내려선 소리왕이 어깨로부터 허리까지를 감싸고 있던 사슬을 양손으로 잡고 휘두르며 외쳤다.
파파파파— 팟!
두 개의 사슬은 마치 뱀처럼 지그재그로 흐르며 추역강의 다리를 향해 날아갔다.
턱! 차르르!
도저히 이해할 수 없는 일이었다. 추역강이 가볍게 손을 내젓자 그를 향해 날아가던 철퇴가 갑자기 허공에서 뚝 멈추며 둔탁한 소리를 냈고, 뒤이어 낮게 흐르며 뻗어가던 사슬 역시 어느 지점에서 그대로 멈춰 섰다.
투, 투투투투, 퍼퍼펑!
잠시 후 철퇴와 사슬이 머물러 있던 허공과 바닥에서 폭사가 일어났다. 그 폭사로 인해 멈춰 있던 철퇴가 원래의 주인이던 추역강을 향해 날아갔고, 사슬은 바닥과 벽면을 난타하며 제멋대로 춤을 추었다.
분명히 터졌으나 아무것도 터지지 않았다. 그것은 강기로 인한 무형의 막이 찢어진 것이라기보다는 서로 엇갈린 두 개의 강기가 맞부딪치며 일으킨 거대한 폭발 같았다.
소리왕은 온몸이 얼어붙는 느낌이었다. 몸을 황급히 뒤로 눕히며 철퇴의 손잡이를 발로 빗겨 쳐냄으로써 위기를 벗어나기는 했으나 그때까지 쥐고 있던 사슬로 전해져 오는 강한 파동에 내장이 뒤흔들렸다.
"너는 북천문을 사랑했는가?"
소리왕을 향해 천천히 걸음을 옮기며 추역강이 물었다.

추역강의 물음에 소뢰왕은 무엇인가를 잠시 생각하는 듯했다. 그리고 한차례 선혈을 토해낸 후 힘겹게 입을 열었다.

"그렇지 않다면 이 자리에 있을 이유가 없지 않겠소?"

소뢰왕은 자신의 패배를 뼈저리게 확인하고 있었다. 이제 남은 것은 살 수 있느냐, 아니면 처참한 죽음을 맞게 되느냐 둘 중 하나였다. 그리고 그 선택은 철저하게 추역강의 마음에 달려 있었다.

"오래전 혈루검 구용각이 사라짐으로써 북천문은 이미 허물어져 내렸다. 매성목도, 너도 이미 존재하지 않는 허상에 집착하며 살아온 것이지. 자, 네가 사랑했던 북천문이 그랬듯 너도 흔적없이 사라져 버려라."

추역강은 담담하게 말한 후 양손을 머리 높이까지 치켜 올렸다가 곧장 앞으로 내뻗었다.

휘리리릭!

추역강의 손짓에 따라 벽면과 바닥을 갈기며 소란스레 뒤틀리던 사슬이 소뢰왕을 향해 쏜살같이 날아갔다.

스스스스슥… 콰콰콰콰— 쾅!

사슬은 소뢰왕의 전신 혈맥을 샅샅이 훑어 내렸다. 그리고 사슬이 지나간 자리마다 투둑, 투둑 핏줄이 터지는 소리가 들리더니 사슬의 움직임이 멎는 것과 동시에 소뢰왕의 몸이 거대한 폭음을 내며 폭사했다. 실로 한 문파의 문주를 꿈꾸던 인물의 죽음으로는 더없이 허망하고 처참한 죽음이었다.

"아악, 아아악!"

팽 영감 품에서 간신히 정신을 수습하고 주위를 둘러보다가 소뢰왕의 폭사를 목격한 계집은 다시 비명을 내지르며 공포에 떨었다. 그러나 그것도 잠시, 그의 핏물이 전신에 뿌려지는 순간 아예 까무러치고 말았다.

채챙, 챙, 챙, 챙.

혼이 빠져나간 모습으로 서 있던 북천문의 무사들이 무기를 바닥에 떨군 채 무릎을 꿇으며 주저앉은 것도 그 순간이었다. 그들은 이미 구황문이라는 후생 문파의 거대한 힘을 목도한 것이다. 더 이상 그들을 상대로 검을 들 이유가 없었다. 강호에서 힘은 모든 것이며, 그것에 저항하는 것은 가장 큰 어리석음이다. 방금 전 소뢰왕의 죽음은 그런 힘의 논리를 단적으로 증명한 것에 불과했다.

하지만 모든 이들이 추역강 앞에 무릎을 꿇은 것은 아니었다.

"그, 크어어어……!"

늘 소뢰왕과 한 몸인 것처럼 움직이던 오괴가 주인의 죽음에 대한 충격을 이기지 못한 채 기이한 신음을 내뱉으며 한꺼번에 날아오른 것이다.

자신을 향해 날아오른 오괴를 경이로운 눈빛으로 바라보던 추역강은 허공에 떠오른 오괴를 향해 두 손을 내뻗었다.

…….

분명 두 눈으로 보고 있으면서도 믿기지 않는 일이었다. 추역강이 손을 내뻗는 것과 동시에 마치 시간이 정지한 것처럼 오괴의 몸이 허공에 붙박여 버린 것이다.

허공 중에서 멈춰 선 오괴는 손가락 하나 까딱하지 못한 채 고통과 당혹감, 의심, 두려움 등의 표정이 뒤섞인 얼굴을 하고 있었다.

"고통스러운가? 당혹스러운가? 내 힘이 믿기지 않는가? 두려운가? 그 모든 고통과 두려움과 혼란과 의심을 모두 거두어주마. 죽어라!"

연민의 시선으로 오괴를 바라보던 추역강은 말을 마친 후 활짝 펼쳤던 손가락을 조금씩 오무렸다.
"거… 커어어어……!"
허공 중에 떠 있던 오괴 하나하나의 얼굴이 고통에 일그러졌다. 그리고 눈의 핏줄이 팽창되는가 싶더니 코와 입, 귀 등 몸의 모든 구멍으로 피를 쏟아내기 시작했다. 그들의 몸이 투두둑, 바닥으로 떨어져 내렸을 때 그들은 더 이상 숨을 쉬고 있지 않았다.
오괴의 죽음을 끝으로 더 이상 추역강에게 칼을 겨누는 자는 없었다. 다만 여전히 서서 그의 행동을 지켜보고 있던 구절심만이 검을 거둔 채 어느 사이 사라져 버린 연인 가연을 찾아 주위를 두리번거리고 있을 뿐이었다.
"구황을 뵈옵니다!"
그때 2층에서 모습을 드러낸 흑자린이 바닥에 넙죽 엎드리며 말했다. 흑자린의 옆에는 늘 그랬듯 멍한 시선을 하고 있는 가연이 서 있었다. 흑자린은 구절심으로 인해 싸움이 본격적으로 시작되자 멍하니 서 있던 가연을 데리고 재빨리 2층으로 올라가 숨어 있었던 것이다.
"푸하하핫! 흑자린, 이 생쥐 같은 녀석. 푸하하하핫! 너로 인해 오늘 북천문이 무너졌도다. 너를 얻은 것은 나 구황의 복이로다. 푸하하하핫!"
흑자린을 발견한 추역강은 유쾌하게 웃어 젖히며 말했다.
"구황의 은혜올시다. 이 모든 것은 구황을 위한 하늘의 뜻입니다. 우헤헤!"
흑자린은 간드러지게 말한 후 살며시 고개를 들었다.
"구황! 여곽 주위에 매설된 폭약과 북천문의 떨거지들을 어떻게 처

천형(天刑)의 계절

리할갑쇼?"

"푸하하핫! 흑자란아, 흑자란아! 마치 북천문의 떨거지들과 함께 이 여곽을 통째로 날려 버리자는 이야기처럼 들리는구나. 과거의 비이사 흑자린은 어디로 간 것인고?"

추역강이 묘한 눈길로 흑자란을 바라보며 말했다.

"이자들과는 상관없이 이미 북천문은 없다. 자비를 베풀어라. 그리고 초화공과의 계약대로 더 강한 우리가 폭약을 취하겠다. 아마도 다음은 강호 전체가 되겠지. 푸하하하핫!"

추역강은 알 수 없는 말을 내뱉은 후 문을 향해 몸을 돌렸다.

하지만 곧 무엇인가가 생각났다는 듯 고개를 돌려 구절심을 보더니 입을 열었다.

"구절심, 너에 대해서는 흑자란을 통해 들었다. 너는 진정 얽매이지 않는 인간인가?"

구절심은 가연을 향해 희미하게 짓던 웃음을 거둔 채 추역강을 바라보았다. 그리고는 무거운 음성으로 말했다.

"나는 너무 많은 것들에 얽매여 있소."

"예를 들자면?"

추역강은 구절심의 대답이 흥미롭다는 듯 미소를 머금은 채 물었다.

"내 과거와 연인, 죽음."

"내가 그 모든 것을 껴안을 수 있다면 내게로 오겠는가?"

"아니, 내 삶은 얼마 남지 않았소. 그리고 내가 말한 것들은 나 아닌 누구도 껴안을 수 없는 것이오. 그대에게 주어진 길이 있듯 내게도 외길이 놓여 있을 뿐이오."

구절심은 가연을 향해 걸음을 옮기며 담담하게 말했다.

"그런가? 하지만 흑자린은 너의 병을 고칠 수 있다고 했다. 네 삶은 달라질 수도 있다는 얘기지. 나는 왠지 네가 마음에 든다. 그래서 나와 같은 길을 걷기를 원한다."

추역강은 미소를 거둔 채 빠르게 말했다. 구절심이 가연에게 다가가면 갈수록 알 수 없는 아쉬움이 더해갔기 때문이다. 추역강, 그 역시 고독한 남자에 다름 아니었는지 모른다.

"잘못 알고 있소. 이미 말했듯 나는 너무 많은 것들에 얽매여 있기에 내 마음대로 내 길을 바꿀 수 없는 것이오. 어쩌면 그것이야말로 내가 앓고 있는 병이겠지. 그런데 누가 그 병을 고칠 수 있겠소. 부질없는 일이오."

구절심은 어느새 계단을 올라 가연의 곁에 섰다.

"풋하하하! 그런가! 그런가? 그래, 구절심. 네 말이 맞을 수도 있겠지. 하지만 우리에겐 아직 두 번의 거래가 남아 있다는 것을 잊지 마라."

추역강은 크게 웃어 젖힌 후 여곽의 문을 나서며 말했다.

잠시 정적이 맴돌았고 얼마의 시간이 지난 후 흑자린과 사니를 비롯한 구황문의 무사들이 일어나 황급히 여곽을 빠져나갔다. 그리고 허탈한 모습으로 서로를 바라보던 북천문의 무사들 역시 힘없이 여곽의 문을 나서 태풍이 몰아치고 있는 장안 외곽의 거리로 나섰다.

우두머리를 잃은 북천문의 무사들은 이제 뿔뿔이 흩어져 또 다른 삶을 살아가게 될 것이다. 적어도 그들에게 놓인 길은 외길이 아니었으므로.

한밤중의 소란은 그렇게 막을 내렸다.

"휴— 이건 도대체 종잡을 수 없군. 일개 사파의 우두머리에게 저런

천형(天刑)의 계절 153

가공할 위력이 감추어져 있었다니! 영감, 도대체 강호엔 얼마나 많은 와호와 잠룡이 도사리고 있는 거요?"

무랑은 한숨을 내쉬며 버릇처럼 팽 영감에게 물었다.

"스으읍! 무랑아, 이놈아. 오늘 밤은 네놈 혼자서 자거라. 흐히히! 아가야, 네 방이 어디더냐? 이 오라비가 밤새 너를 간호해 주마. 스으읍!"

화류계의 그 삼삼한 계집이 엉덩이를 살랑이며 계단을 내려오는 순간부터 팽 영감은 이미 싸움 따위에 흥미를 잃고 있었다. 그것은 상황이 종료된 지금도 마찬가지였다. 맥없이 쓰러져 있는 시체들과 흥건한 피, 고통스레 신음하고 있는 살모와 등에겐 전혀 관심을 두지 않은 채 팽 영감은 그 계집을 부둥켜안고 있었던 것이다.

'으이그, 저놈의 영감탱이가 언제 철이 드나? 스으읍!'

천둥과 번개, 비와 바람. 팽 영감의 풋풋한 하루는 밤이 깊어질수록 더욱 풋풋해졌고, 한차례의 살겁이 휩쓸고간 여곽 안으론 다시금 가연의 애잔한 비파음이 울려 퍼지고 있었다.

'구절심……!'

무랑은 가연의 비파 탄주를 들으며 막연히 가슴이 저려오는 것을 느꼈다.

'사랑은 늘 아프다. 연인을 위해 망가져 가기 때문이다. 망가져 가는 연인을 지켜보아야 하기 때문이다. 그렇게 가여운 것들의 이름이 바로 사랑이다.'

4장 당문으로 간다

비록 마음에 들지 않는 꽃일지라도
그것이 그 해의 마지막 꽃이라면
나비는 식성과 취향을 버린 채
한 송이의 꽃에 추파를 던진다.

1
당문으로 간다

"색시야, 정말 궁금해서 물어보는 건데… 똑똑하고 발랄하고 가슴 따뜻하고 잘생긴 데다 밤일까지 잘하는, 나 무산의 어디가 좋아서 그렇게 쫓아다닌 거야?"

사천성과 접해 있는 운남성의 한 야산. 귀수삼방이 머물고 있는 동굴을 향해 걷고 있던 무산이 사슴 같은 눈을 깜빡이며 물었다.

"으… 저질! 그만 해라, 응?"

돈수정은 쉬지 않고 떠들어대는 무산에게 질릴 대로 질려 있었다. 하지만 무산은 그런 돈수정의 반응이 재미있는지 계속 주접을 떨었다.

"에이, 이 마당에 뭘 수줍어해? 어서 말해 보라니까?"

"진정 맞아 죽을 각오로 물어보는 거지……!"

"음… 그렇다기보다는, 이왕 팔려가는 거 왜 팔려가는지나 알고 싶어서……."

"호호홋! 멍청이. 주제 파악하는 게 갸륵해서 말해 주지. 난 너같이 싸가지없고 멍청한 데다 우습게 생긴 애완용 토끼가 너무너무 좋아. 그래서 쫓아다닌 거야. 그런데 나는 내 애완용 토끼가 아무 데나 돌아다니면서 똥을 싸거나 짖어대는 게 싫거든. 그래서 얘긴데, 널 데려가면 제일 먼저 혀를 자르고, 그 다음에 손목이랑 발목을 톱으로 썰어버릴 거야. 호호호. 나머진… 내가 말한 적 있지? 네 그 흉측한 물건을 잘라서 잘 말렸다가 가루를 내서 다른 토끼들에게 먹일 거야. 호호홋!"

돈수정은 싸늘하게 웃으며 아주 또렷한 발음으로 이야기했다.

"……."

"멍청이, 왜 아무 말이 없지? 계속 주접을 떨어보시지. 호호홋!"

"저… 이해가 안 가는 게 있어서 그래. 이건 내 자존심과도 직접적으로 연관된 것이기 때문에 성실하게 대답해 줬으면 좋겠어."

돈수정의 대답에 갑자기 표정이 싸늘하게 식어버린 무산이 잠시 망설이다가 말했다.

"호홋! 자존심? 잘 들어둬, 멍청이. 넌 앞으로 그런 거 가지고 살아가면 안 돼. 알았지? 하지만 불쌍하니까 이번 것만 대답을 해줄게. 그래, 뭐가 궁금하니?"

"토끼……!"

"토끼? 토끼가 왜?"

"토끼가 정말 짖어?"

"……."

사실 제 혼자 웃고 떠들며 사천성까지 오기는 했으나 무산은 그다지 기분이 좋지 않았다.

당문의 험악한 분위기를 대충 전해 들었음에도 고집불통 일소천은 새로 생긴 제자들과 함께 용문산으로 향했다. 일소천에게 있어 당문은 강호의 한낱 하류 문파 정도로밖에 여겨지지 않았던 것이다. 그러니 당문 따위를 두려워할 리 없었다.

그랬다. 일소천의 생각이 정 그렇다면, 무산으로서도 뭐 어떻게 말릴 방법이 없었다. 따라서 그게 무산의 기분을 상하게 하거나 근심스럽게 한 원인은 아니라는 이야기다.

무산은 단지 일소천의 행동거지에 마음이 상했을 뿐이다. 뼈 빠지게 일해서 먹여 살린 사부였건만, 이제껏 그에게서 받은 것은 달랑 검 한 자루뿐이었다. 그럼에도 무산은 그 검을 통해 사부의 사랑을 느꼈다. 사부에게 당해 억울하거나 서운한 일이 있을 때마다 그 검을 보며 분을 삭이곤 했던 것이다.

그런데 막상 돈수정에게 끌려가게 되었을 때 일소천은 뭔가 고민하는 모습을 보이더니, 느닷없이 무산의 검을 낚아챘다. 당문에 가면 무용지물이 될 것이란 변명을 늘어놓긴 했으나 씨도 안 먹힐 말이었다.

일소천이 그 검을 새로이 주유청에게 건네며 생색을 낼 때 무산은 확신할 수 있었다. 일소천에게 새로이 주유청이란 밥이 생긴 것임을…….

무산을 우울하게 만드는 것은 그것만이 아니었다. 무산은 일소천과 함께하게 될 석금이의 앞날이 은근히 걱정스러웠다. 아니, 석금이라도 자신의 곁에 남아줬으면 하는 것이 솔직한 심정이었다. 무산은 외로웠던 것이다.

하지만 천우막을 만날 수 있다는 말로 석금이를 꼬셨음에도 석금이는 일소천을 따라 용문산으로 떠났다. 깜구와 헤어질 수 없다는 게 이유였다.

보고 싶은 사제 무랑은 얼굴조차 보지 못했다. 분명 어디선가 눈 빠지게 자신을 찾아 헤매고 있을 것이란 생각에 마음이 아팠다. 싸가지 없는 방초는 잠시 자신에게 관심을 보이는 듯했지만 본색이 드러나는 데는 오랜 시간이 걸리지 않았다. 돈수정과 함께 당문으로 갈 것이 확실해지자 평소 그랬듯 다시 머슴 취급이었다.

어디를 둘러봐도 무산은 혼자였다.

'아, 사막처럼 황량해진 가슴에 폭풍이 몰아치는구나……!'

무산은 길게 한숨을 내쉬었다.

"멍청이, 네가 생각해도 네 자신이 한심하지? 그런데 그거 아니? 네 인생은 늘 그런 거였겠지만 나는 아니었거든? 그런데 널 만나면서부터 꼬이기 시작했어. 왜 내 인생에 끼어들어서 날 비참하게 만든 거니?"

한숨 내쉬는 무산의 모습을 가만히 지켜보던 돈수정이 고개를 저으며 말했다.

비록 목적을 이루고 귀수삼방을 찾아가는 길이긴 하지만, 그녀 역시 자신의 인생이 왜 그렇게 우습게 되었는지 한심하게 느껴졌던 것이다.

"내가 네 인생을 망쳐 놓았구나. 지금이라도 우리 헤어질까?"

무산의 천진난만한 미소가 모처럼 입술을 비집고 나왔다.

"마음대로 해. 그런데 네 사부란 인간이 네놈의 상태에 대해 설명은 해줬겠지? 이제 넌 점점 살이 썩어 문드러질 거야. 이런, 이런! 벌써 머리카락이 듬성듬성 빠져 있구나? 이제 한 나흘쯤 있으면 손톱과 발톱도 빠져 버릴걸? 엿새 정도 더 기다리면 코가 썩어 들어가면서 눈알이 빠지고, 손가락이랑 발가락이 떨어져 나가겠지. 뭐, 결국엔 팔도 빠지고 다리도 빠져 죽겠지만, 그래도 위안 삼을 만한 일은 있을 거야. 네 토끼 같은 거시기는 온전히 남을 테니까 말이야. 호호홋! 어머, 그나저나 좀 떨어져서 와라, 애. 너한테서 송장 썩는 냄새가 나거든? 어휴, 이 냄새……!"

돈수정은 사향(死香)의 중독 현상에 대해 차근차근 설명해 주었다.

 돈수정의 말대로 무산의 상태는 그다지 좋지 않았다. 손으로 머리를 슬쩍 쓸어 넘기기만 해도 머리카락이 한 움큼씩 뽑혀져 나왔고, 손톱이 빠지려는지 손가락 끝이 근질거렸다. 게다가 겨드랑이처럼 살이 접혀지는 부분에선 심한 악취까지 나기 시작했다.

 '독한 계집! 어떻게 이렇게 지독한 독을 쓸 수 있는 거야? 그래도 함께 만리장성을 쌓은 사이인데 말이야! 성 쌓는 게 얼마나 힘든 일인데!'

 무산은 돈수정으로부터 대여섯 걸음 떨어져서 그녀의 뒤를 쫓아갔다. 등에는 일소천에게 받았던 검 대신 천우막에게 전해줄 타구봉이 메어져 있었으며, 봇짐 속에는 양해구의 서찰과 만두 몇 개가 들어 있었다.

 얼마나 걸었을까, 미시(未時)에 막 접어들 무렵 돈수정이 걸음을 멈춘 후 멀리 보이는 동굴 하나를 가리키며 말했다.

 "자, 이제 다 왔어. 저기 보이는 동굴 안에 우리 사부님들이 계시거든? 지금도 늦지 않았으니까 돌아가고 싶으면 돌아가."

 돈수정으로선 아쉬울 게 없다는 표정이었다.

 "저… 내가 돌아간다고 해도 해독약은 주는 거야?"

 "호홋! 그러~엄! 그런데 너, 내가 주는 해독약 먹고 싶니? 호호, 내 성격 잘 알면서. 또 무슨 독약을 해독약이라고 속여서 먹여볼까?"

 "지독한 계집! 그럼 너랑 혼인할 테니까 한 가지 약속해 줘."

 "무슨……?"

 "저… 내 혀, 손목, 발목, 그리고 거시기……. 얘들한테 해코지 안 하겠다고……."

 "하는 거 봐서!"

 "……."

귀수삼방은 그사이 제법 상태가 양호해졌다.
 구용각에게 입은 상처도 거의 회복되었고, 허수는 새로이 의수를 만들어 예전처럼 정상인과 다를 바 없는 모습이었다. 동굴 주위에 가득하던 약초 냄새도 없었으며, 목욕이라도 한 것인지 다들 신수가 훤해보였다.
 하지만 위인들의 생김새가 워낙 우스꽝스럽고 행동거지가 평범하지 않아서 그들을 처음 본 무산으로선 상당히 생경할 수밖에 없었다.
 "음… 네가 무산이라는 놈이냐?"
 무산이 그들에게 모습을 나타냈을 때 제일 먼저 날아온 질문이 그것이었다.
 "예? 헤헤… 예. 제가 년은 아니지요. 헤헤헤."
 무산은 나름대로 발랄한 모습을 보여줌으로써 귀여움이라도 사볼 생각이었다. 하지만 무산에게 돌아온 것은 그 지긋지긋한 매였다. 귀수삼방은 머리를 조아리고 바닥에 꿇어앉은 무산을 빙 둘러싸더니 가차없이 발길질을 퍼붓기 시작했던 것이다.
 "이놈이 매로 다스려야 할 놈이로다!"
 "계집이 아니라니 굳이 사정을 둘 필요 없어 좋구나!"
 "이놈아, 독수야. 골고루 때려야지! 빈틈없이 잘근잘근 밟아야 야들야들한 육질이 나오느니라! 어이쿠야, 여기 또 빈틈이 있네?"
 귀수삼방의 발길질은 근 일 다경 동안이나 계속되었고, 가뜩이나 썩어가던 무산의 몸은 아예 만신창이가 되었다.
 무산이 그렇게 당할 수밖에 없었던 것은 돈수정에 대한 귀수삼방의 묘한 애정 때문이다. 손녀에 대한 할아비 같은 사랑과 제자에 대한 사부로서의 사랑이 뒤섞인 그 복잡한 감정은 무산을 하나의 짐승으로 보게 했다. 게다가 지난번 구용각에게 당했던 분노가 무산에게까지 엉뚱하게 여파를 미치고 있었으므로 무산의 처지는 그야말로 최악이었다.

하지만 어쩌면 손주사위가 될 무산을 아예 죽여 버릴 수는 없었는지 귀수삼방은 서서히 정신을 수습하며 발길질을 멈췄다.

"이놈아, 다시 한 번 묻겠다. 네놈이 무산이라는 허접스레기더냐?"

"예… 제, 제가… 알맹이는 아닙죠……."

무산의 어이없는 대답에 잠시 진정 국면에 들어가는가 싶던 귀수삼방이 다시 분노하기 시작했다. 하지만 그들은 결국 참고 말았다. 복날 매 맞은 개보다 비참한 몰골을 하고 있는 무산에게 차마 더 이상의 발길질을 가할 수는 없었기 때문이다.

"그러고 보니 저놈, 처음부터 몰골이 좀 이상하지 않았어?"

"그래, 머리도 듬성듬성 난 게 얼굴도 찌그러져 있었던 것 같아."

"몸에서 퀴퀴하게 뭔가 썩는 냄새도 났지?"

귀수삼방은 발 아래에 뻗어 있는 무산의 모습을 이리저리 살피며 고개를 저었다. 그리고는 이내 무엇인가를 눈치 챘다는 듯 돈수정의 얼굴을 빤히 쳐다보았다.

"호호호. 사부님들, 이제 눈치 채셨어요?"

돈수정은 간드러지게 웃은 후 엎어져 있는 무산을 발로 뒤집으며 말했다.

"허, 이것 참! 수정이 네 녀석이 혹 사향을 사용한 것이더냐?"

허수는 혀를 끌끌 차며 어이없다는 듯 말했다.

"그러지 않고는 이 여우 같은 녀석을 데려올 수 없었을 거예요. 이 녀석이 생긴 거나 하는 짓은 멍청해도 얼마나 교활한지 아세요?"

"아무리 그래도 그렇지, 네 신랑이 될 녀석인데 그런 악독한 독을 쓰다니! 어서 해독제를 먹이거라."

"솔직히 꼭두각시로 쓸 놈이기 때문에 뭐, 상태가 어떻게 되든 상관없지만… 그래도 당문에 들어갈 때까진 멀쩡해야겠죠. 알았어요, 사부님."

말을 마친 돈수정은 품 안에서 알약 하나를 꺼내며 대답했다.

무산은 그제야 자신이 속은 것임을 눈치 채게 되었다.

돈수정은 애초에 해독약을 가지고 있었던 것이고, 사향이란 독을 사용한 것은 귀수삼방과는 상관없이 돈수정이 독자적으로 행한 것이었다.

'으… 악독한 계집이다. 하지만 참자! 반드시 앙갚음할 날이 오겠지.'

무산은 기절한 척 눈을 감은 채 빠드득 이를 갈며 생각했다.

'그래, 이왕 이렇게 된 거 당문으로 들어가자. 그게 우리 영감이랑 무랑을 위하는 길이기도 하지? 흐히히! 수정이, 이 사악한 계집! 너는 아마 나를 남편으로 두게 된 것을 평생 후회하며 살게 될 것이다. 앞으로 얼굴을 들고 다닐 수 없게 만들어줄 테다.'

무산이 분노로 숨을 할딱이는 사이 돈수정이 품에서 꺼낸 알약을 먹이기 위해 한 손으로 볼을 눌러 입을 벌린 후 다른 손에 들린 알약을 억지로 무산의 입 안으로 집어넣었다.

"아야! 악!"

그 순간 돈수정이 꽥 소리를 내질렀다. 무산의 건강한 치아가 그녀의 손가락을 물고 있었던 것이다.

무산은 두 눈을 부릅뜬 채 비명을 내지르고 있는 돈수정의 얼굴을 쳐다보았다. 그 눈에서는 불길이 활활 타오르고 있었다.

"아니, 저놈이 깨어 있었단 말인가? 생각보다 맷집이 좋은 녀석인걸."

"음… 제법 사특하기까지 하고."

"그래, 당문의 식구가 되려면 최소한 저 정도의 근성은 있어야겠지?"

독수와 허수, 암수는 망연히 그 모습을 지켜보다가 한마디씩 내뱉었다.

"하지만… 이 녀석이 감히 우리 귀수삼방의 금지옥엽인 수정일 괴롭혀? 처음부터 확실히 본때를 보여주지 않으면 앞으로 다루기 힘들겠다. 두드리자!"

귀수삼방은 돈수정의 비명 소리가 높아가자 그제야 정신을 차리고 제자를 구하기 위해 다시 무산을 걷어차기 시작했다.

퍽! 퍼퍽! 퍽!

"아아아아아~악! 사부님, 제발 그만 해요! 저 이러다가 손가락 끊어지겠어요!"

귀수삼방의 발길질이 거세어질수록 큰 소리로 비명을 내지르는 것은 돈수정이었다.

무산의 돈수정 길들이기가 이미 시작된 것이다. 맷집이라면 사부 일소천을 통해 어느 정도 단련한 그였던 만큼 귀수삼방의 발길질 정도는 얼마간 버텨낼 수 있을 것 같았다.

하지만 돈수정의 비명에도 불구하고 귀수삼방의 발길질이 계속되자 무산은 아예 돈수정을 덥석 끌어안은 채 바닥을 구르기 시작했다.

"으아악! 사부님들, 이러다가 수정이 죽겠어요!"

제 분을 삭이지 못해 발길질을 내뻗고 있는 귀수삼방에게 돈수정의 처참한 비명 소리가 들려왔다. 귀수삼방은 그제야 발길질을 멈추었다. 돈수정과 무산의 몸이 한데 섞여 구르다 보니 어쩔 수 없이 돈수정까지를 걷어차고 있었던 것이다.

"흐으, 흐으……!"

발길질이 멎자 무산은 힘겹게 숨을 헐떡이며 돈수정과 함께 몸을 일으켜 세워 앉았다.

무산의 몸은 그야말로 만신창이였다. 머리가 터지고 몸 여기저기서 피가 줄줄 새어 나왔다. 옷은 찢어질 대로 찢어져 있었으며, 눈은 퉁퉁 부어서 제대로 떠지지도 않았다. 그럼에도 피가 쏟아져 나오는 입으로는 여전히 돈수정의 손가락을 깨문 채 미소를 머금고 있었다.

"흐으… 흐으……!"

무산은 계속해서 웃음인지 신음인지 모를 소리를 내며 숨을 헐떡이다가 입을 벌려 돈수정의 손가락을 놓아주며 그대로 나자빠졌다.

쿵!

그것으로 잠시의 소란은 끝이 났다. 돈수정은 피가 새어 나오는 손가락을 부여잡은 채 징징거렸고, 얼굴의 형체가 분간되지 않을 만큼 심하게 망가진 무산은 혼절해 있었다.

"무서운 놈이다……!"

"수정이 저 녀석이 제대로 된 임자를 만났어……!"

"우리가 잘못 봤어. 아무리 봐도 매로 다스릴 놈은 아닌 것 같아……!"

귀수삼방은 저마다 한마디씩 내뱉으며 장엄하게 혼절해 있는 무산을 물끄러미 쳐다보고 있었다.

2
당문으로 간다

무산은 꼬박 사흘 만에 침상에서 몸을 털고 일어났다.

사향독은 돈수정이 먹인 알약으로 인해 해독이 되었으나, 귀수삼방으로 인해 입은 상처는 애초 그리 쉬워 보이지 않았다. 여러 가지 문제로 정신적 공황 상태에 있던 귀수삼방의 매질은 거의 살인적이었기 때문이다. 하지만 무산은 몸 어느 한군데 부러진 곳 없이 빠르게 회복되어 갔다.

무산을 대하는 귀수삼방의 태도 역시 그 사흘 동안 많이 바뀌어 있었다. 일단 자신들로서는 무자비한 폭력을 퍼부음으로써 무산에 대해 가지고 있던 막연한 분노를 씻어낸 것이고, 이제 남은 것은 손주사위가 될지도 모르는 청년에 대한 지극한 호감뿐이었던 것이다.

사실 귀수삼방은 무산이 침상에 누워 있는 사흘 동안 그와 많은 이야기를 주고받으며 새삼 무산의 발랄함에 매료되어 가고 있었다.

"사부님들, 정말 궁금해서 물어보는 건데… 똑똑하고 발랄하고 가슴 따뜻하고 잘생긴 데다 밤일까지 잘하는… 히히히. 참, 그건 잘 모르시죠? 어쨌거나 나의 어디가 그렇게 좋아서 손주사위 삼으려고 그러시는 거예요?"

마침 천우막이 오기로 한 날이라 귀수삼방과 무산은 동굴 근처에 있는 연못에서 낚시를 하고 있었다. 가물치라도 한 마리 잡아 탕을 끓여 먹으며 그동안의 회포를 풀기 위해서였다.

"푸하핫! 독수야, 암수야, 내 생전 이렇게 귀여운 녀석은 처음이니라. 푸하하하!"

"그러게나 말이다. 왜 당문엔 이렇게 생기발랄한 녀석이 없는 것일꼬? 그나저나 네놈이 정말 밤일은 잘하는 것이더냐?"

"당연하지요, 사부님들. 돈 낭자가 괜히 사향독까지 먹이면서 절 데려왔겠어요? 아직은 수줍어서 그렇지, 조금만 지나면 본색을 드러낼 거예요. 흐히히!"

"고놈 참. 푸히히! 그래, 품어보니 수정이는 어떻더냐? 제법 감칠맛이 나더냐?"

낚싯바늘에 미끼를 꿰던 독수가 은근한 목소리로 물었다.

"음… 흐히히! 아직은 설익어서 이렇다 저렇다 말씀드릴 수 없지만, 여자는 남자가 길들이기 마련이죠 뭐. 흐히히! 제가 보아하니 사부님들도 소싯적엔 날리셨겠는걸요. 사천성의 처자들 애간장이 녹아났겠어요. 흐흐흐!"

무산은 귀수삼방을 구워삶기 위해 최대한 아부를 하며 웃음을 팔고 있었다. 어차피 당문으로 가기로 한 이상 그들 세 늙은이의 눈에 쏙 들어야 했다. 그래야 자신의 혀와 손목과 발목과 거시기를 지켜낼 수 있는 것이다.

"예끼, 이 녀석아. 푸히히! 사실 말이지, 우리 과거의 연애 행각이 드러나면 사천성의 여러 가정이 파탄나느니라. 푸하하하!"

맑은 수면 위로 눈길을 주고 있던 암수가 헤벌쭉이 웃으며 말했다. 하지만 그 순간 옆에서 듣고 있던 허수와 독수는 헛기침을 하면서 먼 산을 바라보았다.

사실 귀수삼방 중에서도 암수의 생김새는 그야말로 괴물에 가까웠다. 키는 6척가량으로 비교적 큰 편에 속했으나 그중 7할가량이 다리의 길이였다. 그것은 긴 수염으로 감추려야 감출 수 없는 기이한 체형으로, 얼굴 역시 동안이긴 했으나 그렇다고 귀여운 동안은 분명 아니었다. 합죽이처럼 큰 입에 메기 눈처럼 작은 눈동자가 박혀 영락없는 아귀의 형상이었던 것이다.

'이 늙은이, 과거에 치한이었던 거 아냐? 그렇지 않고서야 사천성의 여러 가정에 파탄날 일이 있겠어? 이 몰골에 연애를 했을 리도 없고……'

무산은 속으로 암수를 비웃으면서도 겉으로는 해맑은 미소를 짓고 있었다.

"이야, 사부님들 가운데서도 암수 사부님이 가장 화려한 연애 행각을 벌이셨나 보네요?"

"흐이, 흐이! 독수야, 허수야, 이놈들아. 너희가 이야기 좀 들려주려무나. 우리가, 그중에서도 내가 흩뿌렸던 그 수많은 염문을 말이다. 흐흐하하하……!"

암수는 아주 흐뭇한 웃음을 흘리며 껄껄거렸고 허수와 독수 역시 무산의 눈치를 봐가며 슬슬 동조해 주기 시작했다.

"그래, 암수 저 녀석은 주로 과부들을 상대로 했고, 독수 녀석은 30대, 그리고 나는 방년의 처자들을 상대로 밀애를 즐기곤 했지. 푸히히. 아마 사천성 장안을 돌다 보면 우리 닮은 아이들을 많이 만나게 될 것이니라. 푸히히히히······!"

그나마 점잖은 허수조차도 미끼 갈 생각은 하지 않은 채 무산을 상대로 주책을 떨어댔다. 그런 까닭에 연못가로는 네 사람의 웃음소리가 끊이지 않았다.

그 웃음소리는 동굴에 남아 음식 준비를 하던 돈수정에게까지 들려왔다.

"저 멍청이가 도대체 무슨 수작을 부리고 있는 거지?"

돈수정은 알 수 없었다. 자신이 자리를 비울 때마다 그들 사이에서 무슨 이야기가 오가는지, 왜 시간이 지날수록 귀수삼방은 무산이란 놈에게 빠져드는 것인지······!

천우막이 나타난 것은 유시(酉時)가 시작될 무렵이었다. 귀수삼방은 돈수정의 소식을 가지고 온 수라왕을 통해 대충 사정을 파악한 후 곧바로 천우막에게 수라왕을 다시 날려 보냈던 것이다.

천우막은 야광귀의 수급을 취한 후 난주 분타에 머무르며 몇 차례 은밀하게 당개수, 귀수삼방과 소식을 주고받다가 돈수정이 돌아왔다는 이야기를 듣고 곧바로 운남성의 이 야산으로 달려온 것이다.

사실 천우막은 상당히 들떠 있었다. 수라왕을 통해 접한 소식에는 양해구의 유품을 무산이 가지고 있다는 이야기도 적혀 있었던 것이다.

그에게 있어 20여 년이 넘는 시간을 애타게 기다려 온 양해구의 소식은 그야말로 충격이었다. 게다가 그 유품을 가지고 오는 이가 무산이란 사실에 생각이 미치자 천우막은 새삼 사람의 인연에 대해 다시 생각해 보게 되었다.
　하지만 양해구의 서찰을 읽던 천우막은 숨을 거칠게 몰아쉬며 더 큰 놀라움에 사로잡혔고, 한동안 아무 말도 하지 못한 채 주르륵 눈물만 흘릴 뿐이었다.
　양해구의 말대로 사람의 일이란 참으로 오묘했던 것이다. 양해구와 벽타산의 악연은 대를 이어 자신과 무산, 돈수정에게까지 그 질긴 끈을 이어온 것이다.
　"이것이, 이것이 진정 사부님의 타구봉이란 말인가……?"
　무산이 건네준 타구봉을 매만지며 천우막은 눈물 머금은 눈으로 멍하니 하늘을 올려다보았다. 마치 그곳에 양해구의 얼굴이 찍혀 있기라도 한 것처럼.
　분명한 양해구의 유품이었다. 천우막은 양해구의 타구봉을 너무나 또렷하게 기억하고 있었다. 그 봉에 등짝을 얻어맞으며 훈계를 듣기도 했고, 사부 몰래 매만지며 호연지기를 느끼기도 했다.
　"저… 천 대협! 실은 서책이 한 권 더 있었으나 제 불찰로 그만 불에 타고 말았습니다. 뭐라고 드릴 말씀이 없습니다."
　무산은 잠시의 망설임 끝에 천우막에게 사실대로 말했다. 하지만 연기인형을 비롯한 자세한 정황을 이야기하기도 전에 천우막이 손을 내저었다.
　"그래? 그것 역시 하늘의 뜻 아니겠는가. 아니, 아무도 알 수 없는 사람의 일이겠지. 너무 연연해하지 말게나. 사부님의 친필과 타구봉을 본 것만으로도 나는 자네에게 더없이 감사하고 있다네, 무산 아우!"
　"저… 천 대협! 그 책에는 아무것도 적혀 있지 않는 데다……."

천우막의 만류에도 불구하고 무산은 그 책이 타구봉법의 비급임을 설명하기 위해 입을 열었다. 하지만 마침 그때 돈수정이 귀수삼방과 천우막을 호들갑스럽게 부르는 바람에 무산의 말은 끊기고 말았다.

"사부님! 그리고 숙부님! 상을 차려놨으니 어서 이리로 오세요. 제가 모처럼 한 요린데 맛이 어떨지 모르겠어요. 호호. 맛이 없어도 맛있는 척해야 하는 거 아시죠?"

돈수정의 목소리를 들은 귀수삼방은 천우막과 무산의 손을 잡아끌며 음식이 차려져 있는 상으로 이끌었다.

"자, 자! 남은 이야기는 식사를 마친 후에 하세나. 어쨌거나 양해구의 유품이 천우막, 자네에게 돌아온 것은 천우신조일세."

"맞습니다, 사숙님들. 그리고 무산 아우의 덕이기도 하지요. 흑. 흑. 흑!"

천우막은 무산의 어깨를 두드리며 다시 한 번 감사의 표시를 했다.

암수가 깎아 만든 너른 나무 탁자 위에는 허수가 낚아 올린 자갈치 요리와 함께 여러 가지 음식들이 놓여 있었다.

"숙부님이 오신다고 해서 특별히 마련한 것이랍니다. 여기 산양 요리는 암수 사부님이 잡은 암산양을 매콤하게 요리한 거고, 저 자갈치는 허수 사부님이 낚아 올린 놈으로 담백한 맛이 우러나도록 푹 달였답니다. 거기에 독수 사부님이 만들어준 조미료를 넣었으니까 그 맛이 아주 각별할 거예요. 저 수정이가 정성껏 만들었으니 맛있게 드세요, 숙부님. 그런데 아무것도 안 하고 밥이나 축내는 놈 하나가 있거든요? 걔는 그냥 먹다 남은 거나 먹었으면 좋겠어요."

돈수정은 천우막에게 살갑게 말을 늘어놓다가는 갑자기 눈을 내리깔고 무산을 쳐다보며 냉랭하게 말했다.

"색시야, 천 대협이 아무것도 안 했다고 먹다 남은 거나 먹으라는 건 좀 너무한 거 아냐?"

무산은 시치미를 뚝 떼며 당혹스럽다는 듯 말했고, 그 농담에 귀수삼방과 천우막이 식탁을 두드려 가며 웃었다.

"멍청이! 닥쳐!"

주위의 반응에 얼굴이 발갛게 달아오른 돈수정이 발끈해서 소리쳤다. 하지만 곧 귀수삼방의 따가운 눈초리에 풀이 죽어 고개를 숙인 채 빠드득, 이를 가는 수밖에 없었다.

그 모습을 지켜보던 무산은 표정 관리를 마치고 다시 고개를 드는 돈수정에게 씩, 웃어 보이며 눈을 찡긋했다.

돈수정은 잠시 차갑게 표정이 굳어졌지만 곧 웃음을 되찾곤 각자의 탕을 나누어 주며 친절하게 설명을 늘어놓기 시작했다.

"세 사부님들 음식엔 특별히 복어 알을 넣었어요. 평소 즐겨 드시던 거니까 맛있을 거예요. 하지만 숙부님은 아직 복어 알의 독에 내성이 없을 것 같아서 넣지 않았어요. 호호호. 그리고 너, 멍청이 것도 있으니까 맛있게 먹어보렴!"

돈수정은 말을 마친 후 무산의 눈을 똑바로 쳐다보며 씩 웃었다. 분명 사특한 의미가 담긴 웃음이었다.

무산처럼 영악한 인간이 그 의미를 모를 리가 없었다.

"색시야, 혹시나 해서 물어보는 거니까 한번 맞춰봐. 우리 싸가지없는 색시가 내 탕에도 복어 알을 넣었을까, 안 넣었을까?"

무산은 정말이지 혹시나 하는 눈빛으로 돈수정을 쳐다보며 말했다.

"멍청이, 네 생각은 어떠니? 평소 내 성격을 생각해 봐. 내가 네 질문에 대답을 해줄까 안 해줄까? 해준다면 그게 믿을 만한 말일까, 아닐

당문으로 간다 173

까? 호호호홋!"

돈수정은 통쾌한 웃음을 웃으며 혼자 식탁을 두드렸고, 귀수삼방과 천우막은 한심하단 표정으로 고개를 설레설레 저었다.

하지만 오늘은 무산의 날이었다. 무산은 돈수정에게 해맑은 미소를 보낸 후 다시 한 번 눈을 찡긋하며 자기 앞에 놓인 탕을 호르륵, 마셨다.

"이야, 우리 색시 음식 솜씨 좋구나."

무산은 탕을 모두 비운 후 그릇을 탁자에 내려놓으며 기분 좋게 말했다. 그 모습을 지켜보던 귀수삼방과 천우막은 무산의 호탕함에 내심 감탄했다. 설마 먹으라고 만든 음식에 돈수정이 독성 강한 복어 알을 넣었을 것이라곤 생각하지 않았지만, 그것을 감안하더라도 무산의 거리낌없는 행동은 진정 남자다운 모습이었던 것이다.

하지만 돈수정은 화들짝 놀라며 수선을 떨기 시작했다.

"으으으… 이 멍청이, 그 탕엔 치사량의 복어 알이 들었어. 보통 사람이 먹으면 한 시진을 넘기지 못하고 죽는단 말이야. 그건 내 몫으로 떠놓은 거였어. 으으으… 정말 멍청한 녀석이군. 넌 정말 죽어도 싸!"

"해독약이 있겠지 뭐. 우리 색시가 설마 이 낭군님을 죽게 내버려 두겠어?"

무산은 돈수정의 수선에도 불구하고 느긋한 반응을 보였다. 그러나 무산과는 달리 귀수삼방은 낯빛이 굳어진 채 돈수정을 쏘아보며 말했다.

"진정 해독약이 있더냐?"

"사부님! 제가 왜 그런 걸 가지고 다니겠어요!"

"뭣이! 해독약도 없으면서 그런 장난을 쳤단 말이더냐? 냉큼 해독약을 만들어내지 않으면 네 녀석의 불기가 남아나지 않을 것이다."

"사부님! 그게 제 잘못인가요? 저 멍청이 탓이지. 그리고 복어 알에 대해선 저보다 더 잘 아시잖아요. 그게 은근히 지독한 독이라서 해독약을 만들기 위해선 열아홉 가지 약재와 바닷가재의 수염이 있어야 하는데 지금 그걸 어떻게 구해요?!"

"허허! 그럼 어쩌자는 것이냐? 네 신랑 될 녀석을 정녕 그냥 죽게 내버려 둘 것이냐?"

"……."

귀수삼방과 돈수정의 대화를 듣고 있던 천우막은 사태가 제법 심각하다는 것을 깨닫고는 당혹스런 표정을 지었다. 사소한 장난이 죽음을 불러올 위기를 만들어낸 것이다. 그리고 그런 걱정은 곧 현실로 드러나기 시작했다.

"아이쿠, 배야……! 사부님들, 천 대협! 내장이 뒤틀리는 듯합니다. 저… 정말 죽을 것 같아요!"

무산은 갑자기 배를 움켜쥐고 바닥을 구르며 고통스런 비명을 내질렀다.

무산의 비명으로 인해 즐거운 저녁 식사는 엉망이 되어가고 있었다. 천우막과 귀수삼방은 물론 독을 사용한 당사자인 돈수정 역시 안절부절못하며 어쩔 줄을 몰라 했다.

"아이쿠, 무산이 죽는다……! 사부님, 빨리 어떻게 좀 해주세요!"

무산은 귀수삼방에게 간절한 눈빛을 보내며 바닥을 기었고, 그런 그를 바라보는 다섯 사람의 얼굴에는 어두운 그림자가 자리 잡아가기 시작했다.

"허허… 이 일을 어쩐단 말이냐? 지금 당장 해독약을 만들 수도 없는 상황이고, 약재를 구하러 간다 해도 한 시진 이전에 돌아오기가 힘들다. 허허! 정녕 이 일을 어쩐단 말이냐?"

독에 있어 타의 추종을 불허하는 독수마저도 별다른 방도가 없음을 깨닫고 안타깝게 중얼거렸다.

"사부님, 만약 우리 색시가 복어 알에 내성을 가지고 있다면 색시의 내성을 빌려올 수 있는 방법이… 아이쿠, 배야……! 가령 몸을 섞는다 거나… 아이쿠쿠……!"

무산의 얼굴색은 이제 아예 백짓장처럼 하얗게 변해 있었다. 그런 만큼 그의 목소리는 절박하게 들렸고, 무산의 말을 들은 돈수정 역시 얼굴에 핏기가 가시기 시작했다.

"이 변태 녀석이 죽는 마당까지 나 돈수정을……!"

돈수정은 신경질적인 말을 내뱉으며 떨리는 눈빛으로 귀수삼방을 쳐다보았다.

"수정아, 한 번도 해보진 않았지만 그런 방법이 전혀 효과가 없을 것 같진 않구나."

무엇인가를 곰곰이 생각하는 듯하던 독수가 고개를 주억거리며 낮게 중얼거렸다.

"사부님!"

"너로 인해 비롯된 일이지 않느냐. 어떻게 해서든 네가 해결해야 할 일이다."

"왜 저에게만 그러세요. 차라리 죽으라고 해요. 야광귀를 만들어낸 것처럼 이 녀석에 대해서도 거짓말을 하면 되죠. 어차피 당문 내에선 이 녀석의 얼굴을 아는 사람도 없으니 아무나 붙잡아다가 협박을 해서 새로운 무산을 만들어내는 거예요. 누가 되어도 이놈보다는 나을 거란 말예요. 사부님들은 정말 이 제자가 저런 녀석과 몸을 섞도록 하실 생각이에요?"

독수의 말에 발끈한 돈수정이 황당한 방법을 제안하며 무산보다 간절한 눈빛으로 귀수삼방을 바라보았다.

"색시……! 새삼 왜 그러는 거야? 우린 벌써 두 차례나 몸을 섞은 사이라고……! 우리가 쌓아 올린 견고한 만리장성을 생각해 봐!"

"주접! 넌 어차피 개나 소야. 꼭두각시 남편이 될 팔자였단 말이지. 차라리 죽어! 너보다 더 나은 놈이 네 삶을 살아가게 하는 것도 괜찮지 않아?"

"정말 그렇게 생각해? 내 품에 안겨서 짓던 그 황홀한 표정이 아직도 내 식지 않은 뇌리에 맴돌고 있는데 어떻게 그런 말을……! 어이쿠쿠, 무산이 죽는다……!"

"그래, 이놈 너도 황홀하게 한번 죽어봐라."

잠시의 공방을 거친 후 돈수정은 달리는 말발을 매로 대신 풀었다.

퍽! 퍼퍽! 퍽!

"으헉……! 으헉! 복어 알보다 더 독한 계집……!"

돈수정의 무자비한 발길질은 계속되었고, 시간이 지날수록 무산의 비명 소리는 커져만 갔다.

"수정이 이 녀석! 당장 멈추지 못할꼬?!"

돈수정의 행동을 지켜보던 천우막이 불호령을 터뜨렸다.

"무산 아우가 너를 위해 나섰다가 이 지경에 처한 것을 왜 모르더냐? 너 한 사람 때문에 당문과 용문파가 모두 위기에 처했느니라. 자성은 못할망정 이게 무슨 짓인고?!"

"숙부님! 이놈은 색마란 말이에요! 제 인생을 망쳐 놓고 있단 말이죠!"

천우막의 호통에 돈수정은 엉거주춤 발길질을 멈춘 채 토라진 듯 말했다.

"이 녀석, 무산 아우가 너를 범한 것은 네 녀석의 탁혼미분 때문이란 걸 내 이미 다 알고 있느니라. 무산 아우 때문에 네 인생이 망가지고 있는 것이 아니라 너 때문에 무산 아우가 망가지고 있는 게지. 네가 아버지를 반만이라도 닮았다면 너는 아마 무릎을 꿇고 무산 아우에게 사죄를 했을 것이니라. 에이힝!"

"어머, 숙부님. 그건……!"

탁혼미분이란 말이 나오자 돈수정의 목소리가 떨려 나오기 시작했다. 그녀가 이제껏 무산을 죄인 취급하며 색마 취급할 수 있었던 것은 탁혼미분을 비밀로 다루었기 때문에 가능했던 것인데, 그것이 천우막으로 인해 밝혀진 셈이다.

"탁혼미분? 천 대협, 그게 무슨 소립니까?"

아니나 다를까, 무산이 바닥에서 튕겨지듯 벌떡 일어나 천우막에게 물었다. 이제껏 호소하던 고통은 말끔히 씻겨 나간 모습이었다.

"저 그것이… 그나저나 자네, 복통은 괜찮아진 것인가?"

"헤헤, 전 웬만한 독엔 끄떡없습니다. 색시를 놀래켜 주려고 장난 좀 친 거예요."

무산은 씩 웃으며 솔직하게 대답했다.

그는 지난번 인자들에게 독을 당했을 때 깜구의 피를 마심으로써 일반 독에 대한 내성을 얼마간 가질 수 있었다. 깜구는 독룡의 영체를 삼킴으로써 독룡의 독에 대한 내성을 가지게 된 것이므로 그 피를 마신 무산 역시 독에 대해 자연스럽게 내성을 가지게 된 셈이다.

다만 돈수정이 무산에게 사용했던 사향은 일소천이 설명한 것과 같이 내성을 지니지 않는 독이었기 때문에 독룡의 독으로도 해독할 수 없었을 뿐이다. 하지만 독룡의 독이 가진 독성은 꽤나 강하고 근원적인 것이기에 복어 알 따위와 비교될 만한 것은 아니었다.

무산은 이미 그것을 알고 있었기에 돈수정의 탕을 망설임없이 마실 수 있었던 것이다.

"천 대협! 탁혼미분이란 것이 분명 미약(媚藥)을 가리키는 것이겠지요?"

무산은 대충 짐작이 간다는 듯 음흉한 미소를 지으며 돈수정을 빤히 바라보았다.

천우막은 차마 더 이상 말을 못하겠던지 헛기침을 하며 먼 산만 쳐다보았고, 귀수삼방 역시 엉뚱한 곳에 시선을 두어 무산의 눈길을 피했다. 돈수정은 더 말할 것도 없었다. 얼굴이 시뻘겋게 달아올라 금세라도 울음을 터뜨릴 것 같았다.

"호오, 그러니까 우리 색시가 나에게 첫눈에 반해 미약을 사용해 잠자리를 같이하게 되었다? 뭐, 내가 워낙 출중한 인물이니 그럴 수도 있었겠지. 하지만 왜 날 색마 취급한 거지? 쑥스러워서 그런 건가?"

무산은 돈수정에게 다가가 빤히 얼굴을 들여다보며 능글맞은 웃음을 흘리며 말했다.

"무슨 헛소리야? 나는 주정뱅이 늙은이에게 혈도를 찍혀 움직일 수도 없었는데 그게 가능하다고 생각해? 멍청한 녀석!"

"그래그래, 우연일 수도 있겠지. 하지만 왜 날 색마 취급했던 거야? 나는 그야말로 선의의 피해자였어. 그럼 최소한 사과 정도는 해야 했던 거 아냐?"

"……"

무산은 비로소 그동안 자신을 억눌러 왔던 죄책감에서 벗어날 수 있었다. 그리고 그런 해방감은 모처럼 식욕을 북돋게 했다.

"하! 다 잊자. 어차피 이렇게 된 거 내가 조금 더 희생해 주지. 당문으로 들어가서 색시를 돕겠어. 자발적으로! 중요한 건 그거지. 자발적이라는 거. 히히히. 이제야 좀 재미있어지겠어. 자, 우선은 우리 색시가 날 위해 정성껏 마련한 음식을 먹어볼까? 사부님들, 천 대협, 이제 식사하시죠. 아주 먹음직스러운걸요. 흐히히히!"

당문으로 간다

 장강(長江), 민강(岷江), 가릉강(嘉陵江), 타강(陀江) 등 네 개의 강이 성내로 흐른다 하여 사천성이란 이름이 붙여진 곳. 한때 제갈공명이 촉나라의 수도로 꼽을 만큼 지세가 험난하면서도 그 안의 평야는 비옥해 외적의 침입이 어렵고, 해마다 오곡이 풍성하게 자라났다.
 당문은 그 사천성의 한줄기를 이루는 민강을 끼고 고즈넉하게 누운 한 산줄기에 자리 잡고 있었다.
 1년 내내 눈이 쌓여 있는 사천고원과는 달리 그다지 높지 않은 사천분지 내에 터를 닦고 있는 까닭에 당문의 정원은 따가운 여름 햇빛에 젖고 있었다. 그 정원을 가로질러 얼마 전 무산과 돈수정이 본채에 자리 잡은 한 방으로 들어섰다.
 이들이 천우막으로부터 건네받은 야광귀의 수급을 들고 당문을 찾은 것은 사흘 전 저녁이었다. 얼마간의 소란이 있었으나 비교적 조용한 날들이 지나갔고, 사흘째에 접어든 오늘 오시(午時)가 막 시작되는 시각에 이르러서야 원로들의 호출을 받고 회의장으로 들어서게 된 것이다.

오늘 원로 회의에서는 그동안 골치를 썩여왔던 돈수정의 문제를 해결 짓기로 되어 있었다. 당문의 입장에선 그 문제를 더 이상 미루어둘 수 없었던 것이다.

회의장 안의 분위기는 긴장감에 휩싸여 상당히 무겁고 경직되어 있었다.

원로석에 앉은 이들은 지난번 회의에 참석해 문제를 논의했던 그 인원 그대로였다. 우선 오당마환이 문주인 당개수 한편에 늘어앉아 있었고, 그 반대 편으론 음정과 양정, 취설과 천우막이 앉아 있었다.

천우막은 약 한 시진쯤 전 당문에 도착해 회의에 참석하게 되었다. 그가 지난번 회의에서 무산을 자신의 제자로 소개한 적이 있기 때문에 당문에서는 어쩔 수 없이 천우막을 호출했고, 귀수삼방과 함께 호출을 기다리고 있던 천우막은 느긋하게 한 이틀 정도를 그곳에 더 머물다 비로소 모습을 나타낸 것이었다. 이미 당개수, 무산, 돈수정 등과는 입을 맞추어놓은 상태였으나 회의에 참석한 원로들 중 그 일을 아는 사람은 없었다.

"그대가 천우막의 제자 무산인가?"

오당마환의 첫째인 금마가 무겁게 입을 열었다. 비록 목소리는 차분했으나 무산과 돈수정을 번갈아 쏘아보는 그 눈빛은 날카롭기 그지없었다.

"예, 용문파에 적을 두고 있는 무산이라 하옵니다. 천우막 사부님은 저를 위탁받아 은밀히 가르침을 주셨으므로 강호에서는 그 사실을 아는 이들이 적습니다. 아마 이번 사건이 아니었다면 저 역시 오랫동안 그 관계를 밝히지 않았을 겁니다."

무산은 그동안 천우막과 많은 이야기들을 나누며 예상되는 질문에 대한 답을 준비해 왔으므로 별 어려움 없이 거짓말을 늘어놓을 수 있었다.

돈수정을 생각한다면 그다지 하고 싶지 않은 일이나 어떤 식으로든 자신이 연루된 만큼 문제의 해결을 위해 최선을 다하기로 마음먹었다. 특히 당문의 살수대가 일소천과 방초, 무랑을 노리고 있음을 안 이상 이 일은 더 이상 돈수정 혼자만의 일이 아니었던 것이다.

"그렇다면 한 가지 궁금한 것이 있네. 솔직히 나는 천우막과 여기 앉아 있는 당개수 문주의 돈독한 우애를 아는 만큼 천우막이 사건을 무마하기 위해 거짓말을 할 수도 있다고 믿거든. 그래서 좀 더 확신을 가지고 싶어 묻는 것이니 기분 나쁘게 들려도 어쩔 수 없지. 용문파라는 이상한 문파의 문주가 누구인지, 천우막과는 어떤 친분이 있는지 말해 주게나."

금마는 천우막을 한번 흘낏 쳐다보고는 냉랭한 목소리로 무산에게 물었다.

순간 천우막의 표정이 굳어졌다. 마치 화가 난 표정인 듯했지만 실은 은근히 걱정스러웠던 것이다. 비록 어느 정도 무산과 입을 맞추기는 했으나 어떤 질문이 나올지 모르는 상황에서 그런 것은 무의미했다. 그런 까닭에 천우막은 지난번 회의에서 거론된 것들을 무산에게 상세히 설명해 주는 데에 주력했고, 나머지는 무산 스스로 적절히 판단해서 대답하게 했던 것이다. 천우막으로선 무산의 영민함을 믿고 있었기에 그런 방식을 선택할 수 있었다.

"개방의 양해구 전대 방주를 알고 계시리라 믿습니다. 저희 사부께선 그분과 친분이 있었다고 합니다. 사부님의 명호는 패랑검 일소천, 한때 강호를 주유하던 시절엔 승신검이란 외호를 사용하신 것으로 들었습니다. 양해구 방주와는 그 시절 친분을 맺어 강호를 등진 이후에도 몇 차례 왕래하며 우의를 다지셨습니다. 그 와중에 양 방주께서 총애하시던 천우막 사부와도 정을 나누었고, 양 방주께서 실종된 이후에는 아예 저를 위탁하심으로써 개방과의 고리를 끊지 않으셨습니다. 하지만 저희 사부님께서는 자신의 존재를 밝히고 싶어하지 않으시니 방금 전 제가 드린 말씀은 비밀로 해주십시오."

무산의 말에 오당마환을 비롯한 당문의 원로들은 크게 놀랄 수밖에 없었다. 그것은 당개수나 천우막도 마찬가지였다. 승신검 일소천, 그의 명호는 과거 강호를 떠들썩하게 울리며 강호 역사의 한 장을 장식했었기 때문이다.

천우막의 놀라움은 더했다. 비록 자신과 일소천이 친분을 맺었다는 이야기는 거짓이지만 일소천과 양해구가 일전을 벌인 것은 사실이었기 때문이다.

양해구는 일소천과의 일전에서 패한 후 자신의 실력이 보잘것없는 것임을 깨닫고 무공 연마에 보다 정진하게 되었다는 이야기를 언젠가 천우막에게 들려준 적이 있었다.

즉, 강호인에게 있어 패배란 그 어느 스승보다 큰 가르침을 준다는 이야기였는데, 양해구는 그 패배로 인해 강룡십팔장과 타구봉법의 진정한 실력자로 거듭날 수 있었던 것이다.

"자네 사부가 정녕 승신검 일소천이란 말인가?"

당개수가 뜻밖이라는 표정으로 물었다.

당개수 역시 승신검 일소천에 대해 어려서부터 들은 이야기가 있었기에 그 위명을 잘 알고 있었다. 게다가 천우막으로부터 그것에 관계된 것을 들은 적이 없었으므로 놀라는 것은 당연한 일이었다.

'아니, 이자들이 왜 이러지? 우리 영감 말이 정말이었나?'

무산은 당문 원로들이 보이는 반응에 적지 않게 놀랐다.

비록 떠나오는 날, 일소천이 자신을 조용히 불러 승신검 일소천에서 패랑검 일소천이 되기까지의 자기 삶의 내막을 장황히 늘어놓기는 했으나 무산은 그저 늙은이가 마지막으로 보여주는 주접 정도라고 생각했었다. 어쨌거나 그날 일소천은 비로소 그동안 쉬쉬하고 있던 용등연검법의 제일초식인 청단비상(靑團飛上)을 간략하게 시전하며 가르침을 주었는데, 그것 역시 그냥 보아줄 만한 정도라 생각하고 있을 뿐이었다.

하지만 막상 승신검이란 외호에 놀라는 당문의 원로들을 보자 무산은 머리 속이 복잡해지기 시작했다.

"음… 뜻밖이로고! 하지만 그 말을 우리가 어떻게 믿을 수 있지?"

금마는 여전히 매서운 눈길로 무산을 쳐다보며 토를 달았다. 그로서는 무산의 등장이 영 마음에 들지 않았으나 한편으로는 승신검 일소천의 제자란 말에 얼마간 흥미를 느끼게 되었다. 그래서 그의 실력을 확인하고 싶은 마음이 생긴 것이다.

"사숙님, 저 아이를 의심하는 것은 이 천우막을 의심하는 것이나 다를 바 없습니다. 제가 이제껏 그렇게 신의없이 살아왔다고 생각하시는 겁니까?"

금마의 말에 천우막은 즉시 날카로운 반응을 보였다. 마음 한구석이 편하지 않긴 했으나 조금도 빈틈을 보여서는 안 되는 일이었다.

금마는 즉시 천우막을 쏘아보았으나 이내 아무 말도 없이 고개를 끄덕일 뿐이었다.

"형님, 비록 무산과 당수정이 야광귀의 목을 취하기는 했으나 두 사람으로 인해 우리 당문의 위신은 크게 떨어지고 말았습니다. 지금 저 아이의 신분이나 천우막과의 관계를 논할 때가 아닙니다. 앞으로 어떻게 일을 수습해 떨어진 위신을 바로 세우느냐 하는 것이 관건일 듯합니다."

오당마환의 다섯째인 토마가 끼어들었다.

"그래, 지금 중요한 것은 그것이지. 자, 무산이라고 했지? 낙양에서의 일은 천우막을 통해 어느 정도 들었네. 하지만 토마의 말대로 그 일로 인해 우리 당문의 위신은 땅바닥에 떨어졌어. 그것에 대해서는 어떻게 생각하는가?"

"제가 알기로 당 낭자는 현 무림을 대표하는 여협입니다. 비록 야광귀로 인해 얼마간 곤혹을 치르긴 했으나 결국 그의 목을 베어서 자신의 치욕을 씻었습니다. 그리고 제가 당 낭자를 치료하는 과정에서 얼마간 구설수에 오르게 되었다고 들었으나 그것은 어디까지나 낭설에 불과합니다. 그럼에도 불구하고 그것이 문제가 된다면 제가 당 낭자와 혼인을 해 더 이상의 소란을 방지하고 싶습니다."

"그건 자네의 생각인가?"

"예. 저 역시 당 낭자의 의협심에 내심 감탄해 왔기에 그렇게 되기를 간절히 바랍니다. 게다가 돌아오는 길에 우연히 제 사부를 뵈었는데, 사부님 역시 당 낭자를 어여삐 여기셨습니다. 그런 만큼 문주님과 원로님들만 허락해 주신다면 별문제는 없으리라 봅니다."

무산은 정중하게 말한 후 슬쩍 곁눈질로 돈수정의 표정을 살폈다.

'이 정도면 완벽하지 않냐? 돈수정 이 계집, 네가 감동하지 않을 수 있겠니. 자신을 희생하며 위기의 여인을 구해주는 이 아름다운 모습. 흐히히. 너는 열심히, 아주 열심히 나 무산에게 감동해야 하느니라.'

하지만 막상 돈수정은 똥 씹은 표정이었다. 무산과의 관계에 있어 늘 자신이 주도권을 쥐고 있다 생각했으나 언젠가부터 상황이 역전되기 시작한 것이다. 돈수정의 자존심은 그러한 상황을 열심히, 아주 열심히 불쾌해하고 있었다.

"흠… 네가 당문을 아느냐?"

무엇인가를 생각하는 듯하던 금마가 천천히 입을 열었다.

"무엇을 말씀하시는 것인지……?"

"당문은 예로부터 외부인을 들일 때는 여러 가지를 살폈느니라. 당문의 자긍심에 흠집을 내어선 안 되기 때문이지. 게다가 우리에겐 강호의 어느 문파보다 많은 지혜와 지식의 축적이 있느니라. 그것을 지키기 위해 철저하게 데릴사위제를 유지하고 있지. 우리 당문에 들어오기 위해선 지혜와 무공도 중요하지만 당문에 대한 충성심이 절대적으로 필요하다. 그러기 위해선 당문의 생리를 알아야 하고, 당문에서 살아남을 수 있는 기질이 있어야 한다. 너는 사부를 버리고, 당문에서 살아남고, 당문에 충성할 수 있겠느냐?"

금마는 무산의 표정을 유심히 살피며 단호하게 물었다.

"음… 제 사부께선 늘 책임감을 강조하셨습니다. 저로 인해 비롯된 것은 저 스스로 해결해야 한다는 말씀이었지요. 이미 제 사부께선 저를 당문의 사람이라 하셨습니다. 그 이외의 것들, 즉 당문의 생리에 맞추고 그 안에서 살아남는 것, 그리고 당문에 대한 충성심은 지금 확답 드릴 수 없는 것이라 생각합니다. 그것은 직접 부딪치고 느껴야 하는 것이기 때문이지요. 제가 드릴 수 있는 답변은 이것뿐입니다."
 무산은 금마의 얼굴을 똑바로 쳐다보며 또박또박 대답했다.
 '내가 왜 이렇게 잘하고 있는 거지? 하긴 여기서도 쫓겨나면 갈 데가 없지……. 일단은 잘 보이고 보자. 잘 보여서 나쁠 것 없잖아?'
 머리 속으론 많은 생각들이 오갔으나 무산은 냉정하게 현실을 직시하고 현실에 충실하기로 마음먹었다. 이유야 어찌 되었든 그는 새로운 길 앞에 선 것이기 때문이다.
 "당수정, 너는 이 일을 어떻게 생각하느냐?"
 무산의 대답에 이어, 금마는 돈수정에게 질문을 던졌다.
 "원로님들과 문주님의 결정을 기다릴 뿐입니다."
 돈수정은 침착하게 답했다.
 그녀의 말대로 이제 남은 것은 당문의 결정뿐이었다.

4
당문으로 간다

"무산, 자네는 내일 세 가지 시험을 치르게 될 것이야."

원로 회의의 결과를 통보해 주는 당개수의 표정은 그다지 밝지 않았다.

당문의 원로들은 무산과 돈수정, 천우막을 내보낸 후 약 반 시진가량 무산과 수정의 일을 논의했다. 당개수는 묵묵히 앉아 그들 사이에서 오가는 이야기를 들어야만 했는데, 예상했던 것처럼 당개수 부녀에 대한 오당마환의 불만은 상당했다.

무산과 돈수정이 야광귀의 목을 취해온 데다 오해가 풀린 만큼 일단 용문파에 대한 보복은 중단하기로 했으나, 무산을 사위로 받아들이느냐 하는 문제와 당수정을 여전히 차기 문주의 후보자로 지켜볼 것이냐 하는 문제에 있어선 부정적인 의견이 지배적이었다. 물론 그것은 대부분 오당마환의 입을 통해서 나온 것들이다.

무산의 경우 그 족보가 심상치 않다는 것이 망설임의 이유가 되었다. 비록 승신검 일소천이 과거 상당한 명성을 얻기는 했으나 그 기이한 행적을 감안할 때 그와 인연을 맺는 것이 오히려 당문에 악영향을 미칠 수 있다는 것이었다.

게다가 천우막의 제자라고는 하지만 막상 그 말에 신빙성이 없다는 것이었다. 그도 그럴 것이 개방의 무공 중 쓸 만한 것이라곤 강룡십팔장과 타구봉법뿐인데, 천우막조차도 양해구에게서 정식으로 배우지 못한 그 무공들을 섣불리 개방 외의 인물에게 가르쳐 줄 리 없다는 것이었다.

설혹 천우막이 개방의 후사를 걱정한 끝에 키운 제자가 무산이라면 문제는 더욱 심각해진다는 것이 오당마환의 입장이었다. 그럴 경우 무산은 개방의 차기 방주로 낙점될 것이므로 이제껏 독자적인 행보를 유지해 온 당문이 향후 개방의 영향을 받을 수 있다는 것이었다.

한편 당수정의 경우 오당마환은 이번 일이 강호에서 여자로서의 한계를 뼈저리게 느끼게 했다는 점을 들어 당문의 차기 문주 직을 포기할 것을 강력하게 요구했다. 게다가 정통 당가가 아닌 무산과 결혼하게 되면 당문 내의 반발이 심해질 것이며, 만에 하나 무산이 당수정에게 어떤 식으로든 영향을 미칠 우려가 있으므로 당문의 대표직을 맡길 수 없다는 주장이었다.

음정과 양정 역시 그 부분에 있어선 얼마간 공감하고 있는 듯했다. 하지만 취설은 그런 주장에 차가운 표정으로 일관하며 불만을 표시했다. 그 역시 정통 당가가 아니었기 때문에 오당마환의 주장이 지나치게 편협한 것으로 받아들여졌던 것이다.

어쨌거나 전체적인 분위기는 위에 거론한 두 가지 사항에 대한 부정적 입장이었으나 그 문제를 다소 부드럽게 해결하기 위해 형식상 무산에게 입문 시험을 치르게 하자는 쪽으로 기울었다.

당문의 원로들이 제시한 입문 시험은 3차에 걸쳐 치르기로 했는데, 그 방식과 시험관을 극비리에 붙이기 위해 당개수를 제외한 순수 원로들의 회의에서 결정하기로 했다.

"자네가 치르게 될 시험은 쉽지 않을 거야. 나로서도 현재로썬 어떤 류의 시험이 치러질지 알 수 없네. 다만 자네가 무사히 그 시험을 통과하길 빌 뿐이지."

당개수는 무산의 어깨에 얹은 손에 힘을 실었다. 문주의 자격으로 그런 식의 말밖에 할 수 없다는 것이 나름대로 미안했던 것이다.

"혹, 제가 그 시험에 통과하지 못한다면 어떻게 되는 겁니까?"

"글쎄, 아마도 자네나 자네 문파에 해를 입히는 일은 없을 걸세. 승신검 일소천이라면 우리 당문에서조차도 쉽사리 상대할 수 없는 인물이니까. 게다가 천 아우가 자네의 스승이라고 자처한 만큼 그 아우의 체면을 생각해서라도 자넬 함부로 할 수 없지. 다만 나나 우리 수정이의 입지는 그만큼 좁아지겠지. 특히 수정이의 경우엔 평생 그 짐을 짊어진 채 살아가야 할 것일세."

"당 낭자도 그 사실을 알고 있습니까?"

"그래, 방금 전 이야기해 주고 왔네. 아주 낙심하고 있더군. 하지만 그 아이는 자네를 믿는 눈치였어. 비록 자네 앞에선 강한 척하고 얄밉게 굴지만 그것이 그 아이의 본모습이나 마음은 아닐 걸세. 아무쪼록 자네를 믿는 수밖에……."

당개수의 말을 듣던 무산은 문득 돈수정의 얼굴을 떠올렸다. 짧은 시간 동안 많은 일들이 있어왔으나 미워할 수만은 없는 여자가 돈수정이었다.

"네가 책임을 지거라!"

무산의 뇌리를 스치고 지나가는 일소천의 목소리. 무산은 비로소 자신이 당문의 사람이 되기 위해 준비하고 있다는 것을 깨달았다. 그것은 막연한 책임감일 수도 있고, 모르는 사이 싹튼 돈수정에 대한 연정일 수도 있었다.

5장
세 가지 시험

시험이라는 거, 이거 아주 골치 아프다.
따지고 보면 그다지 필요하지도 않은 것들.
점수가 좋다고 세상이 달라지지도 않는다.
하지만 환장할 그것이 인생을 바꾸어놓곤 한다.

1
세 가지 시험

다음날 인시(寅時), 사천성 당문가의 영지.

온통 어둠뿐인 산중이었다. 아직 깊은 잠에 빠져 있던 무산은 갑작스런 호출에 재빨리 정신을 수습한 후 이곳에 오르기 시작했다. 당문의 원로들은 잠도 자지 않은 채 무산의 입문 시험을 준비해 놓았던 것이다.

"첫 번째 관문은 간단한 기문방술 시험이다. 이제 너는 그동안 네가 배운 모든 무공을 동원해 저 동굴에 사는 늙은 곰의 어금니를 빼 오면 되는 것이다. 단, 너에게 주어진 시간은 한 시진이다."

양정과 함께 나란히 서 있던 음정이 산비탈에 자리 잡은 동굴 하나를 가리키며 말했다.

그 관문은 양정과 음정이 짧은 시간 동안 준비한 것으로, 기관술과 주술에 능한 자신들의 재능을 살려 직접 고안한 것이었다.

무산은 음정의 이야기를 듣는 순간 자연스럽게 한숨이 새어 나오는 것을 느꼈다. 기문방술도 그렇지만 곰의 어금니를 빼 오라니, 선뜻 걸음이 떨어지지 않았다. 하지만 이왕 시험을 치르기로 했으니 포기할 수도 없는 일이었다. 무산은 무작정 앞으로 걸어나가기 시작했다.

동굴까지의 거리는 대략 100여 장이었다.

'기문방술이라면 느닷없이 튀어나오는 기관 장치와 주술을 조심해야겠지? 자, 어차피 그 모든 것은 눈과 귀를 버리고 감각으로 승부해야 할 것들이다. 한밤중이라고 해서 불리할 것은 없겠지……!'

막상 그렇게 생각은 했지만 한 걸음 한 걸음 내딛는 무산의 발은 무겁기 그지없었다.

스스스… 스스슥!

대략 10여 장을 걸어갔을 때 갑자기 수풀 속에서 무엇인가가 빠르게 움직이고 있는 것이 느껴졌다. 무산은 직감으로 그것이 첫 번째 장애물임을 깨닫고 걸음을 멈춘 채 촉각을 곤두세웠다. 그러자 잠시 후 20여 개의 허수아비가 그를 포위하며 일어서기 시작했다.

'방술인가? 이건 분명 내 눈을 현혹시키는 술법에 불과하다. 하지만 형체와 실체 모두가 존재하는 것이 분명하므로 무시할 수 없겠다!'

무산은 바짝 긴장하며 자신을 향해 거리를 좁혀오는 허수아비들의 움직임을 세심하게 살폈다. 우연인지는 모르겠으나 허수아비들의 움직임은 지난번 만난 인자와 늑대들의 움직임과 일면 유사한 구석이 있었다. 그들은 거리가 점점 좁혀질수록 한 겹에서 두 겹, 두 겹에서 세 겹으로 두텁게 포위망을 구축했던 것이다.

'저것은 기의 흐름도 영(靈)의 흐름도 아니다. 전혀 호흡이 느껴지지 않는다.'

무산은 머리를 가로저으며 생각했으나 허수아비들이 어떤 힘을 가졌는지를 좀체 짐작할 수 없었다. 하지만 양정과 음정이 주역과 방술에 능한 인물이라는 당개수의 조언이 떠올랐다.
스스슥! 괴에에―엑! 쉬―앙, 쉬―앙!
허수아비들은 괴상한 소리를 내며 한순간 칼을 뽑아 들었다. 그리고 이제까지의 진열을 깨뜨리며 서로 엇갈려 달려들며 무산을 공격하기 시작했다.
쉬익! 휙! 휙! 휙!
일단 진열을 깨뜨린 허수아비들은 앞뒤에서 무산을 향해 가차없이 칼을 휘두르며 달려들었다. 그것들은 마치 땅바닥에 발을 딛지 않은 것처럼 엉성한 자세로 움직이고 있었음에도 무산이 피해 갈 방향을 미리 알고 있다는 듯 무산을 일정한 방향으로 몰아가고 있었다.
무산은 허수아비들의 칼을 피하는 데 급급해 자신도 모르는 사이 계속 뒤로 물러서고 있었다.
'쉽지 않다!'
채 몇 촌도 지나지 않아 무산은 왔던 길로 5장가량 물러서 있음을 깨닫게 되었다.
'이 허수아비들은 지금 내게 물러설 길을 열어주고 있으나 나는 동굴로 향한 길을 열어야 한다. 길이라… 도(道)! 주역에선 실재하나 눈에 보이지 않는 것이 도(道)라 했는데 지금의 내 상황에 어설프게 적용이 되고 있군.'
그 상황에 엉뚱하게 떠오른 주역의 원리를 되새기며 무산은 몇 걸음 더 물러섰다. 그리고 허수아비들의 움직임을 유심히 살폈다. 그러자 다급히 쫓기는 동안은 보이지 않았던 허수아비들의 움직임 유형이 눈

세 가지 시험

에 들어오기 시작했다.

무산은 아무런 무기도 들고 있지 않았으므로 사부에게서 배웠던 퇴법 중 가장 신속한 무퇴(無退)를 이용해 허수아비의 칼을 피해갔다. 무퇴란 물러서되 앞으로 물러서는 독특한 퇴법으로, 퇴법이라기보다는 진법(進法)에 가까운 보법이었다. 즉, 한 걸음 뒤로 물러서게 되면 곧 몸을 휘돌려 앞으로 두 걸음을 내뻗는 것인데, 현재 치르고 있는 시험처럼 어떠한 일이 있어도 앞으로 가야 할 상황에서라면 그 이상의 보법은 없었다.

'허리를 굽혀 칼날을 업고 돌아 공중제비를 돌며 한 걸음 나아간다. 이마로 날아오는 검을 피해 허리 높이에서 회전을 하며 두 걸음 나아가고, 무릎 아래로 휘둘리는 검을 피해 뒤로 한 발 물러섰다가 역회전해 상대의 이마를 찍어 내리며 다시 두 걸음 나아간다!'

무산의 움직임은 그야말로 신기에 가까웠다. 도저히 젖히고 나아갈 수 없는 길을 헤치며 한 걸음 한 걸음 앞으로 전진했다. 그 사이 하나하나 허수아비들을 쓰러뜨려 갔고, 그렇게 20여 장을 더 나아갔을 땐 허수아비들이 자취도 없이 사라져 버렸다.

무산은 잠시 걸음을 멈춘 후 길게 숨을 들이쉬었다. 비록 칼을 휘두르는 허수아비들의 움직임이 위력적이긴 했으나 그들은 애초에 무산의 목숨을 노린 것이 아니라 무산을 궁지에 몰아 퇴로를 열기 위해 준비된, 말 그대로 허수아비에 불과한 것들이었다.

무산은 다시 10여 장을 더 걸어나갔다. 그러자 눈앞에 억새 수풀이 나타났다.

휘이잉……!

마침 그때 한차례 바람이 지나쳐 갔는데, 억새들이 바람에 눕자 달

빛을 받아 시퍼렇게 빛을 발하는 칼날들이 드러났다. 억새 수풀 사이 사이에 빼곡하게 검이 꽂혀 있었던 것이다.

'흠! 이것 역시 단순히 시간을 지연시키기 위해 설치되어 있는 건가?'

무산은 억새 수풀의 넓이를 대충 헤아려 보았다. 횡으로는 그 끝이 보이지 않았으나 전방으로는 대략 20여 장에 그치는 길이였다.

'이 정도라면 충분히 건너뛸 수 있는 거리다. 더 이상의 장애물만 없다면 오히려 시간을 단축할 수 있는 기회가 될 텐데……'

하지만 공중과 주위를 둘러보던 무산은 다시 한숨을 내쉴 수밖에 없었다. 그가 날아오를 수 있는 높이까지의 허공엔 눈에 잘 보이지 않는 가는 실들이 무수히 엉켜 있었고, 나무와 나무의 배치 또한 심상치 않아 보였기 때문이다.

무산은 바닥에서 부러진 나뭇가지 하나를 집어 허공에 던져 보았다.

툭, 투툭, 툭……!

나뭇가지는 채 5장도 날아가지 못하고 조각이 나며 떨어져 내렸는데, 떨어지는 와중에도 끊임없이 동강이 나고 있었다.

'흠, 저기로 날아올랐다가는 몸이 갈가리 찢겨 나가겠군. 이거 죽기 싫으면 포기하란 얘기 아냐? 그나저나 내가 그 악랄한 계집을 위해서 정말 목숨을 걸어야 하는 거야?'

무산은 이번엔 큼직한 돌멩이를 집어 앞으로 던졌다.

팅, 쉬익, 쉑……!

허공에 걸린 실들은 차마 돌멩이까지는 잘라내지 못하고 튕겨냈다.

하지만 돌멩이가 채 바닥에 떨어져 내리기도 전에 사방에서 단필로 보이는 가는 암기들이 날아와 마치 부싯돌을 긋듯 작은 불꽃들을 무수히 만들어내 돌멩이를 꿰뚫고 박살 내며 가루로 만들어냈다.

"날아서 건너뛸 수도 없고, 바닥은 검림이라……. 돈수정에겐 좀 미안하지만 그만 포기하고 돌아가야겠군… 아니지! 그래도 이 정도까진 통과하고 싶은걸……!"

무산은 꾸준히 눈앞의 장애물들을 살피며 혼자 중얼거렸다.

'자, 뭐 아직은 시간이 있으니 천천히 칼을 걷어내고 가면 그만이지 뭐.'

좀 단순하다 싶기는 했지만 무산은 허리를 굽혀 억새 수풀 사이에 꽂힌 검날을 잡아 빼기로 했다. 하지만 그것이 생각만큼 쉽지 않았다. 검은 양날인만큼 함부로 손으로 집을 수 없는 데다 얼마나 깊이 박혀 있는 것인지 쉽게 빠지지도 않았다. 게다가 바닥은 자갈이 섞이고 억새풀의 뿌리가 엉켜 파낼 수도 없었다. 무산에게 남은 시간은 이제 5각 정도인데 그 시간을 모두 이곳에 쏟아 부을 수 있는 형편도 아니었다.

'기(器)! 도(道)가 만들어낸 형상이 바로 기(器)다. 눈앞에 펼쳐진 억새 수풀 역시 형식에 불과하지. 결국은 하나의 길을 만들기 위해 준비된 장난이란 말이지.'

무산은 동작을 멈추고 다시 한 번 전방을 살펴보았다.

억새 수풀의 높이는 대략 엉덩이 아래 높이였으며 공중에 걸린 실은 자신의 키보다 약 한 자 정도 높은 위치에서 시작되고 있었다. 그러므로 검과 실 사이의 공간은 대략 네 자 정도가 되었다. 하지만 그 공간을 이용해 뚫고 나가기에 20여 장은 보통 먼 거리가 아니었다.

'몸을 수평으로 뉘어서 20여 장을 날아가야 한다는 말인데… 그거, 장난이 아니지!'

하지만 길을 뚫고 지나가기 위해선 그 외의 방법이 없었다. 그때 언뜻 생각난 것이 사부가 가르쳐 준 용등연검법의 제일초식인 청단비상이었다.
'우리 영감이 가르쳐 준 무공 초식이 쓸모가 있어야 할 텐데…….'
무산은 어렵사리 억새 수풀에 꽂힌 검 하나를 뽑아낸 후 뒤편에 있는 나무를 향해 뛰어가기 시작했다. 그리고는 나무를 박차고 뛰어오르다가 갑자기 억새 수풀을 향해 빠르게 회전하며 수평으로 날아갔다.
"용등연검 제일초 청단비상(靑團飛上)!"
차르르릉!
손에 들린 검이 휘리릭 움직이며 요동을 쳤다. 원래 연검에 적합하게 만들어진 무공인만큼 검의 유연함이 바탕이 되어야 했지만, 무산이 든 검은 평범한 것이었기에 미세한 파동과 경련으로 주위를 훑어가는 힘은 부족했다.
게다가 용등연검법의 제일초는 원래 땅 위에서 천원(天元)을 향해 수직으로 솟아오르며 회전하는 것인데 무산이 그 동작을 변형해 나무를 박차며 몸을 지면과 수평이 되도록 한 후 전방을 향해 수직으로 뻗어낸 것이었다. 하지만 다행히 무산의 몸은 균형을 유지하며 화려하게 뻗어 나갔다.
무산이 날카로운 검끝과 예리한 철사를 아슬아슬하게 스쳐 가며 날아가고 있을 때였다. 갑자기 억새 수풀 끝에서 뇌성이 울리며 수십 개의 불덩어리가 날아들었다.
순간 무산의 등줄기로 오싹한 소름이 돋았다. 하지만 조금이라도 호흡이 흩어지게 되면 검림에 떨어져 꼬치가 될 것이 분명했기에 무산은 정신을 똑바로 차리며 손목을 휘돌려 검을 날렸다.
파, 파, 팟……!

무산의 손을 떠난 검은 쏜살같이 날아가며 저 혼자 눈앞의 불덩어리들을 차례로 가르며 폭죽처럼 화려한 불꽃을 만들어냈다. 그 순간 무산이 지나쳐 온 수풀로 수백 개의 암기가 쏟아지기 시작했다.

간발의 차이였다. 무산은 불덩어리가 흩어진 그 공간을 뚫고 무사히 검림의 바깥으로 내려설 수 있었고, 바닥을 구르며 재빨리 정신을 수습할 즈음 억새 수풀의 나무들이 우지끈 뽑히며 무너져 내렸다.

방금 전 무산의 검이 가른 불덩어리들은 억새 수풀에 만들어진 기관장치의 심장부로, 허공에 매어진 철사를 고정하고 있었다. 그런데 버팀 장치가 파괴되면서 팽팽하게 매어져 있던 철사가 튕기고, 이제껏 잠잠하던 암기들이 한꺼번에 쏟아져 나오게 된 것이다.

'도대체 내가 무슨 짓을 한 거지?'

무산은 방금 전 자신의 검이 손을 떠나 자유자재로 움직이며 눈앞의 불덩어리들을 가른 것에 스스로 놀라고 있었다. 아주 짧은 시간에 일어난 일이긴 했으나 검은 마치 생명을 가진 것처럼 무산의 생각을 따라 움직이며 불덩어리를 흩어버린 것이다.

'마치 전설 속의 어검술을 보는 듯했어. 우연일까……?'

머리 속으로 많은 생각이 오갔지만 일단은 운이 좋았던 것으로 여기기로 했다.

남은 거리는 40여 장, 시간은 3각이 채 남지 않았으므로 무산은 조심조심 앞으로 나아가기 시작했다. 그렇게 10여 장을 걸어갔을 때 이제껏 보이지 않던 죽림(竹林)이 갑자기 눈앞에 펼쳐졌다.

대나무는 모두 검은색으로 바람에 잎새를 떨고 있었는데, 간혹 사람인지 동물인지 모를 울음소리가 새어 나오고 있었다. 그 울음소리는 아주 가녀리며 애절하게 들리는가 하면, 사특한 느낌이 전해져 올 만큼 날카롭게 들려오기도 했다.

'이건 또 뭐야? 양정과 음정이라는 인간은 정말 취향이 별다르군.'

무산은 이번엔 또 무슨 장치가 숨어 있을까 하는 생각에 죽림을 한 번 훑어보았다. 그리고 땅바닥에 떨어져 있던 검을 집어 대나무 하나를 베어낸 후 그 가지를 다듬어 가슴 높이까지 오는 봉 하나를 만들었다. 무산은 그것으로 대나무를 헤치며 죽림 속으로 발을 들여놓았다.

'이상하다… 아무런 살기나 위기감이 느껴지지 않아. 단순한 죽림인가?'

무산은 대나무 숲을 헤치고 나가며 조금씩 긴장을 풀기 시작했다. 상황 파악이 덜 되어서 그런 것이 아니었다. 자신은 분명 시험에 들어 있는 상태며, 언제 비수가 날아들지 모르고, 정해진 시간은 저 혼자 흘러가고 있다는 것을 잘 알고 있었다. 게다가 숲 안에서는 계속해서 귀곡성이 들려와 죽림 밖에서 듣게 되면 소름이 돋을 것도 같았다.

하지만 이상하게도 무산의 마음은 느슨하게 풀려갔으며 생각의 고리는 계속해서 끊어졌다. 그는 이미 일각가량의 시간을 대나무 밭에서 그렇게 헤매고 있었던 것이다.

"어이쿠……!"

무작정 헤매고 있던 무산은 그만 젖은 풀잎에 미끄러져 뒤로 나동그라졌다.

'젠장할, 뒤로 넘어졌는데 코가 깨졌잖아! 헉, 지금 내가 뭘 하고 있는 거지?'

콸콸 쏟아져 내리는 코피를 틀어막던 무산은 그제야 자신이 뭔가에 홀려 있었음을 깨달았다. 얼마나 오랫동안 헤매고 있었는지조차 알 수 없었고, 자신이 걷는 방향이 어디를 향해 있는지도 몰랐다.

그 순간 이제껏 무심하게 바람에 흔들리던 대나무 숲이 사라지고 무덤들이 빽빽하게 들어찬 공동묘지가 눈앞에 나타났다.
'이런, 사람의 눈과 마음을 현혹시키는 방술이었군. 그나저나 이 공동묘지는 원래부터 있었던 거야, 아니면 이것도 허상인 거야?'
무산은 호흡을 가다듬은 후 정신을 한곳에 모으기 위해 밤하늘을 쳐다보았다. 하지만 하늘은 먹빛 구름과 어둠에 잠겨 있어 별과 달의 모습조차 보이지 않았다.
'변(變)! 현상, 즉 기(器)가 서로 어울려 여러 가지로 변화하는 것이 변이다. 그 변을 이용한 것이 진식인데… 그렇다고 해도 이게 무슨 진식인지 알 수가 있나……!'
무산은 천천히 주위를 둘러보았다. 그러나 온통 무덤뿐이었다. 그런데 어디에서 들려오는 것인지 귀곡성만은 끊이지 않고 있었다.
'생문(生門)이나 사문(死門), 활문(活門) 따위의 여러 가지 문이 있긴 하지만 생문을 제외한 모든 문은 문이라기보다는 벽이나 수렁에 불과하지. 가만있자, 어차피 진식이란 생문으로 통하는 길을 복잡하게 얽는 것에 불과할 테고… 그런데 그 길이란 것이 주역의 도(道)와 다를 게 없단 얘기지? 거기에도 이치가 있을 테니 도리를 따르면 되는 것이고. 도리라면… 또 나만큼 잘 아는 사람도 없겠지. 히히히!'
무산이 생각에 잠겨 있는 사이 무덤 주위에서 수많은 인영이 솟아나고 있었다. 귀신이나 강시가 분명했다. 그 모습에 무산이 기겁을 하며 몇 걸음 물러섰으나 곧 냉정을 되찾고 눈을 감은 채 정신을 하나로 모았다.
'이것 역시 하나의 허상에 불과하다……! 안 그러면 나는 까무러치지. 에… 도기변통(道器變通)이라. 하긴 어떤 식의 변화가 일어나든 하

나로 통하는 것이 있을 것입지.'

생각에 잠겨 있는 무산의 귀로 또다시 소름 끼치는 귀곡성이 들려왔다.

'그래, 울음소리……!'

무산은 눈을 번쩍 떴다. 그러자 자신 주위를 맴돌며 날아다니는 귀신들이 먼저 눈에 들어왔다. 무산은 즉시 연기인형이 펼쳤던 타구봉법을 시전하며 주위에 맴도는 귀신들을 향해 휘둘러 갔다.

"천원(天元)을 보며 뛰어올라 수캐의 정수리에 봉을 내리꽂고, 지축에 왼발 끝을 세운 후 아홉 바퀴 휘돌며 바람을 일으킨다. 암캐가 동네 개를 불러 모았으니 각각의 정수리에 다시 봉을 두드려 주고 주인이 잠에서 깨기 전에 지붕 위로 올라간다."

무산의 몸은 마치 신들린 무당처럼 제 스스로 움직이며 천지와 사방을 향해 봉과 권을 내뻗어 나갔다. 하지만 귀신들은 역시 허상이어서 무산의 공격은 단순한 초식의 연습처럼 허공과 허공을 향해 질러질 뿐이었다.

'또다시 나를 홀린 것으로 알겠지만… 히히, 네놈들의 착각이다.'

무산은 빠르게 회전하며 허공으로 솟구쳐 올라갔다.

"지붕 위에 올라보니 하늘에 가깝다. 하늘에 가까우니 하늘의 뜻도 가깝다!"

허공의 한 지점에서 회전을 멈춘 무산은 손에 들고 있던 봉을 어느 한 지점으로 힘껏 밀어서 던졌다.

휘휙―!

끄어어―억!

공기를 가르며 날아간 봉이 울음소리의 발원지에 꽂히는 순간 이제까지의 귀곡성이 멎었고, 그 대신 처절한 비명 소리가 숲을 갈랐다.

무산은 날아오를 때와는 달리 천천히 회전해 내려오며 다시 주위를 살폈다.

비명이 울리는 것과 동시에 주위는 맨 처음 그가 보았던 평범한 산비탈로 변해 있었고 바로 10여 장 앞에 동굴이 있었다.

방금 전 무산의 봉이 날아간 곳은 바로 그 동굴이었다.

'이거 뭐야……! 그 귀곡성이 곰이 우는 소리였단 말이야?'

무산은 어이가 없다는 듯 고개를 저으며 동굴 안을 유심히 살폈다.

끄아아—아!

잠시 후, 동굴 안으로부터 두 개의 인광이 빛의 꼬리를 흔들며 빠르게 달려나왔다.

끄아아—아!

틀림없는 곰이었다. 네 발로 뒤뚱거리며 빠르게 달려나오던 곰은 무산을 발견하고는 갑자기 걸음을 멈추더니 앞발을 들어 올리고 괴성을 내질렀다. 그것은 위협을 주기에는 충분한 동작이었으나 빈틈이 너무 많았다.

무산은 허리 뒤편에 꽂아두었던 검을 뽑아 재빨리 곰의 심장을 향해 던졌다.

챙!

하지만 곰은 들고 있던 앞발로 간단하게 검을 쳐냈다. 그리고는 다시 무산을 향해 빠르게 달려들었다.

'저거 곰 맞아……?'

무산은 곰의 날쌘 동작에 넋이 나갈 지경이었다. 재빨리 공중제비를 돌며 자신을 향해 달려든 곰의 정수리에 손을 찔러 넣었으나 곰은 이미 공격을 피해 저 앞으로 굴러가 있었다.

"이야, 곰! 너 정말 구르는 재주가 대단하구나?"

무산은 숨을 할딱이며 곰에게 소리쳤다. 그리고는 뒤로 물러나 땅바닥에 떨어져 있던 검을 다시 집어 들었다.

'이거 시간이 얼마나 흘렀는지 알 수 있어야지? 최대한 빨리 끝내는 수밖에 없겠군. 지가 아무리 빨라봐야 곰이지……!'

곰의 정수리를 노려보던 무산은 앞으로 천천히 걸어나갔다.

끄아아—아!

곰 역시 더 이상 자기 잠 시간을 축내고 싶지 않았는지 다시 몸을 일으키더니 뚜벅뚜벅 걸어서 무산에게 다가왔다.

"야! 너 정말 곰 맞아? 곰이면 웅담 한번 보여줘 봐!"

싸늘한 한기가 무산의 목덜미를 훑고 지나갔다.

열 걸음, 여덟 걸음, 여섯 걸음… 둘의 거리는 점점 좁혀졌고 무산이 곰을 향해 내달리는 것과 동시에 둘의 입에서 괴성이 내질러졌다.

"으아아—앙!"

끄아아—아!

무산은 검을 거꾸로 잡은 후 머리 위로 들어 올려 곰의 심장부를 찔러 들어갔다. 하지만 곰은 오른쪽 앞발을 휘둘러 무산의 검을 쳐낸 후 곧바로 왼쪽 앞발로 머리를 내리찍어 왔다.

퍽!

끄어어—어!

쿵……!

"으……! 컥, 커컥! 하필이면……!"

무산은 곰의 육중한 몸에 깔린 채 힘겹게 숨을 몰아쉬었다. 궁여지책으로 펼친 기습이었기에 무산이 미처 계산해 두지 못한 것이 있었다.

애초에 무산이 검을 휘두른 것은 어디까지나 곰의 시선을 분산시키기 위한 허초였다. 곰이 무산의 검을 쳐낼 때 무산은 검을 눕혀 곰의 손을 스쳐 갔던 것이다. 그리고 재빨리 몸을 눕혀 곰의 가랑이 사이로 빠져나가며 하체의 한중간, 급소 중의 급소에 검을 꽂았던 것이다.

그 일격으로 싸움은 허무하게 끝났다. 하지만 무산 역시 낭패를 겪고 있었다. 채 몸을 일으키기도 전에 곰은 그 육중한 덩치로 무산을 덮치며 숨을 거둔 것이다. 문제는 고약하게도 곰의 엉덩이가 무산의 얼굴을 뒤덮고 있다는 점이었다.

"어휴, 냄새……! 이 녀석, 도대체 어제 뭘 먹은 거야?"

무산은 끙끙거리며 힘겹게 곰을 밀쳐 낸 후 몸을 일으켰다. 그리고 급소에서 검을 거둔 후 벌려진 곰의 주둥이에 꽂았다.

"미안하다. 하지만 널 네 웅담과 함께 동굴에 묻어줄 테니 하늘나라에 가서도 자부심을 가지렴. 웅담 온전히 달고 죽는 곰이 몇 마리나 되겠니?"

무산은 곰의 주둥이에서 어금니를 취한 후 녀석의 콧잔등을 문질러 주며 따스한 위로를 건넸다. 그리고 재빨리 양정과 음정이 서 있는 비탈 아래로 뛰어 내려가기 시작했다. 막판에 체면을 조금 구기기는 했지만 첫 번째 시험은 무사히 통과한 것이다.

2
세 가지 시험

두 번째 시험을 준비하고 있는 이는 취설이었다.

취설은 음양가(陰陽家)로, 역술과 풍수지리에 있어 탁월한 실력을 가지고 있으며 귀신을 부린다는 소문이 나돌 만큼 신비로운 사내였다. 비록 왜소한 몸집이기는 하지만 그가 풍기는 강한 인상은 상대에게 묘한 심리적 위압감을 주었다.

묘시(卯時). 장소는 사천성 외곽에 자리 잡은 타강(陀江)이었다. 새벽의 미명이 서서히 어둠을 잠식하는 가운데 웅장한 강물 소리가 취설과 무산 두 사람을 감싸고 있었다.

"첫 번째 시험을 무사히 치렀다고 들었네. 비록 자네를 다치지 않게 하는 범위 내에서 치러지긴 했지만 양정과 음정의 성격을 고려했을 때 결코 만만치만은 않은 시험이었을 거야. 그것만으로도 자네의 실력에 어느 정도 신뢰를 가지게 되는군."

취설은 다정다감한 음성으로 무심히 강물을 보며 이야기했다.

무산은 취설의 뒷모습을 바라보며 묵묵히 듣고만 있었다.

어떤 이유에서인지는 모르겠으나 취설은 무산에게 호의적이었으며 아무런 적대감도 가지고 있지 않았기에, 당문 전체를 상대해야 하는 그로서는 마치 지원군을 만나기라도 한 것처럼 든든하게 느껴졌다.

하지만 그것은 어디까지나 무산만의 생각이었다.

"나는 자네가 이 시험을 무사히 치르고 당문에 들어오길 바라는 소수의 사람 중 하나일세. 하지만 아마도 자네는 내 시험을 통과하기 어려울 거야. 나는 내가 할 수 있는 한 가장 어렵게 이 시험을 준비했네. 그렇다고 인간의 한계를 뛰어넘는 무리한 것들을 요구하지는 않았어. 다만 정통 당문이 아닌 자가 당문에서 살아남기 위해 갖추어야 할 최소한의 자질을 요구하고 있을 뿐이야. 차라리 나는 자네가 이 시험에서 떨어지길 빌겠네. 아직은 당문의 가족이 되지 않은 자네 인생을 위해서……!"

취설은 천천히 고개를 돌려 무산의 눈을 바라보며 이야기했다. 그의 눈빛은 차마 입 밖으로 내지 못한 많은 생각들을 보여주고 있는 듯했다.

'이 인간이 지금 나랑 똑같은 생각을 하고 있네?'

무산은 침중한 눈과 음성과 표정으로 자신에게 자유로운 인생과 당문의 불협화음을 이야기하고 있는 취설을 향해 씩, 웃어주며 생각했다.

'그래, 내 생각에도 당문은 영 아니올시다야. 하지만 나는 내게 닥쳐오는 운명을 외면하지 않지. 내가 선택할 수 있는 인생이 있다 하더라도 나는 내게 덤벼드는 인생과 맞서가며 싸워 나가겠어. 나는 나한테 덤벼드는 것들이 지긋지긋하게 싫거든. 그래, 그렇게 살아야 하는 사

람도 있는 거야. 그리고 그게 바로 나야.'

무산이 생각에 잠겨 있는 사이 취설은 그의 눈을 똑바로 쳐다보며 입가에 가벼운 미소를 머금었다. 마치 무산의 생각을 읽고 있기라도 한 듯.

"자, 내가 요구하는 것은 단 하나다. 이 강을 건너라! 맞은편 강변까지는 대략 백여 장의 거리. 하지만 너는 영원히 그곳에 닿을 수 없을지도 모른다."

취설은 미소를 거둔 채 냉랭하게 말했다.

무산은 취설의 말이 정확히 무엇을 의미하는지 몰랐다. 수영 실력을 확인하자는 것도 아닐 테고, 무작정 강을 건너라니 다소 황당했던 것이다.

"헤엄쳐서요?"

"어떤 방식으로든! 실력이 된다면 경공을 이용해 수면 위를 걸어갈 수도 있고, 그것이 어렵다면 수영도 괜찮겠지. 하지만 강은 넓고 물살은 차가우니 조심해야 할 게다. 그리고 모든 죽음이 그렇듯 이 강엔 억울하게 죽은 자들의 원망과 한이 서려 있으니 그 또한 조심해야 할 게야. 자, 저 강이 곧 당문이다. 부디 당문을 느껴보거라."

취설의 말에 무산은 당혹스러울 뿐이었다.

'이 귀신같은 녀석이 내가 용문 마을의 물개였다는 걸 모르고 있군. 아니면… 내가 너무 마음에 들어서 쉬운 시험을 내자는 건가? 히히, 히? 아니야, 수상해. 뭔가 냄새가 난단 말이지! 당문을 느껴보라? 글쎄… 이 무산을 느끼게 해주마!'

무산은 고개를 갸웃거리며 생각에 잠겼다.

"들어갈 생각이 없는 건가?"

세 가지 시험 211

"아뇨, 이게 수영의 예비 초식이거든요. 고개를 좌 삼삼, 우 삼삼 흔들어준 후 이렇게 뛰어드는 거죠."

무산은 말을 마친 후 모래톱을 박차며 뛰어오르더니 두 팔을 활짝 펼친 채 아직 어둠에 묻혀 있는 강물로 몸을 날렸다.

촤아—!

"아악! 으으으……!"

무산의 몸이 수면에 닿는 것과 동시에 거칠게 물탕이 튀었다. 그리고 뒤이어 무산의 비명성이 터져 나왔다.

"어둠 때문에 분간이 쉽지 않겠지만 거기까지는 수심이 아주 얕다네. 발목을 간신히 적실 정도지. 조심하게. 그것이 바로 당문일세."

취설의 목소리가 무산의 귓전에 맴돌았다.

무산은 은근히 화가 치밀어 취설이 서 있던 곳을 노려보았으나 취설의 모습은 이미 사라져 버린 후였다. 주위로 가득 찬 어둠과 강물 소리가 무산의 목을 조여올 뿐이었다.

"어절씨구리! 이거 뭐야. 용문 물개의 실력을 보지도 않고 가겠다는 거야? 그래, 맘대로 해라. 하긴, 저 귀신같은 녀석이 내 수영 실력을 보면 곡하지, 곡해. 암……!"

무산은 천천히 물살을 가르며 걸어가기 시작했다. 하지만 아무리 걸어도 물의 깊이는 무릎을 넘지 않았다.

'어라? 이게 강이야, 도랑이야? 이야, 물개의 실력을 발휘할 기회도 없겠군.'

강의 한가운데에 이르렀음에도 물의 깊이에 변화가 없자 무산은 은근히 섭섭해지기까지 했다. 물론 그 한 켠엔 뭔가 미심쩍다는 의심이 도사리고 있었다.

「아야야이야, 살살 밟아. 머리가 벗겨지잖아!」

「까르르르륵, 넌 원래 대머리였잖아!」

「아야야이야, 누가 머리카락 벗겨진다고 했니, 바보야? 머릿가죽이 벗겨진단 말야!」

남자인지 여자인지 구분할 수 없는 중성의 앳된 목소리들이 발 밑에서 들려온 것은 그때였다. 무산은 기겁을 하며 발 밑을 쳐다보다가 그만 놀라서 뒤로 나자빠졌다.

첨벙!

나자빠진 무산의 몸은 물속에 깊이깊이 잠기기 시작했다. 몸이 닿지 않는 수심. 이제껏 무산이 걸어온 강물의 진짜 깊이였다.

"푸하아! 사, 사람 살려……!"

용문 마을의 물개 무산은 두 팔을 휘저으며 비명을 내질렀다. 수영을 못해서라기보다는 갑자기 나타난 물귀신들 때문에 놀라서 허우적거리고 있는 것이었다.

방금 전 무산이 발 밑을 내려다보았을 때 그곳에는 아이들처럼 작은 물귀신 아홉이 있었다. 물귀신들은 하나같이 퉁퉁 부은 얼굴에 눈알이 제멋대로 빠져나와 흉측하기 그지없었는데, 나름대로 그 생활에 만족하고 있는지 길게 혀를 빼문 채 까르륵거리며 웃고 있었다. 그리고 그제야 무산은 이제껏 자신이 밟고 지나온 것이 물귀신들의 머리통이었다는 것을 깨달을 수 있었다.

잠시 후, 저희들끼리 치고 받으며 소란을 피우던 물귀신들이 허우적거리고 있는 무산을 빙 둘러싸기 시작했다. 그리고 그중 머리가 벗겨진 물귀신 하나가 무산에게 물었다.

「너는 호리병이니? 왜 꼬르륵거리면서 물만 마시고 있는 거야?」

"우아―악!"

무산은 갑자기 눈앞에 얼굴을 들이민 대머리 물귀신 때문에 처절한 비명을 내지른 후 물속으로 다시 꼬르륵 잠기기 시작했다.

'이거, 분명히 취설이란 작자의 장난인데… 그 작자한테 이렇게 앙 중맞은 면이 있었나?'

한기가 물씬 전해지는 새벽 강물에 푹 잠기고 나서야 무산은 어느 정도 정신을 수습할 수 있었다.

무산은 일단 물속의 정황을 살피기 위해 슬며시 눈을 떴다. 눈꺼풀이 들리자마자 안구를 찌릿하게 적시는 물기가 느껴졌고, 다시 한 번 눈을 깜빡인 후에야 그는 희미하게나마 무엇인가를 볼 수 있었다.

"푸마― 막!"

무산은 물을 꼴깍꼴깍 마시며 터져 나오지 않는 비명을 내질러야 했다.

"푸르르르르!"

어느새 잠수를 한 것인지 대머리 귀신이 무산의 바로 앞에서 뱀처럼 긴 혀를 쭉 내밀고 물방울을 내뱉으며 무산의 얼굴을 핥기 시작했기 때문이다.

"푸르… 푸르… 푸르……!"

한참이나 물을 마셔대던 무산이 무엇인가 말하기 위해 입을 벙긋거리더니 갑자기 몸을 솟구쳐 물을 박차고 허공으로 떠올랐다.

"물속이라 무공 이름을 못 들었지? 다시 한 번 들려주마, 이 같잖은 물귀신들아! 혼.산.비……!"

무산은 허공의 한 지점에서 와불상처럼 팔을 베고 누운 형상으로 잠시 동작을 멈추더니 이내 금빛의 광채를 뿜어냈다.

"혼산장!"

잠시 후 무산은 그 자세 그대로 뱅글뱅글 회전해 내려오며 물 밖으로 머리를 내민 물귀신들을 찍어 내리기 시작했다.

혼산장(魂散掌)! 그것은 일소천이 혼천공을 개조해 만든 무공으로, 영적인 존재들을 상대할 때 사용할 수 있도록 무산과 무랑에게 가르친 것이었다.

일소천은 강호를 주유하며 무수히 많은 무공들을 접한 만큼 각 파의 무공과 기인들의 무공 중 쓸 만한 것들을 추려 자기 마음대로 초식에 변화를 준 후 새로운 이름을 붙였다. 그리고 그것들을 무산과 무랑에게 가르쳐 시험하면서 다시 부족한 부분을 보완해 새로운 무공을 만들어내곤 했다.

무산과 무랑이 내공의 수위에 비해 반사 신경이 발달하고 임기응변에 강한 이유가 거기에 있었다. 너무 많은 무공들을 수시로 익혀야 했기 때문에 그 무공의 참맛이나 깊이를 알기보다는 핵심만을 추려 다른 무공과 접목시키는 데 많은 시간을 투자했던 것이다.

사실 무산이 한 시진 전에 치른 첫 번째 시험에서 써먹었던 타구봉법 역시 연기인형이 펼쳤던 타구봉법과는 얼마간 다른 면이 있었다. 무산은 단지 연기인형이 펼친 초식만을 구경했을 뿐 그 초식의 근원이 되는 구결을 전수받지 못했다. 그래서 위기에 닥쳤을 때 그 스스로 임기응변에 적합한 구결을 만들어 읊은 바 있었다.

「캬르륵, 캭캭캭!」

「끄아아―아!」

「크어어―억!」

무산의 혼산장에 맞은 물귀신들은 그 자리에서 처절한 비명을 내지르는 것과 동시에 혼이 흩어지며 형체가 물속으로 잠겨 다시는 떠오르지 못했다. 그렇게 사라져 간 물귀신들은 모두 여섯. 남은 귀신 셋은 운 좋게 혼산장을 피해 어디론가 모습을 감추어 버렸다.

"아무튼 잡귀들은 자존심도 없다니까. 지들 앞마당에서 꼬리를 감추고 숨다니……! 에이, 귀신 망신시키는 잡귀들아. 풋하하하!"

얼마 동안을 더 기다려도 물귀신들이 나타나지 않자 무산은 천천히 물살을 가르며 맞은편 강변을 향해 헤엄쳐 갔다.

'취설이라는 작자, 뭔가 있겠다 싶었는데 고작 잡귀 따위나 부려먹어? 이거 실망이 이만저만 아니군. 그나저나 말로만 듣던 귀신이 정말 있었어. 내가 양기를 듬뿍 받고 태어난 사람이었기에 망정이지 하마터면 까무러쳐 죽을 뻔했잖아. 에히히!'

물귀신들 때문에 편하게 50여 장은 걸어서 지나왔고, 20여 장을 헤엄쳐 왔으므로 강변까지는 이제 30여 장 정도만이 남아 있었다. 하지만 맞은편 강변은 여전히 어둠에 묻혀 있어 정확히 눈에 들어오지 않았다.

'그나저나 이 강이 당문이라니, 그게 도대체 무슨 소리야?'

무산은 얼마 전 취설이 했던 말을 떠올리곤 피식 웃어버렸다. 멍청한 물귀신들이 머리를 콩콩 밟히며 길이나 놓아주다가, 혼을 흩어버린다는 혼산비와 혼산장에 당해 영영 물속으로 잠수해 버린 것이 아주 통쾌했기 때문이다.

강호에서 당문을 어떻게 평가하고 있든 무산이 아는 당문은 돈수정이나 물귀신, 양정과 음정이라는 어설픈 방문술사들의 집단에 지나지 않았다. 결코 두려움에 몸을 떨거나 기죽을 필요가 없는 상대들이었던 것이다.

무산이 그렇게 생각에 잠겨 헤엄을 치고 있는데 갑자기 불길한 기운이 온몸을 죄어오는 것이 느껴졌다.

촤아—!

무산의 느낌은 정확했다. 갑자기 5장 거리 앞에서 거대한 물기둥이 치솟아오르며 길을 막았다.

「끼이, 끼이! 고맙다, 물방개. 마침 배가 고팠는데 네놈이 아까 그 멍청한 녀석들을 박살 내줬어. 평소에 내가 그 녀석들을 얼마나 먹고 싶어했는지 알아? 물귀신은 물귀신 고기를 아주 좋아하거든.」

물기둥 꼭대기에 올라앉아서 떠들고 있는 것은 분명 대머리물귀신이었다. 하지만 대머리의 덩치는 처음 보았을 때보다 여섯 배 이상 커져 있었다.

무산은 그 모습에 소름이 쫙 끼쳐 오는 것을 느끼며 다급하게 손가락으로 침을 찍어 이마에 발랐다. 귀신 쫓는 데는 그게 최고라고 언젠가 일소천이 했던 말이 떠오른 것이다.

하지만 막상 대머리물귀신은 무산을 물끄러미 쳐다보며 뭔가 생각에 잠기는 눈치였다.

「야, 물방개! 너 혹시 간질있냐?」

"아니……!"

「그런데 왜 이마에 침을 찍어 바르냐? 물방개, 너 바보지?」

"대머리물귀신아, 나 물방개 아냐. 물개라고 불러줘!"

일소천의 말만 믿고 있다가 체면만 구긴 무산이 뚱한 얼굴로 대답했다.

「네가 휘두백(輝頭伯)에게 농담을 해? 정말 간이 부은 물방개구나? 우선 네놈을 물 먹여 죽인 후에 물귀신을 만들어 잡아먹어야겠다. 후히히! 나는 물귀신 고기 중에서도 간을 제일 좋아하는데, 네놈은 간이 부었으니 아주 푸짐하게 먹을 수 있겠어. 푸히히!」

말을 마친 대머리물귀신 휘두백은 물갈퀴가 달린 오른손을 목에 가져다 대더니 스윽 긋는 시늉을 했다.

"허―푸!"

휘두백의 동작이 끝나자마자 물속에서 무엇인가가 무산의 발을 확 잡아당겼다. 워낙 갑작스런 일이었기 때문에 무산은 비명을 내지르다 말고 물속에 잠기며 짜릿한 새벽 강물을 왕창 들이마시고 말았다.

미처 숨을 고를 사이도 없이 벌어진 일인만큼 무산은 숨이 탁 막혀오는 것을 느끼며 고통스레 몸부림치기 시작했다.

'영시안(靈矢眼)!'

무산은 다급히 새끼손가락을 깨물어 그 피를 양쪽 눈두덩에 발랐다.

영시안은 영체의 형상을 정확히 파악할 수 있는 방술 중 하나로, 그 역시 일소천의 작품이었다. 무산이 물속을 한번 둘러보니 두 명의 물귀신이 양쪽에서 자신의 발목을 붙잡고 계속 아래로 아래로 내려가고 있는 것이 보였다.

"흡!"

숨이 탁 막혀왔다. 무산은 고통스레 몸을 비비 꼬다가 영시지(靈矢指)를 생각해 내곤 곧장 허리를 굽혀 두 물귀신의 정수리에 손가락을 꽂았다.

영시지는 혼산장과 마찬가지로 영체나 귀체를 상대로 손끝에 기를 실어 공격하는 것으로, 그것에 맞은 귀체는 영이 흩어져 죽게 된다.

하지만 방금 전 무산이 펼친 무공은 물의 압력 때문에 아주 느리게 이루어져 물살의 흐름을 감지하고 있던 물귀신들에게 너무 쉽게 탄로 나고 말았다. 물귀신들은 즉시 무산의 발목에서 손을 풀며 각각 다섯

보씩 물러섰다.

"푸아, 푸아하……!"

발목이 풀린 무산은 황급히 물 밖으로 고개를 내밀었다. 그리고 가쁘게 숨을 몰아쉬며 주위를 살폈다.

대머리물귀신은 무산이 가쁘게 숨을 내쉬는 모습을 보더니 곧장 머리를 갸웃거렸다. 하지만 그것도 잠시, 곧바로 날카로운 손톱을 세운 채 물기둥과 함께 휘어져 내려오며 무산을 내리찍으려 했다.

"영시보(靈矢步)!"

무산은 허공으로 몸을 날리며 자신을 향해 쏟아져 내려오는 대머리물귀신과 부딪쳐 갔다. 영시보를 이용해 쏜살같이 솟아오른 무산은 다시 손가락 끝에 기를 모은 채 정확히 상대를 응시했다.

촤아아—!

대머리물귀신과 부딪치기 직전, 무산은 자신도 모르게 두 눈을 꼭 감아버렸는데 그 순간 자신이 거대한 물기둥을 뚫고 지나가고 있다는 것을 느꼈다. 하지만 정신을 차려 두 눈을 떴을 때 그는 아무것도 없는 허공에 떠 있었다. 그리고 미처 균형을 유지하기도 전에 물 아래로 떨어져 내려갔다.

"으아—악!"

풍덩!

큰 물탕을 튀기며 무산은 다시 강물에 빠지고 말았다.

「내 생전 물귀신과 싸우려는 놈은 처음 만난다.」

허우적거리고 있는 무산의 주위를 뱅뱅 돌며 대머리물귀신이 말했다.

"나도 물귀신은 처음 본다. 헥, 헥……! 취설이라는 자에게 이렇게 앙증맞은 애완귀(愛玩鬼)가 있는지 몰랐어. 나름대로 귀여운 구석이 있는 인간이야."

「너는 물귀신이 겁나지 않니?」

"귀신도 귀신 나름이지. 헥, 헥……! 물귀신은 잡귀야. 자존심 하나로 살아온 난데 잡귀를 보고 떨어야겠냐?"

무산은 물속에서 발을 동동 구르는 탓에 숨을 할딱이며 대답해야 했다.

사실 그는 처음으로 귀신이란 존재와 마주치게 된 것이지만 특별히 두렵다거나 믿겨지지 않는다거나 하지는 않았다. 어차피 귀신이란 존재가 있으니 음양가나 술사, 무당 따위가 먹고 사는 것이라 믿고 있었던 것이다. 하지만 귀신은 어디까지나 실체의 흔적, 즉 잔상에 다름 아니라는 믿음 또한 있었다. 그런 만큼 기가 허하지 않은 사람에게는 아무런 영향을 미치지 못하는 것이다.

다만 물귀신의 경우엔 철저하게 잡귀로 분류됨에도 불구하고 물을 이용한 물리적인 힘을 사용한다고 들은 적이 있었다. 실제로 지금 무산이 상대하는 대머리물귀신은 끈덕진 데나 물리적인 힘까지 이용할 줄 아는 까다로운 잡귀였다.

「그래, 아까도 말했지만 나는 너처럼 간이 부은 녀석이 좋아. 스으읍!」

휘두백은 길게 축 늘인 혀를 잘근잘근 깨물며 느끼하게 말했다.

'취설! 이게 당문이냐? 그 인간, 사기꾼 아냐? 뭔가 신비한 척하면서 잡술밖에 부리지 못하는……! 어쨌거나 두고 보자, 취설. 내가 차차 네 정체를 까발려 주지.'

무산은 시험 같지 않은 시험에 슬슬 짜증이 나기 시작했다. 남들 다

자는 새벽에 혼자 물귀신이랑 놀아난다는 생각을 하자 갑자기 억울하단 생각이 들었던 것이다.

"휘두백인지 빛나는 머린지, 너 잘 들어라. 너처럼 나도 간이 배 밖으로 나온 물귀신을 무척 좋아하거든? 돼지 간, 오리 간, 거위 간 다 맛있지만 그중에서도 물귀신 간이 제일 맛있지. 스으읍! 그런데 지금은 내가 바빠서 네가 당장 꺼지면 잡아먹지 않을 수도 있거든? 하지만 계속 알짱거리면서 길을 막으면 네 간을 날로 끄집어내서 붕어랑 나눠 먹을 거야."

「이놈, 이제 보니 머리 속까지 간으로 찬 인간이군!」

"네놈은 입만 빼놓고는 모두 간덩어리로구나."

「말이 필요없는 인간이다. 배 터지게 물이나 먹어봐라. 간다!」

"귀가 있으나마나 한 물귀신이로다. 한입에 삼켜주마!"

휘두백과 무산의 입에서 동시에 고함이 터져 나왔다.

휘두백은 빠른 속도로 물살을 그으며 쭈욱 뒤로 물러서더니 갑자기 거대한 도끼의 형상으로 변해 무산에게 덤벼들었다. 반면 무산은 맨 처음 물귀신들을 공격할 때 펼쳤던 혼산비의 자세를 다시 재현해 금빛의 광채를 뿜어내며 와불상처럼 물 위에 팔을 베고 누워 물도끼로 변한 휘두백을 기다렸다.

휘두백이 거의 5장 거리로 가까워졌을 때 무산은 아까 물속이라 실패했던 영시지(靈矢指)를 준비하며 손끝에 기를 모았다.

촤아아악—!

「끄아아아아—」

물도끼의 날이 시퍼런 광채를 내며 무산의 머리를 쪼개려는 순간 무산은 영시지를 시전해 도끼의 날에 맞부딪쳐 갔다. 그 순간 거대한 물

세 가지 시험 221

도끼는 산산이 흩어지며 무수한 물방울을 뿌려댔고, 휘두백의 비명 소리가 고요한 새벽 강가에 메아리쳤다.
"이런……! 물귀신 간을 빼 먹긴 글렀군."
무산은 허탈할 만큼 쉽게 끝나 버린 휘두백과의 일전에 내심 만족하며 흰소리를 내뱉었다.
하지만 싸움은 아직 끝난 것이 아니었다. 마치 파편처럼 흩어져 강물 위로 뿌려졌던 물방울들이 다시 꿈틀거리며 허공으로 떠오르더니 또 하나의 형상을 만들어냈다.
「이크크, 하마터면 큰일 날 뻔했군. 내 혼을 빼놓았기에 망정이지 하마터면 박살날 뻔했어.」
마치 거머리처럼 흉물스럽게 생긴 거대한 형체가 꿈틀거리며 말했다.
'괜히 물귀신이 아니군. 끈질기고 지겨운 놈!'
무산은 다시 한 번 손끝에 기를 모으며 휘두백의 공격을 기다렸다.
「자, 다시 한 번 간다, 이 귀신 잡을 놈!」
휘두백은 아래로부터 힘을 끌어당겨 흉물스런 몸을 곤추세우더니 입 부위를 부풀린 후 무산을 향해 후 불어댔다. 그것과 동시에 휘두백의 몸은 다시 한 번 산산이 흩어져 버리며 무수한 물방울들을 쏘아냈다.
하지만 이번에는 달랐다. 물방울처럼 보이던 것들이 거머리처럼 꿈틀거리며 무산을 덮어버렸던 것이다.
온몸의 기를 손끝에 모아 일격을 준비하던 무산으로선 당황할 수밖에 없었다. 휘두백이 내뱉은 물방울들은 그의 몸에 찰싹 달라붙어 기분 나쁘게 꿈틀거리며 진기를 빨아대고 있었던 것이다.
"으… 으아악!"
무산은 비명을 내지르며 몸부림쳤지만 소용없는 일이었다. 몸부림을 치면 칠수록 힘이 빠져나가며 몸은 물속으로 잠겨 들어갔던 것이다.
"컥! 커커걱……!"
마치 엄청난 힘이 온몸을 조여드는 것처럼 숨이 막히고 갑갑했다. 무산은 자기 몸이 점점 쪼그라드는 것을 느꼈으나 한순간 정신이 번쩍 들었다.
무산은 눈을 떠서 자기의 몸을 천천히 훑어보기 시작했다. 그리고는 기겁하며 비명을 내지르려다가 벌컥벌컥 입속으로 들어오는 물만 마셔 대고 말았다.
그 작은 벌레들이 살갗을 파고든 것인지 온몸의 피부들이 울퉁불퉁하게 꿈틀대고 있었던 것이다.
"푸르르르……!"
무산은 무슨 말인가를 하기 위해 물속에서 입을 뻥긋거리며 물방울을 토해낸 후, 쏜살같이 몸을 회전시켜 수면을 뚫고 공중으로 치솟아올랐다.
"이번에도 못 들었지? 정확히 들려주마, 이 거머리 같은 놈!"
허공의 한 지점에서 회전을 멈춘 무산은 강물에 대고 소리를 내지른 후, 곧장 아래를 향해 거꾸로 몸을 날리며 거세게 회전하기 시작했다.
"귀(歸)… 귀(鬼)… 회(回)!"
귀귀회(歸鬼回)! 그것은 물속에서 허우적대던 무산이 순간적으로 연상한 무공에 제멋대로 이름을 붙인 것이었다. 갈래를 정확히 하자면 이미 한차례 응용한 바 있던 일소천의 청단비상으로 거슬러 올라가지만, 그 쓰임새는 전혀 다르다고 할 수 있었다.
「갈, 갈, 갈, 갈, 갈, 갈……!」
무산의 회전력은 마치 채찍을 맞아 거세게 맴도는 팽이처럼 몇 겹의 허상을 남길 만큼 빨랐는데 아래로 내려갈수록 속도에 힘이 붙었다. 그리고 회전이 거듭되면서 무산의 몸에서는 수많은 물방울들이 흩어져 나가며 괴상한 비명을 내질렀다.

파, 파, 파, 팟……!

수면 위로 그의 발이 착지했을 때 거대한 물줄기가 무산을 감싼 채 솟구쳐 오르며 회오리치기 시작했다. 무산의 회전력에 의해 들끓던 수면이 그와 부딪치는 순간 허공으로 치솟으며 회전한 것이다.

"할……!"

무산의 입에서 일갈이 터져 나왔다. 그리고 그 순간 솟아올랐던 물줄기들이 산산이 부서져 내리며 또 한 번의 괴상한 비명이 이어졌다.

「갈, 갈, 갈, 갈, 갈, 갈……!」

그것이 끝이었다. 강은 다시 침묵에 휩싸였고, 무산의 몸은 스르륵 물속에 잠겨들었다.

'방금 전 내가 무슨 짓을 한 거지?'

물속에 잠기면서 무산은 생각에 잠겼다. 이제껏 느껴보지 못했던 어떤 거대한 힘이 자신 안에 내재해 있었던 것이다.

비록 방금 전에 시전한 무공이 일소천의 청단비상을 비롯한 정사 양파의 여러 무공을 응용한 것이라고는 하지만 그 파괴력은 도저히 자신의 내공으로는 감당할 수 없을 만큼 큰 것이었다. 그런 만큼 무산은 스스로의 능력이 믿어지지 않았다.

짜릿한 강물의 한기가 오히려 무산의 몸을 편하게 해주었다. 무산은 숨을 참은 채 물살을 따라 흘러 내려가며 운기조식에 들어갔다.

그런데 그때였다.

「놀랍군, 무산. 휘두백을 제압하다니……! 그래, 당문을 보고 느꼈는가?]

 물이 가볍게 진동하는 것과 동시에 취설의 전음이 들려왔다.
 [글쎄, 나는 아무것도 느끼지 못했는데? 당신이란 인간이 의외로 좀스럽고 하찮다는 생각밖에 들지 않더군. 그래, 기껏 준비했다는 것이 그 따위 잡귀신이었어?]
 무산은 막연히 중얼거렸다.
 강물 속에서 전음을 보낼 수 있다는 생각은 한 번도 해보지 못했고, 취설이 어디에 있는지조차 알 수 없었기에 자신의 전음이 전해질 것이라고는 생각하지 않았다. 그저 취설이 앞에 있는 것처럼 편안하게 이야기했을 뿐이다.
 [푸하하! 자기가 상대한 상대가 누구인지도 모르고 있단 말인가? 또한 네 안에서 숨 쉬고 있는 또 다른 너의 모습을 보지 못했단 말이지? 푸하하하! 하지만 분명히 나는 보았다. 네 안에 자리 잡은 힘과 본능을. 그것이 바로 당문이지. 축하한다, 무산……!]
 취설의 전음이 다시 들려왔다.
 '인간 안에 잠재된 본능이 바로 당문의 모습이란 말인가?'
 무산은 몸을 비틀어 수면을 향해 헤엄쳐 올라갔다. 그리고 물 밖으로 머리를 내민 채 후, 하고 참았던 숨을 크게 내쉬었다.
 어느새 새벽 어스름이 걷힌 것인지 맞은편 강가의 모습이 희미하게 모습을 드러내고 있었다. 그는 천천히 팔을 휘저으며 그곳을 향해 헤엄쳐 나갔다. 온몸이 새털처럼 가볍고 응고되어 있던 무엇인가가 풀리며 전신으로 퍼져 가는 듯한 느낌이었다.

세 가지 시험

"무산, 너는 결코 이 시험을 통과하지 못한다."

진시(辰時). 당문의 연무장. 많은 제자들이 도열해서 지켜보는 가운데 오당마환이 금환을 든 채 긴 수염을 휘날리며 서 있었다.

연무장 위로는 몇 개의 의자가 놓여 있었고, 그곳엔 당개수와 취설, 양정과 음정, 천우막 등이 앉아 있었다.

그들은 하나같이 긴장된 표정으로 오당마환과 무산을 지켜보고 있었는데, 그것은 세 번째 시험의 성격을 어느 정도 눈치 채고 있었기 때문이다.

"원로 대협들의 명성은 익히 들어본 적이… 없습니다. 하지만 그 호기만으로도 저를 떨게 만드는군요. 부디 어여쁘게 봐주세요."

무산은 비웃음 섞인 웃음을 흘리며 건방지게 말했다.

그런 무산의 태도에 천우막과 당개수는 당혹스런 표정을 지었으나 그들에 앞서 오당마환의 얼굴이 붉게 상기되어 있었다. 하지만 무산은 전혀 개의치 않은 채 오당마환을 똑바로 쳐다보고 있었다.

사실 무산은 오당마환이 처음부터 자신을 탐탁지 않게 여기고 있다는 것을 알고 있었으므로 그들에게 얼마간의 거부감을 가지고 있었다. 게다가 당문의 시험이라는 것에 질릴 만큼 질려 있었다.

무산은 음정과 양정, 취설의 시험만으로도 이미 충분히 당문의 시특함을 뼈저리게 확인하게 되었다 생각하고 있었다. 그런 만큼 그들에 대한 존경심이 도저히 생겨나지 않았던 것이다.

"이런 건방진 놈! 감히 우리를 능멸하는가? 네놈의 그런 인성으로 어찌 당문에서 버텨낼 생각을 했던고? 네놈의 무모함을 깨우치게 하되 털끝 하나 건드리지 않고 돌려보내려 했으나 그 버르장머리를 고치기 위해선 부득이하게 따끔한 맛을 보여주어야겠구나!"

무산의 태도에 역정이 난 금마가 쩌렁쩌렁한 목소리로 말했다.

"말씀을 삼가시지요. 제 인성을 탓하는 것은 우리 사부님들에 대한 모욕으로 들립니다. 제가 드린 말씀 중 크게 예를 지키지 않은 것이 없다고 생각합니다. 혹, 원로 대협들의 명성을 들어보지 못했다는 얘기 때문에 그러신다면 그 연세 되도록 강호에 이름을 떨치지 못한 원로님들의 무능력을 탓해야 할 듯합니다."

쿠쿵!

무산의 말로 인해 연무장의 분위기는 삽시간에 얼음장처럼 차가워졌다. 당문의 가족들은 얼굴이 납빛으로 굳어졌고, 천우막은 천우막대로 안절부절못했다.

"이… 이런 발칙한……!"

거리낌없는 무산의 말에 오당마환은 인상을 찌푸리며 입술을 바르르 떨었다.

사실 오당마환이 당문의 한가운데에 위치한 연무장에서 많은 후학들을 불러 모아 무산을 시험하고자 한 것은 그동안 선보이지 않은 자신들의 무공을 자랑하기 위해서였다. 이미 당문을 자신들이 이끌어가기로 마음먹었고, 이번 기회에 당개수 일가의 위신을 땅바닥에 떨어뜨릴 생각이었던 것이다. 더불어 귀수삼방이 돌아오면 그들을 실력으로 제압해 새로운 틀을 다질 계획이었다. 그러기 위해선 당문의 가족들 앞에서 자신들의 힘을 보여주고, 그들의 신뢰를 얻을 필요가 있었다.

오당마환! 이미 말했듯 그들은 이미 40여 년 전에 당문을 모욕한 황불마신파를 단독으로 도륙해 그 실력을 인정받은 바 있었다. 하지만 그만큼 고강한 무공을 자랑했음에도 사실상 강호에서는 그다지 명성을 얻지 못한 것도 사실이었다. 당문을 견제하는 세력이 워낙 많았기에 황불마신파를 제압한 오당마환의 이야기는 축소되거나 묵살되기 일쑤였다.

게다가 30여 년 전 당문이 위기에 처했을 때도 오당마환은 전혀 활약하지 않았기 때문에 오히려 귀수삼방의 이름에 묻히고 말았던 것이다.

하지만 오당마환은 자신들의 실력에 상당한 자부심을 가지고 있었다. 일찍이 현역에서 물러난 후 무공 연마에 온 힘을 쏟아온 만큼 그들의 실력은 강호의 그 어느 누구에게도 뒤지지 않으리라는 확신이 있었다.

"팟하하하하! 그래, 네놈이 우리를 무능한 늙은이 취급했으니 우리 정도는 네 잘난 사부들의 이름을 걸고 제압할 수 있으렷다. 팟하하하! 그러니 우리도 손속에 사정을 둘 필요없이 네놈의 버릇을 고칠 수 있게 되었구나. 자, 덤비거라."

오당마환의 첫째인 금마가 빠드득, 이를 갈며 말했다.

"이거야 원……! 저는 어디까지나 시험을 치르기 위해 이 자리에 선 것이지 원로님들과 무공을 겨룰 생각은 없습니다. 고강한 원로님들의 실력을 믿어줄 테니 제발 시험다운 시험을 치르게 해주시죠."

"이것이 시험이니라. 네가 상대했던 음정과 양정, 취설은 마음이 약해 네놈에게 인정을 베풀었겠지만 네놈 말대로 그것이 어디 참된 시험이겠느냐? 강호에서 무공 이외에 또 어떤 시험이 필요하랴. 잔소리 말고 덤비거라."

금마의 뒤편에 서 있던 수마가 차르릉, 다섯 개의 금환을 펼치며 몇 발자국 앞으로 나섰다. 방금 전 그가 했던 말은 오당마환의 성격을 있는 그대로 보여준 것이었다. 또한 앞으로 그들이 제시할 당문의 방향을 암시하는 말이기도 했다.

"히힛, 아무리 당문에 인재가 없기로서니 백수(白壽)의 원로님들이 직접 나서신다는 것이 좀 민망하지 않습니까? 그것도 다섯 분이 떼로 달려들 기센데 전 이런 시험을 치를 수 없습니다. 만약 제가 이긴다면 당문의 얼굴에 똥 칠을 하는 것이니 여러 선배님들께 찍혀 한평생 고생일 테고, 제가 지면 당연히 쫓겨날 텐데 그런 시험을 뭐 하러 치르겠습니까. 좀 형평성있는 시험을 준비해 주시죠."

오당마환의 거듭되는 위협에도 불구하고 무산은 전혀 위축되지 않았다.

어설프게 주눅이 들어 질 게 뻔한 싸움을 하느니 말발로 상대를 제압해 좀 더 실력이 약한 상대와 대결을 하거나 오당마환의 머릿수를 하나라도 줄이자는 생각이었던 것이다. 다행히 무산의 그런 잔머리는 곧 효과를 거두었다.

"좋다, 네놈의 요구대로 해주마. 하지만 이 싸움에서 목숨을 잃는다 해도 우리를 원망해서는 안 되느니라. 모든 일은 네놈이 자처한 것, 당문의 손속엔 사정이 없다."

금마는 노기 띤 음성으로 말한 후 연무장에 도열해 있는 당문의 후학들을 죽 둘러보았다. 그리고 그제야 자신이 너무 성급하게 나섰음을 후회하게 되었다.

아무리 둘러보아도 무공으로 무산을 확실하게 제압할 인재가 보이지 않았던 것이다. 자신들이 현역에서 물러난 뒤 당문에서는 이렇다 할 인재를 키워내지 못한 것이 사실이었다. 그나마 당비약이 젊은 인재들을 모아 하나의 세력을 구축하는 듯했으나 그들조차도 무공보다는 암기나 독, 기문이나 방술에 집착했다. 그나마도 당비약이 조직한 18위에 모두 차출되어 현재는 당문을 비운 상태였다.

"누구든 좋다. 오늘 이 자리에서 이 시건방진 녀석을 당문의 이름으로 꺾어라. 이 녀석을 꺾는 후학에게 우리 오당마환의 계보를 잇게 하리라."

다른 방법이 없었다. 현역에서 오랫동안 물러나 있었던 만큼 누구의 무공이 뛰어난지 알 수 없었을 뿐 아니라 믿음이 가지 않는 당개수에게 인재 추천을 부탁할 수도 없었다. 오당마환은 잠시의 화를 참지 못해 스스로 궁지에 몰리게 된 것이다.

연무장은 한동안 술렁임에 휩싸이게 되었다.

당문에서 오당마환의 일화는 그야말로 신화나 다름없는 것이었다. 비록 귀수삼방의 그늘에 가려 있었다고는 하나 그들의 명성은 전혀 녹슬지 않았다. 그런 만큼 당문에는 당비약과 마찬가지로 오당마환의 눈에 들어 무공을 전수받음으로써 자신의 입지를 굳히고 싶어하는 젊은 제자들이 많았던 것이다.

하지만 누구도 선뜻 앞으로 나서지 못했다. 무산의 실력이 어느 정도인지는 알 수 없으나 당수정과 함께 야광귀의 목을 취하고 음정과 양정, 취설의 시험을 통과할 정도라면 상당한 무공을 가지고 있음이 분명하다고 생각했기 때문이다.

상황 파악이 빠른 무산은 곧 그러한 분위기를 읽고 얼마간 안도할 수 있었다. 무산은 며칠 전 당개수로부터 오당마환에 관한 이야기를 들은 바 있기에 자신이 도저히 그들을 이겨내지 못하리라 생각하고 있었던 것이다. 필요 이상으로 그들을 자극한 이유 역시 거기에 있었다. 어차피 이판사판이었으므로······.

"저희들이 나서보겠습니다."

연무장의 한편에서 묵직한 음성이 들려왔다.

무산이 고개를 돌려 바라보니 다섯 명의 사내가 걸어나오고 있었다. 하나같이 7척 장신으로 손에는 보통의 봉에 비해 길이가 짧은 철봉이 들려 있었다.

"오비공천이 원로님들과 문주님, 그리고 여러 선배님들께 인사 올립니다."

오당마환의 앞에 도열한 다섯 사내 중 한 명이 나와 여러 사람들에게 예를 올리며 말했다. 오비공천이라고 스스로를 소개한 사내들은 위아래 모두 까마귀처럼 검은 옷을 입고 있었는데, 가슴에는 화려한 금실로 삼족오(三足烏)의 문양이 수놓여 있었다.

갑작스런 그들의 출현을 지켜보던 당개수는 오당마환 몰래 지그시 미소를 머금었다.

오비공천(烏飛空天)! 그들은 당개수와는 8촌간으로, 당비약과 쌍벽을 이루는 젊은 인재들이었다. 모두 한 형제로, 당비약과는 달리 단독으로 행동하기를 좋아하며 험담을 좋아해 사람들의 인심을 잃고 있었다. 또한 무공과 암기술, 독공 등 여러 방면에서 두각을 나타냄에도 다소 머리가 나쁜 탓에 늘 말썽의 소지를 남기곤 했다.

일찍이 당비약은 울며 겨자 먹기로 그들을 자신의 편에 세우기 위해 얼마간 공을 들였으나 돌아오는 것은 늘 냉담한 반응이었다. 당수정이 되었든 당비약이 되었든 자신들이 아닌 이상 문주의 자리에 앉을 수 없다는 것이 그들의 생각이었기 때문이다.

하지만 당개수가 생각하기에 무산의 영민한 머리라면 충분히 그들을 요리할 수 있을 듯했다.

오비공천은 각각 당천(唐天), 당지(唐地), 당풍(唐風), 당운(唐雲), 당뢰(唐雷)로, 첫째인 당천이 나이 서른둘이었고, 막내 당뢰는 스물넷이었다. 그런 까닭에 그들이 조금만 머리를 쓸 줄 알았다면 2, 30대의 많은 인재들을 끌어들여 하나의 세력을 형성하는 것도 그리 어렵지 않았을 것이다.

"너희가 저 버릇없는 놈을 제압할 수 있겠느냐?"

금마가 제법 단호한 음성으로 물었다. 그리고 대답을 기다리는 사이 금마는 그들의 면면을 살피는 동시에 그들을 바라보고 있는 여러 사람들의 표정을 놓치지 않고 관찰했다.

그러나 연무장에 모인 이들의 반응은 다소 엇갈리고 있었다. 오비공천에게 신뢰의 눈길을 보내는 이가 있는가 하면 걱정스런 눈빛으로 바라보는 이들도 있었던 것이다. 그럼에도 아무도 그들을 제지하거나 말리려 하지 않았기 때문에 금마는 부득불 그에게 기회를 줄 수밖에 없었다.

"물론입니다. 화롯가의 강아지가 범 무서운 줄 모르고 떡을 집어 먹겠다는데, 그 꼴을 두고 볼 수 있겠습니까?"

멋진 말을 생각하기 위해 잠시 뜸을 들이던 당천이 의기양양하게 대답했다.

"뭐가 뭘 집어 먹어……?"

금마는 당천의 말에 얼마간 당혹스러워했지만 자신은 모르는 어떤 사연을 내포한 이야기로 치부하는 수밖에 없었다. 방금 전, 오비공천이 여러 사람에게 보여준 예절 바른 행동으로 보았을 때 그들의 인성과 교육은 흠 잡을 데가 없다고 여겼던 것이다.

"좋다. 약속대로 너희가 저 버릇없는 녀석을 꺾는다면 이 늙은이들의 제자로 삼아 우리들의 무공을 아낌없이 전수해 주겠다. 또한 향후 당문의 주춧돌이 될 수 있도록 너희들에게 힘을 실어주겠노라. 자, 꺾어라!"

금마는 오비공천에게 격려의 말을 들려주며 힐끔 무산을 쳐다보았다.

"아, 원로님들, 잠시만요. 당문에서는 늘 이렇게 떼로 덤벼듭니까? 1대 5는 역시 형평에 맞지 않습니다. 정 다섯이 한꺼번에 덤벼야겠다면 제 편에도 한 명을 더 끼워주십시오."

무산은 이번에도 호락호락하게 넘어가지 않았다. 그는 오당마환을 쳐다보며 씩 웃고는 손가락 하나를 펼쳐 들었다.

"저 혼자서도 어떻게 해볼 수는 있겠으나 당문의 위상을 생각해 딱한 명만 제 편에 세우겠습니다. 가능하겠지요?"

"음… 좋다. 네 소신껏 한 사람을 뽑아라. 하지만 이것만은 알아두어라. 그럴 리는 없겠지만 네가 당문에 들어온다 하더라도 너는 어차피 하나다. 너 혼자서 수백 명의 당문인을 상대해야 한다는 것이지. 불과 다섯 명에게 겁을 집어먹는다면 아예 지금 포기하는 것이 네 신상에 이로울 것이다."

이제껏 잠잠히 침묵을 지키고 있던 토마가 무산의 말을 받아냈다. 더 이상 무산이 잔머리나 말발을 이용해 시험을 지연시키는 것을 막기 위해서였다.

"그것은 어차피 그때 가서 걱정할 일입니다. 다만 현재로써는 형평성을 지키기 위해 한 사람을 뽑아야겠습니다."

"그래, 그럼 누구와 함께하겠느냐?"

"당수정! 어차피 저는 그녀와 함께 이 난국을 헤쳐 나가야 합니다. 당연히 시험도 같이 치러야 하겠지요. 이 문제에 있어 더 이상의 이견이 없을 줄 압니다."

무산은 토마의 설득력있는 말에 재치있게 대답하며 연무장 한구석에서 근심 어린 표정으로 자신을 지켜보고 있던 돈수정을 손가락으로 가리켰다.

한편 돈수정은 무산의 손가락이 자신에게 닿자 화들짝 놀랐다. 하지만 이내 평정심을 되찾고는 자리에서 일어났다.

돈수정은 천천히 오당마환의 앞으로 걸어나왔다.

"원로님들께 인사 올립니다. 심려를 끼쳐 드린 점 깊이 뉘우치고 있습니다."

돈수정은 공손하게 절을 올린 후 잠시 곁눈질로 무산을 쳐다보았다. 무산의 꿍꿍이가 무엇인지는 모르겠으나 일단 자신을 위해 최선을 다하고 있는 것만은 확실했으므로 고마운 마음이 생겨났다.

'결코 만만한 녀석이 아니다. 일이 꼬일 수도 있겠어……!'

금마는 얼마간 근심스런 표정으로 무산을 쳐다보았다.

처음 그를 보았을 때만 해도 다소 어수룩한 약골 정도로 여겼는데 시간이 가면 갈수록 생각이 달라졌다. 비록 자신이 그 능력을 폄하하긴 했으나 1, 2차 시험을 통과했다는 것 자체가 큰 놀라움이었다. 양정과 음정, 취설이 낸 시험이라면 결코 만만치 않을 것임을 알고 있었기 때문이다.

그런 만큼 오비공천이라는 아이들이 과연 무산을 꺾을 수 있을지 걱정스런 마당에 당수정까지 가세한다는 것이 금마로서는 반가울 리 없었다. 하지만 무산의 말에도 일리가 있는 만큼 그것을 만류할 수도 없었다.

"좋다. 하지만 분명히 알아두어라. 이 싸움에서 진다면 당수정, 너는 스스로 네 능력의 한계를 시인하고 차기 문주에 대한 꿈을 버려야 한다. 강호는 너 같은 여인네를 받아줄 만큼 호락호락한 곳이 아니다."

금마는 울며 겨자 먹기로 당수정의 합류를 인정했다. 하지만 이 참에 당수정에 대한 문제를 정리하기 위해 아예 못을 박아두기로 마음먹었다.

"강호는 야생이다. 힘이 지배하는 곳이다. 암기와 독공, 사술. 모든 것을 허용하겠다. 목숨을 걸어도 좋다. 무조건 상대를 꺾는 자가 승리하는 것이다. 자, 무기를 골라라!"

금마는 단호하게 말한 후 수마, 목마, 화마, 토마 등과 함께 당개수 등이 앉아 있는 계단 위로 올라섰다.

일은 무산의 의도대로 흘러가고 있었다.

무산은 돈수정을 향해 씩 웃더니 연무장 좌측에 세워진 이동 무기고로 걸어갔다. 그리고 봉 하나와 연검을 고른 후 연검은 허리에 둘렀다.

돈수정 역시 무산의 뒤를 따랐으나 그녀는 암기가 놓인 곳을 한번 둘러보았을 뿐 아무런 무기도 잡지 않았다. 그저 허리에 꽂혀 있던 부채를 접었다 펼쳤다 하며 곁눈질로 꾸준히 무산을 쳐다볼 뿐이었다.

[돈 낭자, 이 시험을 통과하게 되면 앞으로의 일도 상의할 겸 오늘 밤 물레방앗간에서 은밀히 회합을 가지는 것이 어떻겠소?]

무산은 다시 한 번 씩 웃어 보이며 돈수정에게 전음을 보냈다.

[무, 물레방앗간? 이, 이 변태 같은 자식! 계속 헛소리를 지껄이면 오비공천에 앞서 네놈의 목을 내려칠 것이다.]

돈수정은 눈초리를 치켜세우며 이 갈리는 전음으로 답했다. 그리고는 무기고 끝에 걸려 있던 채찍을 집어 들어 바닥을 세게 휘갈기며 무산을 노려보았다. 마치 그 채찍은 오비공천이 아닌 무산을 목적으로 하고 있다는 듯이.

[허! 그것참 알 수 없는 일이군. 나는 사심없이 말한 것뿐인데…….낭자가 탁혼미분만 사용하지 않는다면 우린 얼마든지 건전하게 대화를 나눌 수 있지 않겠소?]

[그래서 물레방앗간이냐, 이 변태토끼야!]

[변태라니… 낭자는 왜 물레방앗간이라는 신성한 노동의 공간에서 이상한 것을 연상하시오? 마치 성에 굶주린 사람처럼 그런 것들만 생각하다 보니 그렇게 성격이 괴팍해진 것이라오. 그리고 토끼라니? 나를 자극해서 요상한 목적을 성취하려는 것 아니오? 푸하하하!]

돈수정과 무산이 살벌하게 전음을 주고받으며 원래의 자리로 돌아가고 있는 동안에도 오비공천은 중무장을 하고 있었다. 그들은 애초에 들고 있던 철봉 외에 교룡삭과 곤(棍), 남아봉, 쇄겸도, 철주판 등을 나둬 들었다. 그리고 뭔가 더 유익한 무기가 없을까 하고 아쉬운 듯 무기고를 둘러보고 있었던 것이다.

[낭자, 저 아이들에 대해 아는 대로 좀 들려주실 수 있겠소?]

오비공천의 황당한 무장을 지켜보고 있던 무산이 모처럼 진지한 전음을 날렸다. 돈수정과의 언쟁이야 이 시험만 통과한다면 두고 두고 언제든 즐길 수 있었기 때문이다. 하지만 그것은 어디까지나 무산의 생각이었다.

[왜? 겁나냐, 변태토끼?]

[끙… 그만두자, 이 못돼먹은 계집애야.]

[뭐? 멍청이 너, 싸울 때 뒤통수를 조심해야 할 거야.]

돈수정의 전음에 무산은 고개를 설레설레 저었다. 아무래도 자신이 뭔가 큰 실수를 했다는 느낌이 든 것이다.

"준비가 모두 끝났습니다."

오비공천의 첫째인 당천이 오당마환에게 포권을 취하며 정중하게 말했다.

계단 위에 앉아 있던 오당마환 등은 오비공천의 행색을 보고는 나직하게 한숨을 토해냈다. 무기들로 겹겹이 몸을 두른 그들의 모습에 기가 찼던 것이다. 무산과 마찬가지로 오당마환 역시 편을 잘못 만났다는 생각을 떨쳐 버릴 수 없었다.

"자, 그럼 시작해 보거라."

금마가 손을 내뻗으며 힘없이 중얼거렸다.

쿠쿵……!

금마의 말이 끝나는 것과 동시에 연무장으론 숨통을 조일 듯한 긴장감이 맴돌기 시작했다.

무산은 봉을 들어 머리 위로 몇 번 휘둘러 보인 후 봉의 상단에 두 손을 짚었다. 그리고 봉끝을 바닥에 댄 채 오비공천을 한번 쳐다보았다. 그런데 그 순간 무산의 눈은 정확히 당천의 두 눈과 마주치게 되었다.

"하하하! 사실 너 같은 피라미를 상대하기 위해 우리 형제들이 모두 나선다는 것이 수치스러운 일이다. 가가호호할 만한 일이지. 움가가, 움호호!"

당천은 싸늘한 웃음을 머금은 채 쩌렁쩌렁한 목소리로 말했다. 처음부터 무산의 기를 꺾어놓기 위한 수작이었다.

하지만 당천의 그 말은 오당마환은 물론 무산까지를 당혹스럽게 했다.

'이상하다. 저 녀석 설마 가가호호(家家戶戶)의 뜻을 모르고 저러는 건 아니겠지? 그런데 왜 자꾸 저 녀석에게서 석금이 냄새가 날까?'

무산은 당천의 황당한 사자성어 구사에 차마 의심을 떨치지 못하면서도 긴장하기 위해 노력했다. 그는 일단 오비공천의 포진과 보법에 주시하며 방어 자세를 유지했다.

한편 돈수정은 오비공천에 대해 알 만큼 알고 있었던 만큼 여유있게 부채질을 하며 나름대로 작전을 구사하고 있었다.

돈수정이 알고 있는 오비공천은 무식하기 이를 데 없는 위인들로, 머리만 조금 더 좋았어도 당문을 말아먹기에 딱 좋았을 만큼 불량하고 치사했다. 게다가 여자와 술을 밝혀 몇 번인가 돈수정 자신에게도 추파를 던진 탓에 사소한 시비가 일기도 했다.

쉽게 말해 오비공천은 쓰레기 같은 부류였지만, 그럼에도 무공이 뛰어나고 암기나 독공에 능해 쉽게 무시할 수만은 없는 상대였다.

"자, 어서 덤벼보거라, 피라미! 내 혼자 너를 상대해 주마. 움가가, 움호호!"

당천이 앞으로 세 걸음을 걸어나오더니 무산을 향해 크게 소리를 내 질렀다.

당천은 어깨에 교룡삭을 걸쳐 메고 오른손에는 철봉, 왼손에는 쇄겸도를 들고 있었으며 허리끈에는 철주판까지 매달고 있었다.

무산은 당천의 모습을 보고는 그가 분명히 바보일 것이라고 단정했다. 혹시나 혹시나 했지만 역시나 석금이류의 인간이었던 것이다. 다만 그 본성이 석금이처럼 선량할 것 같지는 않아 때릴 때 덜 미안하리란 생각이 들었다.

"나는 무산이다. 너는 누구냐?"

무산 역시 앞으로 세 걸음 걸어나가며 조용조용 말했다.

"움가가, 움호호! 니가 무산이냐? 나는 당천이다! 가가호호! 목소리도 참새만한 것이 감히 우리 오비공천에게 덤비려 하는고?"

당천은 다시 한 번 연무장이 떠나갈 만큼 큰 목소리로 말하며 눈을 부릅떴다.

더 이상 의심의 여지가 없었다. 목소리 큰 것으로 승부하려는 대부분의 인간 부류가 그렇듯, 당천이란 작자 역시 무식한 것이 힘만 셀 것이라고 무산은 확신하게 된 것이다.

그 순간 무산의 머리로 쓸 만한 생각 하나가 스쳐 갔다.

"니가 당천이냐? 내가 무산이다. 움가가, 움호호! 바보야, 너 이런 거 할 수 있냐?"

무산은 당천의 말을 흉내 낸 후 봉을 바닥에 댄 채 휙 뛰어올라 봉끝에서 물구나무를 섰다. 그리고는 한 손을 들어 외팔로 봉을 짚다가 다시 세 손가락을 들어 올리고 오른손 검지와 중지로만 균형을 잡은 채 물구나무 상태를 유지했다.

"우와—!"

무산의 묘기에 연무장에 모여 있던 당문의 제자들 중 비교적 눈치없는 자들이 탄성을 내질렀다. 그리고 그 탄성은 조금씩 범위를 넓혀갔다.

휘리릭, 탁!

"보았느냐? 너 같은 돼지가 펼치기엔 좀 무리가 따르는 봉의 진수이니라. 움가가호호!"

멋진 착지까지 완벽하게 소화해 낸 무산은 당천을 향해 씩 웃어 보인 후 득의만면한 표정을 지으며 말했다.

무산의 묘기가 제법 좋은 반응을 이끌어내자 당천의 얼굴이 상기되기 시작했다. 하지만 곧 무엇인가 더 절묘한 것을 생각해 내기라도 했는지 그의 표정이 밝아지더니 기어코는 만족스런 웃음까지 흘리고 있었다. 사실 당천은 철봉의 달인이었던 것이다.

"움가가, 움호호! 이 피라미 녀석, 그 따위 물구나무를 재주라고 자랑하고 있느냐? 내가 철봉의 진수를 보여주마."

말을 마친 당천은 곧장 무산의 발치에 봉끝을 찍더니 그대로 획 뛰어올라 무산이 했던 것처럼 물구나무를 섰다. 그리고는 오른손으로 중심을 옮기더니 검지와 중지가 아닌 엄지손가락 하나만으로 중심을 잡았다.

"우— 우와아아—!"

연무장에서는 무산이 했을 때보다 더 큰 탄성이 터져 나왔고, 삐질삐질 땀을 흘려대던 당천은 그 탄성에 만족해하며 입을 헤벌리고 웃기 시작했다. 게다가 한 수 더 떠서 이마를 봉 끝에 대더니 손가락을 놓고 물구나무 상태를 유지했다.

당천의 그 환상적인 묘기에 당문의 제자들은 일제히 일어나 갈채를 보냈다. 비록 당천의 품행이 방정맞고 칠칠했지만 팔은 안으로 굽기 마련인 것이다.

하지만 그런 축제 분위기는 채 일 촌도 지나지 않아 찬물을 끼얹은 듯 식어버리고 말았다.

톡!

휘리릭… 딱!

"까아악……!"

당천의 입에서 곡 소리를 뽑아낸 무산의 동작은 지극히 간결한 것이었다.

무산은 우선 아슬아슬하게 서 있던 봉을 가볍게 톡, 걷어찼고, 이어 팔을 휘저으며 거꾸로 떨어져 내리는 당천의 정수리에 봉을 휘둘러 일격을 가했다. 그것이 끝이었다.

정수리가 깨진 당천은 잠시 몸을 뒤척였지만 이내 까무러치고 말았다. 아주 가끔씩 손가락을 꿈틀거리는 것으로 살아 있음을 알리고 있었을 뿐, 다시 깨어날 기미는 보이지 않았다.

"우— 비겁하다……! 우— 우—"

잠시 충격에 휩싸여 있던 당문의 제자들이 일제히 야유를 쏟아 붓기 시작했다. 하지만 무산은 일일이 그들에게 포권을 취하며 웃어줄 뿐이었다.

"자, 나는 무산이다. 다음엔 어떤 놈이 나서겠느냐?"

끊이지 않는 야유를 잠재우기 위해 무산은 남은 오비공천을 둘러보며 말했다.
"니가 무산이냐? 나는 당지다. 이 치사하고 야비한 놈. 내가 오늘 고진감래를 맛보여 주마!"

당지는 분노로 몸을 떨며 성큼성큼 앞으로 걸어나왔다.

당지의 지적 수준도 당천과 크게 다르지 않았다. 가가호호나 고진감래나, 그들 입에서 나온 사자성어는 어딘가 왜곡되었다는 느낌을 주고 있었던 것이다.

당지는 오른손에 철봉, 왼손에는 철주판을 들고 있었으며 어깨에 유성추를 메고 허리에는 도끼 두 개를 꽂고 있었다.

"니가 당지냐? 내가 무산이다. 네놈의 무식함도 당천에 못지않구나. 도대체 고진감래가 무슨 뜻인지나 알고 떠들어대는 거냐?"

무산은 점점 황당해지는 당가의 오 형제로 인해 충격에 휩싸였다.

"이 무식한 놈! 고진감래도 모르며 당문의 가족이 되려 하느냐? 움 고진! 움감래!"

"내가 무식한 놈들에게는 비교적 적응이 됐다 싶은데도 너희 오비공 천과는 좀체 대화를 나누고 싶지 않구나. 할 수 없이 매로 다스려야겠도다."

무산은 말을 마친 후 곧바로 타구봉법의 간단한 초식으로 몸을 풀기 시작했다.

"개 발바닥 당지 발바닥, 우선 발등을 찍고 발을 들면 발바닥을 찌른다……."

무산은 봉으로 바닥을 찍는가 하면 곧바로 옆으로 회전하며 빗겨 내려치고, 파르르 떨리는 봉을 공중에 던졌다가 발차기를 하며 바닥을 굴러 다시 봉을 잡아내는 등 연기인형이 펼쳤던 동작을 비슷하게 재현해

냈다.
 언뜻 지극히 단순한 동작인 듯했으나 부드러움 속에 절도가 있고, 허와 실이 자연스럽게 연결되어 묘한 조화를 이루고 있었다.
 갑작스런 무산의 행동에 당지는 얼마간 당황할 수밖에 없었다. 봉에 대해 일가견이 있다 자부하고 있었건만 무산이 펼친 봉술은 처음 보는 것이었기 때문이다.
 하지만 정작 놀라움을 감추지 못한 사람은 천우막이었다. 자신이 무산의 사부라 사칭하기는 했으나 사실 그에게 아무런 무공도 전수해 주지 않았던 것이다.
 사실 천우막은 오당마환이 무산에게 개방의 무공을 시전해 보라고 하면 어쩌나 하고 내심 걱정하고 있었다. 미처 무공을 전수해 줄 시간이 없었으니 그것은 당연한 걱정이었다.
 다행히 무산이 재치있는 대답으로 비무 상대를 바꿈으로써 얼마간 안도할 수 있었는데, 막상 엉뚱한 상대에게 타구봉법을 시전하고 있으니 천우막으로선 도무지 어떻게 된 영문인지 알 수 없었던 것이다.
 하지만 무산은 구결까지 전수받지는 못했기 때문에 때와 장소, 형편에 따라 제 마음대로 구결을 만들어내며 봉법을 시전하고 있었다. 그럼에도 천우막은 무산의 입에서 나오는 구결에 귀를 기울이며 유심히 그의 동작을 살폈다.
 "발바닥을 쳐다볼 땐 정수리를 내려치고, 꼬리를 보일 땐 똥침을 놓는다. 작대기 하나로 만견(萬犬)을 물리치니 타구봉법이야말로 강호제일의 무공이로다."
 타구봉법의 맨 마지막 초식까지를 끝마친 무산은 휴, 한숨을 내쉰 후 봉을 세운 채 당지의 얼굴을 빤히 쳐다보았다.

"그, 그게 타구봉법이냐?"

무산의 맨 마지막 구결을 듣고서야 당지는 인상을 찌푸리며 한 걸음 뒤로 물러섰다. 그 역시 타구봉법의 위명을 귀 닳도록 들어 알고 있었던 것이다.

"그래, 이게 타구봉법이다. 너는 무슨 무공이냐?"

무산은 씩, 웃으며 성큼성큼 당지에게 다가갔다. 자신의 타구봉법이라면 충분히 당문의 오합지졸을 압도할 수 있으리라는 자신감이 있었다.

"나, 나는 오비공천봉법이다……!"

"그러냐? 난 또 고진감래봉법인지 알고 쫄았다. 움고진! 움감래! 푸하하하!"

꼬리를 내리는 당지의 모습이 우스웠는지 무산은 큰 소리로 웃어 젖히며 계속 당지를 향해 걸어갔다.

"너……! 거기 서. 왜 자꾸 다가오는 거야?"

"왜라니? 오비공천 잡으러 가지."

"좋다. 주경야독이다. 애들아, 한꺼번에 쳐라!"

계속 뒷걸음질만 치던 당지의 단호한 결정으로 인해 비로소 연무장에선 화려한 비무가 펼쳐지기 시작했다.

"주경야독? 니가 소냐, 낮에 밭 갈게? 그리고 밤에 책 읽는 놈이 주경야독의 뜻도 모를 수 있냐? 이 처절하게 무식한 놈들!"

무산은 봉끝을 잡은 채 공중으로 뛰어오르며 당지의 머리를 향해 힘껏 내려쳤다.

"오비당지!"

당지는 바쁜 와중에도 자기 무공의 이름을 외쳤다. 그리고는 철봉을 들어 자신의 머리로 날아오는 봉을 간발의 차로 막아냈다. 하지만 어깨가 얼얼할 정도로 그 충격이 대단해 그만 철봉을 놓쳐 버리고 말았다.

당지는 어쩔 수 없이 바닥을 굴러야 했지만 다행히 당풍과 당운의 합세로 위기를 모면할 수는 있었다.

새로이 당뢰까지 합세해 무산을 상대하자 당지는 그 틈을 이용해 허리에 찬 도끼 두 자루를 끄집어냈다. 그리고 무산의 빈틈을 노려 휘리릭, 한꺼번에 내던졌다.

"오비당지!"

당지는 이번에도 무공의 이름을 외치는 것을 잊지 않았다.

무산은 당풍과 당운, 당뢰 등이 세 방향에서 내뻗은 공격을 화려한 봉의 회전으로 막아내는 한편, 재빠르게 뒤로 몸을 던지며 당지가 던진 두 개의 도끼를 발로 쳐냈다.

튕겨 나간 도끼들은 각각 당풍과 당운의 철봉을 때린 후 다시 바닥으로 튕겨졌는데, 그때 충격을 받은 것인지 당풍과 당운의 얼굴은 심하게 일그러지고 있었다. 당지와 무산의 내력을 실어 워낙 빠르게 튕겨진 도끼였던 만큼 무방비로 철봉을 잡고 있던 그들에게 적지 않은 타격을 주었던 것이다.

"어절씨구리……!"

무산은 어깨와 두 발을 동시에 튕겨 일어선 후 좌측으로 한 바퀴 회전하며 아직 충격에서 깨어나지 못한 당풍의 다리를 공격했다.

투둑!

"으아악!"

뼈가 부러지는 소리와 함께 당풍의 비명이 터져 나왔다. 그리고 이

윽고 당풍이 한쪽 무릎을 털썩 꿇으며 주저앉았다.

[이 기집애야, 쳐다보고만 있을래? 내가 누구 때문에 이 고생인데…….]

무산은 움직임을 멈춘 채 오비공천을 견제하며 돈수정에게 전음을 보냈다. 오비공천이 자신을 협공하고 있는데도 돈수정은 멀뚱히 서서 구경만 하고 있었기 때문이다.

[변태토끼, 저런 덜떨어진 물건들이랑 놀면 내 체면이 뭐가 되겠니? 저런 불량배들은 네 손에서 해결해. 수준도 비슷한 거 같으니까. 움고 진, 움감래……? 에이, 한심한 물건들!]

돈수정은 매몰차게 전음을 보낸 후 무산의 눈길을 외면한 채 하늘만 올려다보았다.

하지만 돈수정은 내심 무산의 무공에 감탄하고 있었다. 내색을 안 했을 뿐이지 무산에게 그런 무공이 있다는 사실을 확인하곤 은근히 마음이 설레기까지 했다.

언제부턴가 그녀는 무산에게 끌리고 있는 자신을 종종 발견하게 되었다. 그리고 지난번 방초를 만났을 때 돈수정은 자신이 그녀를 질투하고 있음을 확실하게 깨달을 수 있었다. 비록 그 질투가 여자 대 여자의 만남에서 자연스레 샘솟는 것이었다 하더라도…….

"이… 이 나쁜 녀석! 우리 오비공천과 무슨 원수를 졌기에 이렇게 악독하게 우리를 괴롭히는 것이냐?!"

무산이 질린다는 표정으로 돈수정을 바라보고 있을 때 당지가 철주판을 들고 나서며 말했다. 그는 당천에 이어 당풍까지 당하자 악이 받쳐 제정신이 아니었다.

"어라? 싸우자고 덤빈 건 너희들이야. 하지만 나도 더 이상 싸우고 싶지 않으니까 무릎을 꿇고 용서를 빌어봐. 그럼 끝나는 거야. 고진감래라고 네 입으로 말했잖아? 너희는 나한테 두드려 맞아서 많이 아팠으니까 이제 숙소로 돌아가서 꿀물을 타서 마시렴. 그게 바로 고진감래의 참뜻이야. 알겠니?"
 "고진감래가 정말 그런 뜻이야? 음… 맞아, 그랬던 거 같다."
 "그래, 알고 있었지? 똑똑한 당지가 잠시 착각을 했었구나? 난 네가 정말 몰라서 그랬는지 알고 깜짝 놀랐었어."
 "……."
 석금이를 꽤나 오랫동안 상대한 덕분에 무산은 무식한 인물들을 상대하는 데 얼마간의 요령을 가지고 있었다.
 "이거, 당천이랑 당풍이에게 미안해서 어쩌지? 하지만 마음 넓은 당지, 네가 이해하렴. 정말이지 난 오비공천의 실력이라면 내 하찮은 공격을 간단하게 막아낼 수 있을 줄 알았어. 그런데 오늘 네 형제들이 몸이 아팠었나 봐. 혹시 무슨 병에 걸리기라도 한 거 아니니?"
 "음… 그, 그래. 오늘 우리 형제들이 모두 감기에 걸렸다."
 "어, 그랬구나? 그럼 이렇게 하자, 당지야. 오늘은 너희가 감기에 걸려서 진 걸로 하고 다음에 또 시간을 봐서 정식으로 대결을 하자. 응?"
 "……."
 살살거리며 이야기하는 무산으로 인해 당지는 얼마간 혼란스러워하고 있었다. 당천과 당풍이 쓰러진 이상 싸움은 자신들에게 불리해졌고, 연무장에선 많은 사람들이 자신들을 두 눈 똑바로 뜨고 지켜보고 있었다.
 그런 마당에 무산이 좋은 핑곗거리를 생각해 내줬으므로 적당히 물러서는 게 상책일 것 같았다. 다소 분하긴 했지만 숙소에 들어가서 달

콤한 꿀물을 벌컥벌컥 들이마시고 나면 좀 나아질 것 같기도 했다. 고진감래라는 말의 참뜻이 그것이라고 하지 않는가.
당지는 어정쩡한 자세로 연무장을 한번 둘러본 다음 계단 위에 모여 있는 당개수와 오당마환 등의 눈치를 살폈다. 그리고 마음을 굳혔다.
"이 사특한 무산이 놈아, 어디서 그런 허튼수작을 부리느냐!"
당지는 커다란 철주판을 머리 위로 휘휘 돌리며 무산에게 소리쳤다.
당지에게는 선택의 여지가 없었다. 연무장에 모인 당문의 제자들은 눈을 가늘게 치뜬 채 오비공천을 노려보고 있었다. 게다가 오당마환, 그중에서도 금마는 불길이 활활 타오르는 눈빛으로 자신들을 노려보며 입술을 부르르 떨고 있었던 것이다.
"그놈 참, 싫으면 그만이지 화는 왜 내나?"
당지의 반응이 신통치 않자 무산은 곧바로 공격에 들어갔다.
빠른 속도로 달려간 무산은 마치 검으로 베듯 대각선으로 당지의 목을 향해 봉을 날렸다. 그 위력과 속도가 상당했으므로 당지는 당황할 수밖에 없었다.
"이런 비겁한 놈!"
당지는 힘겹게 철주판으로 무산의 봉을 막아냈고, 그 둘은 힘 겨루기를 하며 대치 상태에 들어갔다. 잠시 후, 그 틈을 이용해 당운과 당뢰가 무산의 뒤를 공격해 들어왔다.
하지만 무산은 이미 그것을 계산하고 있었다는 듯 당지의 철주판을 밀어내며 가볍게 날아올랐다가 공중제비를 돈 후 봉을 수평으로 뉘어 회전시키며 떨어져 내렸다.
파파팟!
당지의 철주판, 당운, 당뢰의 철봉을 쳐내며 무산은 그들 정중앙으로 파고 내려갔다. 그것 역시 타구봉법의 한 초식을 응용한 것이었다. 하지만 무산은 생각과는 달리 몸이 따라주지 않아 미처 몸을 바로 세우기도 전에 바닥에 곤두박질치고 말았다.

위기였다. 당가 형제는 그 순간을 놓치지 않고 철주판과 철봉으로 무산을 내리쬤었다. 무산은 재빨리 봉으로 당지의 철주판을 쳐낸 후 허리에 찼던 연검을 풀어 차르릉, 당운과 당뢰의 철봉을 감으면서 밀어 냈다.

간신히 위기를 넘기기는 했으나 무산은 당혹스럽기 그지없었다. 회심의 일격을 가하기 위해 그동안 연마해 온 필살기를 펼친 것인데, 그 공격이 아주 허무하게 무위로 끝나 버렸기 때문이다.

하지만 무산은 그것에 대해 더 이상 생각할 겨를이 없었다. 오비공천 형제의 공격이 곧바로 이어졌던 것이다.

"우리를 능멸한 대가다. 죽어라! 오비당지!"

당지의 악에 받친 음성과 함께 철주판이 다시 한 번 무산의 머리를 향해 내리꽂혔다. 동시에 무산의 연검에 휘말려 있던 당운과 당뢰 형제의 철봉 끝에서 철컥, 소리와 함께 칼날이 튀어나와 양쪽 가슴을 찔러 들어왔다.

도저히 빠져나갈 수 없는 상황이었다. 그 순간 무산은 죽음의 공포를 온몸으로 체험했다.

쿵! 파, 팟……!

"으아악!"

눈 깜짝할 사이였다. 갑자기 무엇인가가 무산의 발목을 잡아끌었고, 간발의 차로 철주판과 철봉이 바닥을 내려치는 소리가 들려왔다. 그리고 그 소리에 놀란 무산의 입에서는 비명성이 터져 나왔다.

"좀 조심하지 그러셨어요."

돈수정이었다. 무산이 위기에 처한 순간 그녀가 채찍으로 무산의 발목을 감싼 후 힘껏 잡아당긴 것이었다.

"당 낭자……!"

무산은 어리둥절한 눈빛으로 돈수정의 얼굴을 빤히 쳐다보았다. 생전 처음 그녀에게 고마운 마음이 들었던 것이다. 그러나 그것도 잠시였다.

[놀랐냐, 변태토끼야? 그런 어설픈 봉술은 처음 본다.]

오당마환을 의식해 상냥하게 말하던 돈수정은 곧 본색을 드러내며 전음을 보내왔다. 그리고 그것을 신호로 다시 무산과 돈수정의 전음 공방이 오갔다.

[히히, 그냥 시험해 본 것뿐이야. 우리 색시가 오늘 밤 물레방앗간에 나올 마음이 있는지 없는지. 히히히! 이제야 본심을 드러냈군. 아이이이, 삼삼한 것……!]

[흥! 정말 변태토끼가 확실하군. 물레방앗간에서 방아 찧게? 달나라에서 살던 습성이 그대로 남아 있나 보지?]

[히, 히, 히! 습성은 그대로지만 방식은 조금 다르지. 떡방아가 아니라 다른 방아거든? 우리 벌써 실습도 했잖아? 내숭은……!]

어떤 상황에서든 결코 입이 자제가 안 된다는 것, 무산의 문제는 바로 그것이었다.

"어머, 뒤를 조심하세요."

돈수정이 호들갑을 떨며 무산의 주위를 상기시켰다.

무산이 화들짝 놀라 뒤를 바라보니 당지가 손날로 철주판의 한 귀퉁이를 쳐내고 있었다.

'저 인간, 또 오비당지, 하고 소리치겠지? 단순하고 무식한 놈. 봉이나 도까나 주판이나 다 오비당지냐? 그나저나 또 무슨 짓을 하려고 저러지?'

하지만 당지가 미처 무슨 짓을 하기도 전에 돈수정의 채찍이 꿈틀거리더니 무산의 몸통을 당지 형제 앞으로 날려 버렸다.

"으아악!"

쿵!

무산은 정말이지 죽을 맛이었다. 중요한 시기에 돈수정에게 밉보여 또다시 위기에 직면하게 된 것이다.

"흐흐흐! 너, 이놈! 이번엔 똥 안에 든 쥐다. 받아라!"

당지는 한쪽 귀퉁이가 떨어져 나간 철주판을 휘두르며 말했다.

쉬, 쉬, 쉿……!

당지의 철주판에서 한 무더기의 주판알이 튕겨져 나오기 시작했다.

"으허허헉!"

무산은 재빨리 몸을 비틀며 일어섰으나 서너 알의 주판알이 엉덩이를 파고들었다. 따끔하면서도 아찔한 고통이 온몸으로 퍼졌지만 엄살을 피울 형편이 아니었다. 곧바로 당운과 당뢰의 철봉에서 철필이 날아들었던 것이다.

파르르릉!

무산은 이제껏 손에서 놓지 않고 있던 연검으로 철필을 쳐냈고, 뒤이어 자신의 머리를 향해 날아든 철주판을 피하기 위해 뒤로 벌렁 나자빠졌다.

"조심하셔야 한다니까요."

돈수정의 목소리가 다시 들려온 것은 그때였다.

그녀는 어느새 공중에 날아올라 있었는데, 무산에게 마지막 일격을 가하려던 당지 형제를 향해 부채를 휘둘렀다. 그 순간 부챗살을 이루던 가는 철사들이 쏟아져 나왔고, 그것들은 정확히 당지, 당운, 당뢰의 손목과 무릎을 뚫고 지나갔다.

투둑, 툭, 툭!

세 번째 시험은 그것으로 끝이 났다. 당지 형제의 손에서 철주판과 철봉이 떨어져 내렸고, 뒤이어 그들이 무릎을 꿇으며 쓰러져 버린 것이다.

한여름 땡볕 아래의 연무장으로 묘한 기운이 감돌았고, 계단 위 의자에 앉아 있던 오당마환의 입에선 낮은 탄성이 흘러나왔다.

상황이 종료됨으로써 무산은 당문의 데릴사위로 들어오게 된 것이고, 오당마환은 허탈한 심정으로 처소로 들어갈 형편이 되어버렸다.

[변태토끼, 다음은 네 차례라는 거 알지?]

[낭자……! 오늘 밤 물레방앗간으로 나와 내 엉덩이에 박힌 주판알 좀 빼줄 수 있겠소?]

[…….]

6장 남자 대 남자

남자의 영혼은 사막이다.
기껏 키워낸다는 것이 선인장이고
입 안에서 서걱거리는 모래알이며
바람에 삭아가는 낙타의 뼈다귀다.

남자 대 남자

"베어라!"

츄홱……!

시퍼런 칼날이 섬광처럼 빛났고, 뒤이어 수라왕의 애절한 단말마와 함께 검붉은 선혈이 무사의 옷을 적셨다.

"아무도 수라왕을 보지 못한 것이다. 알겠느냐?"

당비약의 차가운 음성이 어스름에 젖어가고 있는 숲에 서늘하게 깔렸다. 그리고 뒤이어 열일곱 명의 사내들이 입을 모아 낮게 외쳤다.

"존명을 받들겠습니다."

그로써 당비약이 이끄는 18위는 새로운 길을 걷게 되었다.

당비약이 수라왕의 목을 베기까지는 얼마간의 망설임이 있었다. 하지만 이미 저지른 일이었다. 당비약으로선 좀 더 단호하지 못한 것이 후회될 뿐이었다.

수라왕이 당비약을 찾아 용문으로 날아온 것은 약 일각 전이었다.

갑작스런 수라왕의 출현에 당비약은 심상치 않은 일이 벌어지고 있음을 직감으로 알 수 있었고, 수라왕이 가져온 서찰을 다 읽고 난 후엔 얼굴이 시뻘겋게 달아오를 만큼 분개했다. 하늘은 이번에도 어김없이 자신을 등진 것이다.

서찰에는 닷새 전, 당수정과 무산이 야광귀의 수급을 취해온 일과 무산이 오당마환 등의 시험을 통과해 당문의 가족이 되었다는 내용이 적혀 있었다. 그러므로 더 이상 당수정의 일을 빌미 삼아 용문파에 대한 보복을 추진할 이유가 없다는 것이다.

몇 차례의 서신 교환을 통해 그동안의 당문 분위기를 익히 알고 있던 당비약으로선 실로 우려하던 일이 벌어진 셈이었다.

'나는 내 길을 간다!'

당비약은 수라왕의 주검을 싸늘한 눈으로 쳐다보며 각오를 다졌다.

유시(酉時). 그들이 자리 잡고 있는 능선 아래로는 한참 저녁 연기 피어오르고 있는 용문도장이 자리 잡고 있었다. 용문도장은 말이 좋아 도장이지, 사실 여느 촌락의 농가와 별반 다를 것이 없었다.

낡은 오두막에 값싼 기와를 얹었으며, 울타리도 없이 덜렁 세워진 대문에 '용문도장'이라는 보잘것없는 현판이 걸려 있을 뿐이다.

'나는 내 길을 간다……!'

당비약은 용문도장을 내려다보며 다시 한 번 속으로 중얼거렸다. 그는 수라왕을 죽임으로써 당문의 명령을 무시하고 일소천을 비롯한 용문도장을 철저하게 제거하기로 마음먹고 있었다. 그것은 어쩔 수 없는 선택이고, 당문의 역사를 바로 세우기 위한 첫 작업이었다.

'다음은 무산, 그리고 그 다음은… 당신이 될 것이다.'

날이 완전히 저물기를 기다리며 당비약은 머리 속에 맴도는 많은 생각들을 하나하나 정리해 나갔다. 대개는 증오에서 비롯된 우울한 기억들이었다. 그 안에는 자신의 아버지인 당개로의 죽음을 수수방관한 많은 이들의 얼굴과 형의 자리를 취한 후 원수들에게 굽실거리며 당문을 무림맹의 개로 만든 당개수도 포함되어 있었다.

"황충! 날이 완전히 저물려면 얼마나 더 기다려야 하겠는가?"

나무 그루터기에 앉아 육 척에 이르는 거대한 도를 손질하고 있던 당비약이 묵묵히 옆에 앉아 있던 초로의 사내에게 물었다.

그 사내는 18위의 부단장으로, 얼마 전 삼문협에서 당비약을 찾으러 나섰다가 구절심과 마주친 적이 있는 나이 든 사내였다.

이름은 황충. 나이는 올해 정확히 쉰으로, 한때 당비약의 아버지인 당개로의 심복이었다. 그는 당개로가 죽은 이후 어린 당비약을 주인으로 섬긴 채 이제껏 혼자 늙어왔다. 황충에게 있어 당개로는 결코 잊을 수 없는 은인이었기 때문이다.

황충은 역적으로 몰린 무인 가문의 자식으로 나이 일곱에 변을 당한 후 신분을 숨긴 채 도망 다니다가 노예 상인에게 잡혀 거세를 당했다. 그리고 황실에 내시로 팔려지기 직전 당개로에게 구함을 받았다. 그런 만큼 그가 당개로에 대해 보이는 충성심은 절대적일 수밖에 없었고, 그 충성심은 이제 대를 이어 당비약에게까지 바쳐지고 있었던 것이다.

"약 한 시진 후면 날은 완전히 저물겠으나 암습을 하실 계획이라면 축시(丑時)까지 기다려야 할 것입니다."

"인원이 몇이나 된다고 했지?"

"일소천이란 노인 외에 제자 넷과 머슴 하나가 더 있는데, 그중 한 명은 일소천의 손녀라고 합니다."

황충은 방금 전 새롭게 수집한 정보를 당비약에게 보고했다.

그런데 황충이 말한 머슴이란 석금이를 지칭하는 것으로, 마을 사람 중 하나가 되는대로 이야기한 것을 그대로 옮긴 것이었다.

"혹 그 노인에 대해 알고 있는가?"

당비약은 묘한 눈빛으로 황충을 쳐다보며 물었다.

당비약은 서찰에 적힌 내용을 통해 그가 승신검 일소천임을 이미 알고 있었으나 서찰을 읽은 것은 그 하나뿐이므로 부하들은 아직 일소천의 정체를 알지 못했다.

"생각나는 인물이 있기는 하나 동일인이라고는 여겨지지 않습니다."

"생각나는 인물이라면 혹 승신검을 이야기하는 것인가?"

"소문주께서 어떻게……?"

황충은 나직한 음성으로 조심스레 물었다.

황충은 당비약에게 당개로가 죽게 된 배경을 알려주는 것은 물론 당비약을 당문의 문주로 만들기 위한 많은 교육을 스스로 담당해 왔다. 게다가 둘만 있을 때는 늘 당비약에게 소문주라는 호칭을 사용했으며, 그 뜻을 이루기 위해 한평생을 바쳐 왔다.

"저 도장에 있는 늙은이가 바로 승신검 일소천이라는군. 하하, 하늘은 또 한 번 나를 시험하려 하고 있어. 어쩌면 이번에도 큰 시련을 겪거나 죽음을 맞이할 수도 있겠지."

"소문주! 그 말이 사실이라면 계획을 변경하셔야 합니다. 아무리 나이가 들었다고는 하나 그는 결코 우리가 상대할 수 있는 인물이 아닙니다."

승신검이란 외호를 정확히 기억하고 있는 황충인만큼 그 충격은 상당했다.

승신검은 한때 강호제일이었고, 그가 사라진 지 40년이 지난 후에도 그 명성만큼은 줄어들지 않았다. 승신검이 강호를 주유할 당시 채 열 살도 되지 않았던 황충까지도 그 시절 승신검이 떨쳤던 위명을 또렷하게 기억하고 있었던 것이다.

"푸하하! 황충답지 않은 말이군. 만약 지금 그 늙은이를 제거하지 않는다면 언제 우리에게 기회가 올까? 무산이라는 그 풋내기와 당수정이 당문의 새 주인이 되기를 기다리자는 말인가? 황충, 우리는 결코 그런 걸림돌들을 피해갈 수 없네. 무작정 부딪쳐 가는 수밖에……!"

사실 당비약으로서도 예상 밖의 일이었다. 그가 용문마을에 도착해 용문파에 대한 정보를 수집했을 때만 해도 너무 가소로워서 웃음을 참을 수 없었다.

듣기로, 용문파에는 재수없는 늙은이 하나와 천방지축인 계집 하나, 허우대는 멀쩡하지만 인간 말종에 가까운 두 녀석이 있는데, 매일같이 놀고 먹으며 남의 집 밭이나 논에서 곡물을 훔쳐다 먹는 것으로 생계를 유지한다고 했다.

마을 사람들이 늘 벼르고 별렀지만 워낙 귀신같은 솜씨로 서리를 하기 때문에 끝내 물증을 잡아내지 못해 마을에서 쫓아내지 못하고 있을 뿐이라는 것이다. 그런데 최근 그들이 마을을 비운 탓에 모처럼 용문마을에 평화가 찾아왔다며 다들 즐거워하는 모습이었다.

용문도장이 텅 비어 있음을 알게 된 당비약은 그곳에서 무작정 그들을 기다리기로 했다. 한 달이 지나도 그들이 나타나지 않자 혹 눈치를 채고 달아난 것이 아닌가 하는 의심이 들기도 했지만 달리 방도가 없어 무작정 용문마을 근처에 잠복해 있었다.

그런데 오늘 아침 비로소 그들이 모습을 드러낸 것이고, 얼마 전 수라왕이 가져온 서찰을 통해 용문파에 대한 보다 정확한 정보를 알게 된 것이다.

어쨌거나 용문마을에서 이야기 들었던 불한당 같은 무리의 수괴가 승신검 일소천이라는 사실과 수라왕을 통해 알게 된 당수정의 소식은 당비약을 적잖이 놀라게 했다. 더불어 많은 갈등을 동반해 왔다.

당문의 지시대로 곧장 철수를 하느냐, 아니면 새롭게 모반을 시작하느냐, 그것은 당비약 자신은 물론 자신에게 목숨을 걸고 충성하는 18위 전체의 운명을 결정짓는 일이었기 때문이다.

채 일각도 지나기 전 당비약은 새로운 모반을 꾀하는 것으로 결론을 내렸다. 황충에게도 말했듯 지금 이대로 철수한다면 자신이 이제껏 준비해 온 모든 것들이 물거품이 될 것이기 때문이다.

결국 당비약은 수라왕의 목을 베기로 결심했다. 수라왕이 자기들을 찾아오는 도중에 불의의 사고를 당해 소식을 전해 듣지 못한 것처럼 속이기 위해서였다.

하지만 수라왕이 비록 한 마리 매에 불과할지라도 영물임을 알고 있었기에 당비약은 쉽게 검을 빼 들 수 없었다. 검을 빼 드는 순간 수라왕이 상황을 눈치 채고 날아 달아날 것이 자명했기 때문이다.

할 수 없이 당비약은 계책을 써서 편지를 묶는 척하며 미리 철퇴에 묶어두었던 천잠사를 수라왕의 발에 묶어두었다. 뒤늦게 당비약의 의도를 눈치 챈 수라왕이 괴성을 내지르며 날아올랐지만 철퇴의 무게를 감당할 수는 없었고, 결국 예리한 칼날에 목이 달아난 채 처참한 죽음을 맞게 된 것이다.

"소문주, 잠시 눈이라도 붙여두시는 것이……."
주인의 심정을 어느 정도 이해하고 있는 황충이 나직한 소리로 말했다.
"글쎄, 잠이 쉬이 와줄까?"
당비약은 다시 한 번 용문도장을 내려다보며 희미한 미소를 흘렸다. 어딘가 쓸쓸하고 측은한 미소였다.

"흥! 그 버러지 같은 녀석이 은혜도 모르고 저 혼자 잘 살아보겠다고 장가를 든단 말이지?"
"얘, 너무 화내지 마라. 수정이라는 무서운 계집애가 죽자사자 쫓아다니는데 우리 두목이라고 별수있었겠니?"
저녁 식사를 마친 후 석금이와 방초는 함께 뜰을 거닐고 있었다. 참 묘한 일이지만 두 사람은 첫눈에 자신들이 같은 부류의 인간들이란 것을 알 수 있었다. 그것은 마치 주머니쥐가 주머니쥐를 알아보듯, 뱀장어가 뱀장어를 알아보듯 자연스럽고 또 자연스런 일이었다.
"이게……! 너는 쫄따구 주제에 왜 함부로 나한테 반말이니?"
"석금이는 쫄따구 아니다. 석금이는 부두목이다."
"놀고 있네. 그게 그거야, 바보야."
"이쒸……! 두목이 나 바보 아니랬다. 그냥 좀 무식한 거라고 했단 말이야."
"바보 같은 놈!"
"얘, 너 깜구한테 궁둥이 물려볼래?"
석금이는 걸음을 뚝 멈춘 후 방초를 노려보며 말했다.
석금이도 바보와 무식한 놈의 차이 정도는 알고 있었다. 바보도 나쁜 게 아니고 무식한 것도 나쁜 게 아니지만, 바보는 불치병이고 무식한 건 언젠가 고쳐질 수도 있는 병이라고 무산이 설명해 준 적이 있었던 것이다. 그리고 그 말은 석금이에게 그동안 느껴보지 못했던 용기와 희망을 안겨주었다.

"어머머, 애, 바보야. 노려보면 어쩔 거야? 너, 내가 얼마나 잘 싸우는지 알아? 무산이 그 나쁜 놈은 하루 세 번씩 나한테 꼬박꼬박 맞으면서 컸어. 걔가 왜 생존력이 그렇게 강한지 알아? 다 내 밑에서 살아남는 법을 배웠기 때문이지. 호호호. 너 무식한 놈도 곧 배우게 될 거야. 내가 아주 잘근잘근 씹어줄 테니까."

방초는 석금이의 눈빛에 화들짝 놀라며 물러섰다가, 잠시 후 도끼눈으로 석금이를 찍어내리며 말했다.

하지만 막상 방초의 말이 끝났을 때 석금이의 입가엔 초생달 같은 미소가 걸려 있었다.

"음… 무식한 계집애, 너도 송진 잘근잘근 씹는 거 좋아해? 석금이도 송진 무지무지 좋아한다? 근데 배고플 때는 별로다. 아무리 씹어도 배가 안 부르거든. 괜히 씹는 데 힘 빠져서 더 배고프다. 그러고 보니 너, 무식한 계집애랑 너무 오래 떠들어서 또 배고파진다. 히히. 뭐 더 먹을 거 없을까?"

석금이의 특기 중 하나인 동문서답이 빛을 발하는 순간이었다.

"어머머머, 애, 우린 쬐끔 통한다. 사실 나는 자면서도 송진 씹는 꿈을 꾸고 그런다? 그래서 아침에 일어나면 무지 배고프다? 호호, 석금아, 우리 감자 구워 먹을래?"

"이야~ 신난다. 석금이는 방초가 막 좋아진다!"

방초와 석금이. 그들의 눈에 세상은 더없이 아름답고 즐거운 것이었다, 배만 부르다면!

한편 주유청은 일 다경 가까이 지붕 위에 넙죽 엎드린 채 방초와 석금이의 대화를 엿듣고 있었다.

자객처럼 찾아든 사랑은 한 인간의 정신 세계를 온통 갈아엎어 버렸다. 근엄한 인간들 중에서도 제법 근엄하던 주유청이 소인배로 전락하기까지는 채 백 일도 걸리지 않았던 것이다.

'방초 낭자는 구운 감자를 좋아하는군.'

주유청은 방초의 식성 일부를 알아낸 것이 그렇게 만족스러울 수 없었다.

하지만 한편으로는 이제껏 바보로만 알고 무시해 버렸던 석금이가 은근히 신경 쓰이기도 했다. 누구든 방초의 옆에만 서면 자신보다 커 보이고 보이지 않던 장점까지 보여졌던 것이다. 그것 역시 사랑이 만들어내는 마술이었다.

'음, 저 녀석도 조심해야겠어. 멍청한 척하면서 자연스럽게 방초 낭자의 환심을 사다니… 어쩌면 멍청이가 아닐지도 몰라.'

주유청은 모기에 물려가면서도 석금이와 방초의 대화에 귀를 기울이며 긴장된 시간을 보내고 있었다.

같은 시각, 반주로 마신다던 술을 그만 동이까지 바닥내고 말았던 일소천은 자신의 처소에서 일찌감치 곯아떨어져 있었다. 그리고 무산과 무랑이 쓰던 방에서는 천상유수 이재천과 배은망덕 이편이 은밀한 대화를 나누고 있었다.

"이편, 우리가 올바른 결정을 내린 것일까?"

이재천은 베개를 끌어안고 침상에 엎드린 채 손가락으로 겨드랑이를 긁어대다가 불쑥 말을 꺼냈다. 일소천을 만난 이후 한시도 잠자지 않던 의문이었다.
"우리도 이제 인생을 설계해야 할 때인만큼 참아내는 수밖에요."
이편은 늘 가지고 다니는 송곳을 꺼내 허벅지를 푹, 푹 찔러가며 이야기했다.
이미 50을 바라보는 나이건만, 이편은 타고난 근력을 주체하지 못해 고행을 하듯 밤마다 송곳질을 해댔다. 그런 까닭에 이편은 차라리 이 조용한 산골 마을에 갇혀 사는 것이 자신에겐 더없이 편한 삶일지도 모른다 생각하고 있었다.
배은망덕 이편에게 있어선 화려한 북경의 거리보다 늑대와 범이 우글거리는 산골이 오히려 안전했기 때문이다.
"그나저나 빈대가 있는지 자꾸 몸이 근질거리는군."
"송곳 빌려 드릴까요?"
"……."
용문가의 인간들이 그렇게 다양한 삶의 방식을 고수하고 있는 동안, 새롭게 용문가에 편입한 개답지 않은 개 깜구는 제 인생에 있어 가장 황홀한 시간을 보내고 있었다.
깜구는 용문마을에 정착한 바로 오늘, 비로소 개로서의 자기 정체성을 찾게 되었다.
늑대나 곰, 혹은 멧돼지가 아닌 암캐를 상대로 천륜에 어긋나지 않는 성생활을 즐길 수 있었기 때문이다. 그로 인해 깜구는 난생처음 하루에 한 번 오시(午時)엔 꼭 낮잠을 잔다는 생활 철칙도 깨뜨린 채 용문마을을 휘젓고 다녔다. 그야말로 깜구의 전성시대가 막 펼쳐지기 시작하는 듯했다.
반면 용문마을의 암캐들은 사상 최악의 수난을 겪으며 곡 소리를 냈다. 불행하게도 용문마을의 사람과 가축들은 아직 깜구에게 적응이 되지 않은 상태였기에 그야말로 처절한 공포에 떨며 그날 하루를 견뎌야 했다.

2
남자 대 남자

축시(丑時)!

열여덟 개의 검은 그림자가 용문도장을 포위한 채 서서히 다가가고 있었다. 세상의 모든 것을 잠재울 것처럼 어두운 그믐의 밤. 인자들이 암습하기에는 더없이 좋은 조건이었다.

하지만 아무리 그렇다 해도 검은 옷의 사내들은 지나치리만큼 덤덤하게 검을 빼 들고 오두막을 향해 걸어가고 있었다.

만수향(萬睡香)! 깨어 있는 모든 것을 잠재운다는 독으로, 그 향에 중독당하면 평생 깨어나지 못하고 혼수상태가 되는 경우도 있다.

만수향은 그만큼 수면 효과가 강한 독으로 알려져 있었다. 다만 그 재료가 되는 설인(雪人)의 눈이 사실상 강호에서 구할 수 없는 것인만큼 당문 내에서도 그것은 존재하지 않는다고 믿고 있는 귀품이었다.

그러나 당비약은 일찍이 어머니로부터 두 개의 만수향을 물려받은 바였다.

 그의 나이 정확히 열 살이 되던 해, 어머니 구힐녀는 황충과 함께 그를 앉혀놓은 다음 몇 개의 극약과 만수향을 건네주며 언젠가 요긴하게 쓰일 물건이라고 설명했다. 그리고 잊지 않고 자기 가족의 한을 이야기하며 반드시 무림맹에게 복수할 것을 당부했다.

 그 당부는 어머니로서 아들에게 남긴 구힐녀의 마지막 당부이기도 했다. 그녀는 바로 그날 밤, 자신을 위해 남겨둔 만수향 한 조각을 피워놓은 채 잠들었고, 다음날 아주 평온한 얼굴의 주검으로 발견되었던 것이다.

 구힐녀가 당비약에게 남겨준 극약과 만수향은 당문 내에도 존재하지 않는 것들로, 포달랍궁 출신인 구힐녀가 궁을 떠나 당개로에게 시집올 때 가져온 물건 중 하나였다.

 원래 구힐녀는 포달랍궁 궁주의 딸로, 당개로보다는 다섯 살 많은 여인이었다.

 한때 서장을 여행 중이던 당개로와 구힐녀가 만난 것은 당개로의 나이 스물하나, 구힐녀의 나이 스물여섯 되던 해였다. 평복으로 신분을 속인 채 나들이 나왔던 구힐녀와 당개로는 첫눈에 반해 사랑에 빠졌고, 양가 모두의 반대를 무릅쓴 채 서로의 사랑을 지켰다.

 구힐녀는 동정녀로서 포달랍궁의 차기 궁주에 내정되어 있었다. 그런 이유로 당비약을 선택하는 것과 동시에 모든 것을 잃고 포달랍궁에서 쫓겨나는 신세가 되었으나, 당문에서 그녀를 받아들임으로써 둘은 결혼하게 되었다.

 하지만 당문의 비사로 남은 당개로의 죽음으로 인해 그들 남녀의 행복한 나날은 채 3년을 넘기지 못했다. 그리고 10여 년의 세월이 흐른 후 구힐녀는 가슴에 한을 품은 채, 그러나 죽어서나마 당개로를 다시 만날 수 있으리라는 행복한 기대를 안고 스스로 목숨을 끊은 것이다.

거기에는 또 나름의 사연이 있었다.

30여 년 전, 무림맹의 포위를 뚫고 스스로 죽음을 맞기 위해 당문으로 잠입했던 당개로는 구힐녀에게 한 가지 부탁을 남겼다. 아들 당비약이 자신의 복수를 할 수 있는 나이가 될 때까지 잘 키워달라는 것이 그 요지였다.

그럼에도 구힐녀는 당개로와 함께 죽을 것을 고집했고, 당개로는 궁여지책으로 9년이란 시간만 견뎌줄 것을 다시 당부했다. 즉, 당비약이 열 살이 되면 그에게 자신의 죽음에 관계된 자초지종을 들려주라는 것이었다. 나이 열이면 충분히 부모의 뜻을 받들어 훌륭하게 클 수 있는 나이인만큼 최소한 그때까지만이라도 견뎌달라고 설득했던 것이다.

당개로의 그런 부탁은 더없이 절실한 것이었다.

다른 이들의 눈에는 어떻게 비칠지 모르나 그들의 사랑은 운명이었고, 부모와 자식까지도 외면할 수 있을 만큼 절대적인 것이었다. 정말이지 당개로의 그런 제안이 없었다면 구힐녀는 당개로가 죽던 바로 그날 같이 죽음을 맞이했을 것이다.

따라서 당개로가 구힐녀에게 남긴 부탁은 어디까지나 그녀의 죽음을 막기 위한 것이었다. 즉, 당비약이 당개로 자신의 복수를 하도록 돕기 위해서라도 그녀는 반드시 살아남아 줄 것이라 믿었던 것이다.

하지만 구힐녀는 9년 동안이란 약속을 지킨 후 미련없이 자신의 목숨을 끊어 당개로의 뒤를 이었다. 첫눈에 반하는 사랑이란, 지독한 사랑이란 바로 그런 것이었다.

[황충! 만수향의 향기를 맡은 이상 아무도 깨어나지 못할 것이다. 하지만 만약을 위해 우리는 만천화우의 진을 펼치고 있겠다. 혹시라도 위기가 닥치면 곧장 문을 박차고 나와라.]

당비약은 황충에게 전음을 보내며 마당 한복판에서 걸음을 멈췄다. 둘 중 하나였다.

만수향이 제 몫을 해주었다면 승신검 일소천을 비롯한 모든 사람들이 잠에 취한 채 황충의 검에 죽음을 맞게 될 것이고, 그렇지 못하다면 목숨을 걸고 일소천을 상대해야 했다. 어머니 구힐녀를 통해 이야기 들었을 뿐, 당비약 역시 처음으로 만수향을 사용해 보는 것이기 때문에 마음을 졸일 수밖에 없는 상황이었다.

당비약이 일소천을 상대함에 있어 굳이 만수향을 사용한 데는 얼마간의 의미가 담겨 있었다. 그것은 승신검이란 위명에 대한 대접이라기보다는 비로소 본격적으로 복수의 칼을 뽑는다는 나름의 각오였던 것이다.

비록 일소천이 자신과는 아무런 은원 관계가 없지만 무산과 당수정이란 인물들로 인해 어쩔 수 없는 걸림돌이 된 것이고, 그 걸림돌을 제거함으로써 당비약은 이제 당문, 나아가서는 무림맹의 질서를 깨뜨리며 30여 년의 한풀이를 시작하게 되는 것이다.

[소문주, 소문주의 뜻은 반드시 이루어질 겁니다. 이 황충도 이날을 위해 살아온 것이구요. 마음 편하게 기다려 주십시오.]

황충 역시 만수향에 대해 어느 정도 알고 있었던 만큼 애초에 생각했던 것보다는 일이 수월하게 풀리리라 믿었다. 왜 자신이 진작 만수향을 생각해 내지 못했을까 하는 행복한 투정까지 일 정도였다.

끼이익……!

남자 대 남자 269

나무 문이 제법 큰 소리를 내며 열린 까닭에 황충은 잠시 당황했다. 하지만 안에서는 아무 기척도 없었으므로 작게 안도의 한숨을 내쉰 후 집 안으로 들어갔다.

용문도장의 구조는 일반 가택과 달라서 오두막의 문을 열고 들어가면 널찍한 거실이 나오고, 그 거실을 빙 둘러 네 개의 방문이 연결되어 있었다.

비록 그믐의 어둠에 가려져 있었으나 황충은 어렵지 않게 구조를 대충 파악할 수 있었다. 제법 내공이 뛰어난 만큼 밤눈이 여느 사람보다는 훨씬 좋았던 것이다.

황충은 천천히 걸음을 옮겨 입구에서 가장 멀리 떨어져 있는 방문으로 다가갔다. 가장 은밀한 곳에 있는 만큼 일소천의 처소일 확률이 높다는 생각에서였다.

끼이익……!

이번에도 어김없이 나무 문이 소리를 냈으나 방 안에선 아무런 기척이 없었다. 황충은 가볍게 심호흡을 한 후 방 안으로 걸어 들어갔다.

하지만 예상과는 달리 향긋한 냄새가 후각을 자극하는 것이, 일소천이 아니라 손녀딸의 방이라는 것을 알게 했다. 실제로 그가 침상으로 다가가 살폈을 때, 그곳에는 나체에 다름없을 만큼 옷을 벗어젖힌 채 잠들어 있는 방초가 있었다.

'하필이면 첫 상대가 여자라니……!'

망설임이 없었던 것은 아니지만 황충은 곧 검을 방초의 가슴에 겨누었다. 옷을 벗다 만 것인지 확대된 황충의 동공 안으로 반쯤 드러난 젖가슴이 들어왔다.

'어디를 찔러야 하지?'

아무리 당문에서 뼈가 굵었다고는 하지만 나체에 가까운 상태로 자고 있는 여인을 베어본 적이 없는 만큼 황충은 고민할 수밖에 없었다.

'미안하다, 아이야……!'

비로소 결심이 선 것인지 황충은 방초의 목을 베기 위해 검을 들어 올렸다.

하지만 그 순간이었다.

파, 파, 파, 파, 팟!

누군가 기왓장을 밟으며 지붕 위로 달리는 소리가 들려왔다. 그리고 뒤이어 웬 늙은이의 목소리가 도장에 울려 퍼졌다.

"허허, 허허허허허! 누가 감히 이 늙은이의 먹이에 손을 대는고? 그 사이 강호의 도를 개가 잡아먹었는고? 한 시대를 풍미하던 영웅이 잠든 채 죽음을 맞이한다면 그것은 참으로 슬픈 일이지. 허허, 허허허허허!"

"누구냐?!"

정체 불명의 노인을 향해 당비약이 소리를 내질렀고, 황충 역시 다급히 거실로 달려나갔다. 뭔가 일이 꼬이고 있는 것이 분명했기 때문이다.

"허허, 이 늙은이의 정체를 알고 싶다면 목숨으로 값을 치러야 하는데, 그래도 알고 싶은가?"

삼불원(三不猿) 소뢰. 그는 마치 앵무새처럼 지난번 무산에게 했던 대사를 그대로 읊었다.

당비약으로선 처음 보는 늙은이였지만 삼불원 소뢰와 그들의 목적은 크게 다르지 않았다. 일소천의 수급을 취하는 것. 그 한 가지 목적을 위해 서로 다른 살수들이 맞부딪치게 된 것이다.

"네 목숨을 취하고 나서 물어볼 수는 없는 일 아니더냐? 혹, 만천화우에 대해 들어본 적이 있느냐? 나는 당문의 당비약이다. 네놈의 정체를 밝혀라."

당비약 역시 돈수정과 크게 다르지 않았다. 위급한 상황에선 언제나 당문의 이름을 팔아먹으며 상대가 스스로 물러가 줄 것을 기다렸다.

"헛, 허허허. 내 당문과 무슨 원한을 졌던고? 지난번엔 암코양이에게 할큄을 당하더니 오늘은 살쾡이 같은 녀석을 만나 선수를 빼앗길 뻔했구나."

소뢰와 당비약의 시선이 불꽃을 튀기듯 어둠 속에서 빛났다.

그런데 그 순간이었다.

콰콰콰……!

갑자기 푸르른 검날이 지붕을 뚫고 소뢰의 가랑이 사이로 치밀어 올랐다.

"헛……!"

소뢰는 재빨리 몸을 날려 마당으로 내려섰다. 마당에서는 당문의 18위가 만천화우를 펼치기 위한 진을 형성하고 있었지만 소뢰가 내려선 곳이 바로 당비약의 코앞이었으므로 섣불리 공격을 할 수 없었.

다만 당비약과 소뢰가 재빨리 검을 뽑아 드는 것으로 두 사람이 대치 국면을 이루었을 뿐이다.

[소문주, 어서 뒤로 물러서십시오. 곧바로 만천화우를 펼치는 것이 좋겠습니다.]

지붕을 뚫고 올라온 사람은 황충이었다. 황충은 문밖의 소란에 주위를 기울이다가 목소리가 들려오는 지붕 위로 검을 날리며 솟구쳤던 것이다. 어쩌면 지붕 위의 노인이 승신검 일소천일지도 모른다는 판단이 섰기 때문이다.

　황충의 전음을 들은 당비약은 서서히 뒷걸음질치기 시작했다.

　"꼬마야, 이 늙은이를 상대로 만천화우를 시전하기라도 하겠다는 것이냐? 하하하. 하지만 주위를 둘러보거라. 섣불리 움직였다가는 너희야말로 벌집이 될 것이니라."

　소뢰는 당비약의 의도를 이미 간파하고 있었다. 그가 가볍게 휘파람을 불자 마당으로 수십 개의 횃불이 날아들었다. 그로 인해 소뢰를 둘러싼 18위의 모습이 불빛에 모습을 드러내고 말았다. 그와 동시에 멀리 나무 위로부터 수십 개의 횃불이 피어오르고 있었다.

　"다시 묻겠소. 당신은 누구요?"

　소뢰의 뜻하지 않은 출현은 당비약을 당혹스럽게 했다. 당비약은 상황이 좋지 않음을 깨달았고, 얼마간 누그러진 음성으로 물었다.

　"그보다 네놈들은 무엇 때문에 승신검 늙은이를 노리고 있는고? 무슨 수를 써서 그 늙은이를 잠재운 것인지는 알 수 없으나 그 실력만은 인정해 주마. 흐히히! 하지만 승신검 늙은이의 목을 취하는 것이 목적이라면 그것은 어디까지나 내 몫이니라. 나는 40년 동안이나 이 순간을 기다려 왔기 때문이지. 설마 네놈이 나보다 더 오랫동안 이 순간을 기다려 왔다고는 할 수 없겠지?"

　사실 소뢰 역시 암수를 쓰는 것 이외에는 승신검을 꺾을 방도가 없음을 깨닫고 만반의 준비를 한 채 용문도장까지 그를 추격해 왔다.

　물론 도중에 암습을 가할 수도 있었으나 소뢰는 일소천 일행이 충분히 방심하고 있는 순간을 기다려 왔다. 그리고 오늘 저녁이 바로 그 순간임을 알고 있었다. 오랫동안의 여독을 풀기 위해 그들은 최대한 먹고 마신 후 잠에 곯아떨어질 것이 분명했다.

하지만 소뢰는 우연히 당비약을 중심으로 한 18위를 발견하게 되었고, 뭔가 이상한 낌새를 챈 후 숨어서 그들의 움직임을 꾸준히 지켜보았다. 그리고 당비약이 알 수 없는 향을 피운 후 살수 하나를 오두막 안으로 들여보내는 것을 보고는 더 이상 지체할 수 없어 모습을 드러낸 것이다.

소뢰가 생각하기에 당비약이 피운 그 향은 분명 독성이 강한 것으로, 승신검의 목을 취하기 위해 부득불 사용된 것이다. 게다가 살수들의 움직임에 긴장감이 없는 것으로 보아 승신검은 확실히 독에 중독된 듯했다.

소뢰의 입장에서 보자면 그것은 더없이 좋은 기회였다. 자신들이 암습을 한다 해도 승신검을 제거할 확률은 극히 드물 것이라 생각했는데 엉뚱한 자들이 모든 준비를 끝마쳐 준 셈이었다.

상황이야 어찌 되었든, 역시 승신검의 목을 베는 것은 소뢰, 자신이어야 했다. 중요한 것은 결과이고 40여 년의 한을 풀 수 있는 절호의 기회를 놓칠 수 없었으므로.

'음… 알 수 없는 자로다. 하지만 어차피 목적은 나와 같다. 나로선 누구의 손에든 승신검이 죽으면 그만이다. 그냥 이쯤에서 물러나도 상관없겠지.'

소뢰를 지켜보던 당비약은 가장 현실적인 결론을 도출해 내고 있었다. 그런데 그때 불쑥 소뢰가 다시 입을 열었다.

"흠! 어차피 네놈들도 죽을 팔자니 이 고명한 노인의 정체를 밝혀주지. 나는 초혼야수에서 파견된 소뢰. 대륙의 판도를 바꾸어놓을 분이니라. 불행하게도 너희가 오늘 나의 위명을 듣고, 또 내가 하고자 하는 일을 알아버렸으니 그 자체가 악연이구나. 자, 나는 승신검의 목을 취할 테니 너희는 죽음을 준비하고 있거라. 하하하!"

 말을 마친 소뢰는 당비약이 무슨 말인가를 꺼내기도 전에 등을 돌려 오두막으로 들어서기 시작했다. 그리고 그것과 동시에 사방에서 18위를 향해 화살이 날아들기 시작했다.

 순식간의 일이었으므로 당비약에겐 선택의 여지가 없었다.

 "암습이다! 모두 집 안으로 몸을 피해라!"

 당비약은 황급히 말을 마친 후 소뢰를 따라 집 안으로 몸을 날렸다. 황충도 다시 지붕을 뚫고 들어가 몸을 숨겼고, 남은 18위 역시 검으로 화살을 쳐내며 일소천 등이 잠들어 있는 용문도장의 오두막으로 달려가기 시작했다.

 "헉!"

 "으읍!"

 하지만 워낙 갑작스런 공격이었기에 미처 화살을 피하지 못한 두세 명의 18위가 마당에 쓰러져 버렸다.

 한편 소뢰는 자신의 뒤를 따라 들어온 당비약과 지붕을 뚫고 내려온 황충에게 뜻하지 않은 공격을 받게 되었다. 소뢰는 당비약 등이 자신을 따라 집 안으로 들어올 것이라고는 생각하지 못했던 것이다. 어쩌면 당연한 결과였으나 그것이 소뢰의 한계였다.

 "늙은이, 너와는 아무런 원한이 없어 일소천의 목숨을 네 손에 맡기려 했거늘 왜 우리를 공격한 것이냐?!"

 당비약은 소뢰를 원망하며 곧바로 검을 날렸다.

 "뭣이라? 네놈들이 정녕 죽음을 각오한 것이냐? 밖으로 달아났더라면 몇 놈쯤은 살 수도 있었으련만, 감히 나를 따라 들어와 죽음을 자초하다니……!"

남자 대 남자 275

소뢰는 소매에서 수리도를 꺼내 당비약의 검을 막아내며 말했다.

수리도는 소매에 숨겨 가지고 다니는 암기의 일종으로 단도 중에서도 제법 길이가 짧아 검을 막아내는 데는 그다지 효율적이지 못했다. 하지만 워낙 다급한 상황이었으므로 소뢰에게 선택의 여지가 없었다.

"받아라, 어리석은 것들!"

소뢰는 당비약에 이어 자신의 머리를 향해 찔러 들어오는 황충의 검을 아슬아슬하게 쳐내며 공중으로 솟구쳐 오르는 것과 동시에 두 개의 비표를 당비약과 황충에게 뿌렸다.

챙, 채챙!

당비약과 황충은 어렵지 않게 검으로 비표를 막아냈으나 그사이 소뢰는 대들보 위에 올라앉아 그들의 포위를 벗어날 수 있었다.

"이 집을 불태워 버려 통째로 너희들의 무덤으로 삼으리라. 하하하!"

소뢰는 싸늘한 음성으로 외친 후 뚫린 천장 위로 몸을 날려 지붕 위에 올라섰다. 하지만 그 순간이었다.

"헉!"

황당하기 그지없는 일이었다. 소뢰는 자신의 수하들이 쏘아댄 화살에 오른쪽 어깨를 맞고 만 것이다.

"으아악! 으아아아아—!"

스스로 생각해도 어이가 없는 일이었고, 도저히 화가 나서 참아줄 수도 없었다.

소뢰는 어깨에 꽂힌 화살을 뽑아 든 채 하늘을 우러러 괴성을 내질러댔다. 그리고 소뢰의 괴성으로 인해 비 오듯 쏟아져 내리던 화살도 뚝 멈추었다.

"이런… 이런 바보 같은 놈! 바보 천치 같은 놈!"

소뢰는 자신의 머리를 주먹으로 쥐어박으며 분노로 치를 떨었다.

'왜 하늘은 늘 이 소뢰를 등진단 말인가……!'

소뢰는 정말이지 울고 싶은 마음이었다. 그것은 자신에게 활을 쏜 수하에 대한 분노도, 당비약이나 일소천에 대한 분노도 아니었다. 그저 자기 자신에게 화가 나 있을 뿐이었다.

"이 집을 불태워라!"

소뢰는 지붕을 내달려 멀리 날아오르며 말했다.

일단 소뢰가 사정권에서 벗어나자 용문도장을 포위하고 있던 그의 수하들은 일제히 오두막을 향해 불화살을 날렸다.

당비약이 미처 상황을 파악하기도 전에 오두막으로 순식간에 불이 번지고 메케한 연기가 집 안을 메우기 시작했다. 당비약과 18위는 당황할 수밖에 없었다. 하지만 그 어수선한 와중에도 일소천과 방초, 천상유수 이재천, 배은망덕 이편, 주유청, 석금이는 여전히 잠에 빠져들어 기척도 없었다.

"더 머뭇거릴 시간이 없다. 비륜진(飛輪陣)을 준비해라."

황충은 다급하게 부하들에게 소리친 후 당비약을 바라보았다.

"이렇게 허무할 수가! 당문의 18위가 한낱 무명의 노인이 이끄는 무리에게 이런 수모를 겪게 되다니……!"

당비약은 울분을 터뜨렸으나 곧 노련한 황충의 지시대로 비륜진을 펼치기 위해 남은 수하들을 바라보았다.

남은 18위는 당비약까지를 합쳐 모두 15명이었다. 당문의 최고수들이라는 명성에 걸맞게 대부분 화살을 뚫고 무사히 오두막까지 들어왔던 것이다.

"자, 일단 비륜진으로 포위를 뚫고 나간 후 그 늙은이에게 역공을 취한다!"

당비약의 명령이 떨어지는 것과 동시에 18위는 각자 등에 메어져 있던 두 개의 철막대를 꺼내 십자로 연결했다. 그리고 허리에 차고 있던 가죽 띠를 풀어 펼친 후 그것을 철막대에 연결해 순식간에 가오리연 모양의 방패 15개를 만들어냈다. 방패가 모두 만들어지자 단원들은 3열을 지어 문 앞에 섰다.

"살수들과의 거리는 대략 40여 장이다. 곧장 정면을 뚫고 지나간다. 가자!"

당비약이 단호하게 명령을 내리는 순간 18위는 문을 박차고 마당으로 뛰어나갔다.

18위가 다시 모습을 드러내자 살수들은 그들에게 집중적으로 화살을 퍼부었다. 좌우측의 단원들은 십자의 철막대를 빠르게 회전시키며 대각선으로 쏟아져 내리는 화살을 쳐냈고, 가운데 열의 단원들은 그저 좌우측 단원들과 보조를 맞추며 대문을 향해 달려갔다.

그 단순하면서도 실용적인 방어로 인해 18위는 쉽게 대문을 벗어나 10여 장을 더 내달릴 수 있었다. 하지만 10여 장 거리 앞에서 살수 30여 명이 갑자기 모습을 드러내며 그들을 향해 칼을 뽑아 들었다.

소뢰의 부하들은 18위의 진행 방향을 보고 미리 모여 기다리고 있던 것이다. 초혼야수의 살수들과 18위의 거리가 5장여로 가까워지자 그들을 향해 쏟아지던 화살이 뚝 멎었다. 자칫 같은 편이 다칠 수도 있기에 활을 멈추고 후방에서 18위를 포위하며 압박해 가기 위해서였다.

하지만 비륜진은 그러한 공격에 가장 적합한 18위 고유의 공격진으로, 18위는 이미 그러한 상황을 예상하고 있었다.

"비륜전(飛輪電)!"

당비약의 외침과 함께 18위는 방패를 이루던 십자의 쇠막대를 다시 비틀어 겹쳐서 일자를 만들었다. 그리고 곧 30여 개의 암기가 그 쇠막대의 구멍에서 발사되었다.

"크헉!"

"컥!"

전방에서 18위의 길을 가로막던 살수 20여 명이 순식간에 쓰러졌고, 갑작스런 공격에 당황하던 나머지 살수들은 어느새 공중으로 뛰어올라 검을 내려치고 있는 18위의 공격에 속수무책으로 당하고 말았다.

초혼야수의 살수들은 경악할 수밖에 없었다. 고작 15명의 18위에게 수십 명의 동료들이 도륙당한 채 길을 열어주었으므로 사실상 초혼야수의 진은 더 이상 위력을 발휘할 수 없었던 것이다. 그러나 그것만으로 끝난 것이 아니었다.

"비륜화(飛輪火)!"

초혼야수가 다급하게 세력을 모아 18위의 뒤를 바짝 쫓고 있을 무렵 당비약의 입에서 다시 명령이 떨어졌다.

당비약의 명령이 떨어지자 18위의 후위가 걸음을 멈춘 채 검을 빼 들어 초혼야수의 살수들을 기다렸다. 그사이 앞서 가던 18위들 역시 쇠막대를 다시 십자로 만들어 방패를 펼쳤다. 그리고 걸음을 멈춘 채 후방을 방어했고, 그 진이 완성되자 먼저 멈춰 서서 검을 빼 들었던 18위가 잽싸게 방패를 든 동료들을 지나 달아나기 시작했다.

초혼야수의 살수들은 18위의 꿍꿍이가 무엇인지 알 수 없었으나 길을 막는 18위의 머릿수가 고작 다섯인 것을 알고는 그들을 밀고 갈 생각으로 한꺼번에 덤벼들었다.

바로 그 순간이었다.

휘, 휘리릭……!

다섯 명의 18위들이 자신들을 추격하던 살수들의 머리 위로 방패를 던졌다.

촤—!

방패에서 모래 같은 작은 알갱이들이 흩뿌려지며 초혼야수의 살수들을 뒤덮었고, 가루를 덮어쓴 초혼야수들은 고통스런 신음을 흘리며 땅바닥에 쓰러져 나뒹굴었다.

자그마치 4, 50명의 살수들이 그렇게 허무하게 죽어갔다. 단혼사. 당문 고유의 암기로, 작은 알갱이를 이룬 독모래다. 피부에 스치기만 해도 순식간에 부식될 만큼 독한 암기로 위급한 경우가 아니면 당문에서조차 쉬이 사용하지 않는 암기였다.

18위와 자기 수하들의 싸움을 지켜보던 소뢰는 당혹스럽기 그지없었다. 두 번씩이나 당문의 자식들로 인해 수하들을 죽게 만든 것이다. 하지만 자신에게는 아직도 18위의 몇 배나 되는 수하들이 있었으므로 소뢰는 계속 18위의 뒤를 쫓아 끝장을 보기로 마음먹었다.

"저놈들은 아주 사특하고 교활한 놈들이다. 결코 방심해서는 안 돼. 자, 이제부터 내가 앞장선다."

소뢰는 용문도장 멀찍이에 세워두었던 말에 올라타 달리며 부하들에게 말했다. 18위는 이미 멀리 달아나고 있었으나 아직 말에 올라타지 못한 만큼 충분히 따라잡을 수 있을 것 같았다.

'대륙이 나를 미치게 한다.'

수십 년의 왜나라 생활에 적응되어 있던 소뢰로서는 고수와 사특한 인간들로 득실거리는 강호가 낯설게 느껴졌다. 그리고 두려웠다.

한편 일소천 등이 잠들어 있는 용문도장으로는 화염이 점점 번져 거대한 불길을 만들고 있었다. 그 불길은 그믐의 밤을 틈타 더욱 거칠고 눈부시게 타올랐다.

깜구에게 있어 오늘은 기록 갱신의 날이었다.
우선 낮잠을 자지 않았고, 날이 저물어 해시(亥時)가 되면 본격적인 잠에 들고 진시(辰時)가 끝날 무렵에야 일어나는 계절에 따른 해와 달의 시간별 위치보다 정확하던 두 번째 규칙마저 깨버리고 말았다.
축시(丑時)가 시작되고도 한참 동안 깜구는 외로운 암캐들을 찾아 용문마을을 배회하고 있었다.
어쩌다가 깜구와 마주치는 개는 기겁을 하며 달아나려 했지만 오금이 저려 제대로 달리지도 못한 채 픽픽 쓰러지고 말았다. 아무도 말릴 수 없었다. 자기 집 개가 무참하게 깜구에게 당하는 것을 지켜보면서도 개 주인들은 문을 걸어 잠근 채 그 밤이 무사히 지나가기만을 기도했다.
용문마을 사람들은 그렇게 새벽이 오기를 기다렸다. 날이 밝는 대로 사람들을 모아 용문도장의 미친 늙은이와 머리 둘 달린 변태견을 마을에서 내치고, 다시는 발을 들여놓지 못하게 할 작정이었다.
하지만 그날 밤, 그들이 미처 생각하지 못한 일이 벌어지고 있었다.
깜구가 열세 번째 정사를 마쳐 갈 무렵, 산비탈에 자리한 용문도장이 활활 불타오르고 있는 것이 눈에 들어왔다.
크르릉……!
깜구는 고개를 몇 번 갸우뚱했지만 이내 석금이를 떠올렸고, 쏜살같이 용문도장을 향해 내달리기 시작했다.

남자 대 남자 281

깜구가 도착했을 때, 화염에 휩싸인 용문도장은 허물어져 내리기 직전이었다.

조금의 망설임도 없었다. 깜구는 곧장 화염을 뚫고 들어가 용문파의 사람들을 끄집어내기 시작했다. 만수향에 중독되어 축 늘어져 있는 일소천과 방초, 주유청… 눈에 띄는 대로 이빨로 물어 집 밖으로 데리고 나왔다.

그렇게 다섯 사람을 끄집어냈을 때는 깜구의 몸 여기저기가 화상에 짓무르고 찢겨 있었다. 기름을 바른 것처럼 자르르 윤기 흐르던 털은 모두 그슬려 검게 변한 살가죽만 남은 상태였다. 비록 독룡의 영체와 내단을 삼킨 깜구지만 유독 불에는 약했던 것이다.

그도 그럴 것이 양해구에게 죽은 독룡은 용 되기를 포기한 놈으로, 승천할 가망이 없다고 스스로 판단하자 아예 독룡의 길만을 걸었던 것이다.

이무기가 용이 되어 승천하기 위해서는 음(陰)과 양(陽), 수(水)와 화(火)의 기운을 조화롭게 얻어야 하는데, 그놈의 독룡은 불 속에서 견디는 것이 싫어 아예 물속에 터를 잡은 채 꼼짝도 않았다. 양해구에게 어이없이 죽고 말았던 것도 양해구가 시전한 강룡18장이 지극한 양기(陽氣), 즉 불의 기운을 담고 있었기 때문이다.

사연이 그런 만큼 놈의 영체를 삼킨 깜구 역시 화기(火氣)를 견뎌낼 힘이 없었다. 깜구는 지칠 대로 지쳤는지 바닥에 엎드려 가쁜 숨을 몰아쉬었다. 더 이상 움직일 힘이 없었던 것이다.

그런데… 석금이의 모습이 보이지 않았다.

크웅, 킁, 킁!

아무리 주위를 둘러보아도 석금이가 보이지 않자 깜구의 눈은 이제

막 허물어져 가는 용문도장에 쏠리게 되었다. 얼마간의 망설임이 깜구의 눈동자에 머물렀다. 깜구의 몸은 이미 한계에 다다라 있었던 것이다.

하지만 그 순간 석금이의 모습이 떠올랐다.

"이-쒸! 깜구를 넘보면 두목이고 뭐고 없다. 깜구는 나, 석금이의 형제다. 내가 일곱 살 때도 형제였고, 스무 살 때도 형제였고, 지금도 형제다."

그랬다. 석금이에게 깜구가 형제였던 것처럼 깜구에게 있어서도 석금이는 하나밖에 없는 가족이었다. 깜구는 찢기고 불에 덴 몸을 힘겹게 일으켰다. 그리고 막 무너져 가고 있는 오두막 안으로 뛰어들어 갔다.

…….
얼마의 시간이 흘렀을까,
쿠르릉……!
기왓장과 함께 대들보가 무너져 내렸고, 그것을 시작으로 오두막이 차례로 가라앉아 버렸다. 기적이었다. 아슬아슬하게 무너져 내리는 오두막 속에서 석금이를 끌고 나오는 깜구의 모습이 언뜻 보였다.
하지만 곧 거대한 나무 기둥이 그들을 향해 쓰러져 내렸고, 깜구는 필사적으로 날아오르며 그 나무를 머리로 받아 튕겨냈다.
쿵!
나무 기둥은 석금이를 빗겨 떨어져 내렸고, 이마가 뭉개져 살가죽이 벗겨진 깜구는 눈을 파고드는 훙건한 피를 떨어내며 다시 힘겹게 일어섰다. 그리고 휘청이는 몸을 이끌고 다시 석금이에게 다가가 그의 목덜미를 물더니 일소천 등이 쓰러져 있는 마당 한 켠으로 질질 끌고 갔다. 힘겹고 안쓰러운 움직임이었다.

쿠르르, 쾅……!

곧 용문도장은 굉음과 함께 완전히 무너져 내렸고, 깜구도 그 비대한 몸집을 석금이 옆에 눕혔다.

킁, 푸르륵…….

그것이 끝이었다. 깜구는 눈을 감았고, 작은 숨소리조차 들리지 않았다. 정수리부터 흘러내린 피가 바닥에 흥건히 고이며 석금이의 입술을 적시고 있을 뿐이었다.

깜구의 전성시대는 그렇게 끝나 버리고 말았다.

남자 대 남자

그 해의 가장 눈부신 햇살이 쏟아져 내리고 있는 아침.
하지만 그 햇빛이 비추고 있는 것은 폐허로 변한 용문도장과 검게 그슬려 버린 깜구의 주검, 시체들이 널브러져 있는 삭막한 풍경이었다.
일소천 등이 깨어난 것은 진시(辰時) 무렵이었다. 머리가 깨질 것처럼 아파왔으나 그보다는 눈앞에 벌어진 믿지 못한 일에 충격을 받고 있었다.
용문도장은 잿더미가 되어 있었고, 마당 여기저기에 살수들의 시체가 널브러져 있었다. 게다가 자신들 역시 온몸에 화상을 입은 채 마당 한구석에 쓰러져 있었으나 도대체 어찌 된 영문인지 알 수 없었다.
무엇보다 새카맣게 타버린 깜구가 석금이 옆에 쓰러진 채 죽어 있는 것을 발견했을 때는 경악할 수밖에 없었다.
마을 사람들이 몰려온 것도 그 즈음이었다.

하지만 그들은 어젯밤 내내 별렀던 것처럼 일소천을 마을에서 내치지 못했다. 그들 역시 처절한 광경에 아연실색했을 뿐이다. 일소천은 머리카락이 완전히 그슬려 더벅머리처럼 변해 버렸고, 다른 이들 역시 비슷한 몰골이었다. 그리고 어젯밤에 마을 사람들을 공포로 몰아넣었던 변태견은 이미 새까맣게 타서 죽어 있었다.

마을 사람들은 어쩔 수 없다는 듯 여기저기 쌓인 시체들을 함께 치워주는 것으로 인정을 베풀었을 뿐이다.

상황을 제일 먼저 파악한 것은 일소천이었다.

마당에 죽어 있는 살수들은 분명 지난번 만났던 소뢰의 부하들이었다. 그리고 또 다른 시체들은 당문의 복장을 하고 있었으므로 대략의 정황을 간파할 수 있었다. 그들 두 무리가 용문도장을 암습하는 과정에서 싸움이 벌어졌고, 불에 타 죽을 위기에 놓인 자신들을 깜구가 구해준 것이다.

일소천은 석금이에게 큰 빚을 졌다는 생각을 떨칠 수 없었다. 석금이를 죽음으로 몰아넣을 뻔한 것도, 깜구를 희생시킨 것도 결국은 일소천 자신이었다. 일소천은 석금이에게 어떻게 위로의 말을 해줘야 할지 도무지 알 수 없었다.

하지만 그 어떤 충격도, 안쓰러움도 석금이의 슬픔만큼 크지는 않았다.

뒤늦게 깨어난 석금이는 죽은 깜구의 시체를 끌어안은 채 한 시진이 넘도록 울고 또 울었다. 목이 쉬도록 우는 석금이의 모습은 자세한 사정을 모르는 마을 사람들까지 숙연해지게 만들었다.

석금이는 비단 마음만 다친 것이 아니었다. 눈썹과 머리카락이 완전히 타버렸고, 온몸에서 진물이 흘렀다. 게다가 무공으로 몸이 다져진

다른 이들과는 달리 석금이는 다소 비만 체질에 가까웠으므로 화상으로 인한 고통을 참기가 더욱 어려웠을 것이다.

하지만 석금이는 자신의 몰골엔 아랑곳없이 깜구의 시체를 보듬고 있을 뿐이었다. 그런 석금이의 눈에선 이제껏 볼 수 없었던 증오의 불길이 이글거렸다.

"깜구야, 어떤 씹어먹을 놈들이 널 이렇게 만든 겨?"

석금이는 똑같은 말을 반복하며 가끔씩 빠드득, 이를 갈곤 했다.

"충격이 너무 심했던 게 아닐까?"
"그래, 가뜩이나 좋지 않은 머리로 감당해 내기엔 벅찰 테지."
"아무리 그래도 말려야 하지 않을까?"
"그러게……. 판단이 서지 않는군."

천하에 둘도 없을 앙숙인 이재천과 주유청이 모처럼 진지한 대화를 나누고 있었다. 죽음의 위기를 넘긴 후에 자연스레 찾아오는 화해와 용서의 마음이 옛 우정을 되살려 낸 것이었는지도 모른다.

"정말 혼자서 다 먹어치울 작정일까?"
"글쎄… 비록 석금이를 오래 사귀지는 않았지만 저 인간이라면……."

주유청의 물음에 이재천은 확실한 대답을 할 수 없었다. 다만 그럴 수도 있다는 생각이 언뜻 들었을 뿐이다.

정확히 한 시진 전, 금방이라도 쓰러질 것 같던 석금이는 휘청휘청 일어나더니 땔감을 모아 깜구 옆에 쌓기 시작했다. 용문가의 식솔들은 한동안 멀뚱히 그 모습을 지켜보다가 이내 석금이의 의도를 알아차리고는 함께 장작을 쌓기 시작했다. 깜구는 자신들을 대신해 죽은 것이니만큼 제법 그럴싸하게 화장(火葬)을 치러주고 싶었던 것이다.

장작이 다 쌓이자 그 위에 깜구를 올려놓고 불을 붙였다. 검은 그을음과 연기가 하늘로 치솟았고, 자글자글 살이 타는 소리가 들렸다. 모두는 숙연한 눈빛으로 깜구의 영결식을 치렀다. 장작이 다 타 들어갈 때까지 아무도 움직일 수 없었다.

하지만 얼마 후 경악할 일이 벌어졌다. 석금이가 다 탄 장작 위에서 깜구를 끌어 내린 후 미리 준비해 두었던 칼로 배를 가르고 다리를 잘라내 우적우적 씹어 먹기 시작한 것이다.

처음에 사람들은 석금이가 미쳤다고 생각했지만 곧 그것이 석금이 방식의 영결식이란 것을 알 수 있었다. 석금이는 연신 눈물을 흘리며 깜구의 몸을 씹고 있었던 것이다.

"그런데 무척 맛있게 먹고 있는 것 같지 않나?"

"개고기 맛이 최고긴 하지……!"

"우리도 깜구한테 빚진 게 있는데 같이 먹어줘야 하지 않을까?"

"자네, 많이 타락했구먼. 그런 건 내 머리에서나 나올 법한 생각인데."

"난 그저……."

주유청은 말을 얼버무리며 멍하니 하늘을 쳐다보았다.

한편 그들에게서 얼마 떨어지지 않은 곳에서는 방초가 배은망덕 이편 옆에 찰싹 달라붙어 앉아 석금이를 쳐다보고 있었다.

"오빠, 어떻게 하면 석금이를 위로해 줄 수 있는지 그 멋진 목소리로 한번 대답해 봐."

방초는 더듬더듬 손을 옆으로 옮겨 이편의 손을 살짝 만지며 물었다.

"저… 낭자, 내가 깜빡 잊은 것이 있어서……."

방초의 손이 닿는 순간 이편은 화들짝 놀라며 손을 빼냈다. 또다시 주체할 수 없는 남성이 요동 쳤기 때문이다.

이편은 될 수 있는 한 방초와 거리를 두기 위해 이재천과 주유청에게서 떨어져 나왔는데, 방초가 한사코 따라와 함께 앉았던 것이다. 마침 일소천은 도장을 다시 짓는 데 필요한 얼마간의 돈을 마련하기 위해 팽가객잔으로 떠났으므로 용문도장의 질서는 개판이 되고 있었다.

"어머, 잘됐다. 오빠, 나랑 같이 가자. 난 사실 석금이가 저러고 있는 게 너무 안쓰러워서 자리를 옮기려던 참이었어."

무산이 사라진 이후 알 수 없는 상실감에 시달리고 있던 방초는 위안거리를 찾기 위해 열심히 움직이고 있었다. 그리고 위안을 주는 데는 이편처럼 나이 지긋하며 점잖은 남자가 안성맞춤이라는 생각이었다. 이편으로선 더 이상 곤혹스러울 수 없는 일이었다.

하지만 용문도장의 마당에 앉아 있는 사람 중 가장 큰 괴로움에 빠져 있는 사람은 역시 석금이였다.

"깜구야, 어떤 씹어먹을 놈들이 널 이렇게 만든 겨? 이 석금이가 반드시 복수를 해줄 거구먼. 깜구야, 이제 너랑 나랑은 한 몸인 겨."

석금이는 깜구의 다리를 우적우적 씹어 먹으며 울먹이고 있었다.

"어라, 이건 꼬리다. 깜구야, 네가 날 볼 때마다 꼬리를 홰홰 돌리던 게 생각나는구먼. 아이구, 깜구야……!"

이상한 일이었다. 석금이는 이미 깜구를 절반쯤 뜯어 먹었지만 알 수 없는 허기에 시달리고 있었다. 온몸에서 이제껏 경험해 보지 못했던 힘들이 솟구쳤고, 그 힘들은 끊임없이 석금이의 식욕을 돋웠다.

그렇다고 해서 석금이가 단순히 허기를 달래기 위해, 혹은 보신을 위해 깜구를 뜯어 먹고 있는 것은 절대 아니었다.

석금이는 오랫동안 혼자 살아왔기 때문에 유교적인 장례 의식이 생소했고, 또 깜구가 개란 점을 감안해 자기 방식대로 깜구에 대한 추억을 간직하고자 했을 뿐이다. 그렇게 함으로써 깜구는 영원히 자신과 한 몸이 되리라 믿고 있었다.

"히히, 깜구 머리는 돼지 머리보다 복스럽게 웃고 있다. 히히히!"

앞다리와 내장, 몸통 일부, 그리고 오른쪽 머리까지 먹어치우는 데 또 한 시진가량 시간이 흘렀다. 석금이는 단 한 번도 자리를 뜨지 않은 채 깜구를 먹는 데 열중했다.

그런데 석금이가 마지막 남은 깜구의 머리를 움켜쥐었을 때 이상한 일이 벌어졌다. 갑자기 깜구의 머리가 펄쩍펄쩍 뛰더니 석금이의 손을 벗어나 마당을 가로질러 구르기 시작했던 것이다.

"으악! 깜구가 살아났다……! 깜구가 살아났다……!"

석금이는 마구 소리를 내지르며 깜구의 머리를 쫓아갔다.

갑작스런 괴변으로 용문도장은 한차례 소란을 겪게 되었다. 천상유수 이재천, 주유청, 방초, 배은망덕 이편 역시 깜구의 머리가 콩콩 튀며 숲으로 굴러가는 것을 똑똑히 보았기 때문이다.

방초는 비명을 내지르며 이편의 품에 얼굴을 묻었고, 이재천과 주유청은 넋이 나간 듯 멍하니 서로의 얼굴을 쳐다보았다.

"이보게, 유청이. 어떻게 저런 일이 가능하지?"

"쌍두구가 영물은 영물일세. 사람의 목숨을 구하지 않나, 죽은 머리가 공처럼 구르질 않나. 이런 일은 나로서도 처음일세. 참 개뼉다귀 같은 일이군."

"까아악! 오빠, 오빠 가슴은 불붙은 장작 같애."

"낭자… 내가 정말 깜빡 잊은 것이 있어서……."

그 와중에도 방초는 이편의 품을 파고들었고, 배은망덕 이편은 바지춤에 달아놓은 송곳으로 은밀히 허벅지를 찌르며 방초의 유혹을 견뎌내기 위해 발버둥 쳤다.

"깜구야. 히히! 숨바꼭질 재밌다!"

감당할 수 없는 충격으로 정신이 반쯤 나간 석금이는 죽은 개 머리가 저 혼자 굴러다니는 끔찍한 광경에도 아무런 두려움을 느끼지 못하는 듯 깜구의 머리를 잡기 위해 종횡무진 뛰어다녔다.

"이야, 석금이가 잡았다……!"

아픔도 감수한 채 땅바닥에 몸을 날린 석금이는 드디어 깜구의 머리를 움켜쥘 수 있었다. 깜구의 머리는 여전히 괴이한 소리를 내며 날뛰었지만 석금이는 두 손으로 그것을 꽉 움켜쥔 채 껄껄거리고 있었다.

하지만 석금이가 깜구의 얼굴을 자세히 보기 위해 눈앞으로 끌어당겼을 때, 깜구의 주둥이가 갑자기 벌어지더니 그 안에서 무엇인가 투명한 덩어리가 튀어나와 석금이의 활짝 벌어진 입속으로 들어갔다.

"으아악!"

석금이는 고통에 찬 비명을 내질렀다.

깜구의 주둥이에서 튀어나온 덩어리는 맨 처음 물컹한 느낌을 주며 곧장 석금이의 목구멍을 타고 내려갔는데, 잠시 후 독주를 마신 것처럼 목구멍이 뜨거워졌고, 급기야 불덩어리를 삼킨 것처럼 내장이 타 들어갔다.

"으허… 으허아학……!"

도저히 참아낼 수 없는 고통으로 인해 석금이는 바닥을 구르며 발버둥 쳤다. 그리고 잠시 후 불에 덴 것처럼 몸을 벌떡 일으켜 무작정 숲을 향해 내달리기 시작했다.

"으허… 으허아학……!"

석금이는 계속해서 숨이 넘어갈 듯한 비명을 내질렀고, 그 소리는 점차 멀어지다가 나중에는 희미한 메아리로 되돌아왔다.

이재천과 주유청은 석금이를 잡기 위해 다급하게 몸을 움직였으나 석금이의 달음질은 상상할 수 없을 만큼 빨라 도저히 손을 쓸 수가 없었다.

4
남자 대 남자

용문산 중턱의 한 연못.

버드나무 가지가 길게 늘어져 수면에 가지 끝의 잎사귀를 적시다가 바람이 불면 조금씩 흔들리며 잔물결을 일으키고 있었다.

버드나무의 아름다운 물그림자는 간혹 수면 위로 떠오르며 입질하는 물고기로 인해 흩어져 버렸다가 수면이 잠잠해지면 다시 그림처럼 펼쳐졌다.

하지만 그 고즈넉한 연못의 수면 아래… 미동도 없이 가라앉아 있는 석금이가 있었다.

석금이는 엉겁결에 삼켜 버린 독룡의 영체와 내단으로 인해 온몸에 불길이 번지자 무작정 내달리다가 이 연못에 뛰어든 것이다.

연못에 뛰어들 때만 해도 석금이는 이제껏 한 번도 경험하지 못한 힘의 덩어리들이 혈관을 타고 온몸에 퍼지며 곳곳에서 충돌하는 것을 느낄 수 있었다. 그 힘의 덩어리는 근육과 관절, 뼈와 피, 살까지를 태워 버리거나 팽창시키며 쉬지 않고 움직였고, 마치 몸을 산산이 찢어놓을 것처럼 심한 고통을 안겨주었다. 급기야 석금이는 까무러치고 말았고, 그의 피부에 닿는 물들은 작은 기포들을 만들어내다가 이내 사그라들었다.

그것이 벌써 한 시진 전. 상식적으로 받아들이자면 석금이는 이미 죽은 사람이었다. 실제로 석금이는 호흡조차 끊긴 채 미동도 없이 물속에 가라앉아 있을 뿐이다.

다시 한 시진 후!
연못은 이제 조금씩 어스름에 묻혀가고 있었다.
하지만 석금이가 가라앉아 있는 연못 안에서는 기이한 변화가 일어나기 시작했다. 석금이의 의지가 아닌 어떤 미지의 힘에 의해 몸이 연못 바닥까지 내려갔고, 석금이의 온몸은 검게 변하기 시작했다. 하지만 그는 여전히 호흡이 끊긴 채 미동도 없었다. 그리고 그 상태로 다시 아무런 변화도 없이 무심한 시간이 흘러갔다.

다음날 저녁!
연못에는 아무 일도 없다는 듯, 평소와 같은 풍경이 그려지고 있었다.
하지만 수중에선 그새 또 다른 변화가 일어나고 있었다. 석금이의 몸이 바닥에서 서서히 떠오르더니 물의 중간 높이에서 멈춰졌고, 들려진 몸이 금빛 광채를 발하기 시작했다. 그 힘의 정체가 무엇인지는 알 수 없으나 이제껏 석금이가 가지고 있던 힘이 아니란 것만은 분명했다.

석금이는 여전히 호흡도 미동도 없었던 것이다. 시간은 다시 무심하게 흘러갔다.

사흘째 아침!
은은한 황금빛 광채를 품고 있던 연못에 조용한 파문이 일고 있었다.
물속에서 황금빛의 결정체가 서서히 수면을 향해 떠올랐고, 이내 온전한 모습을 드러내며 햇빛에 눈부시게 반사되었다. 하지만 한동안 그렇게 빛나던 결정체에 다시 변화가 일어나기 시작했다. 서서히 황금빛이 사라지더니 이내 투명해진 것이다. 그리고 그 결정체는 다시 온전히 제 빛을 찾아가며 뚜렷한 형상을 드러냈다.
의심할 바 없는 석금이였다.

〈제3권 끝〉

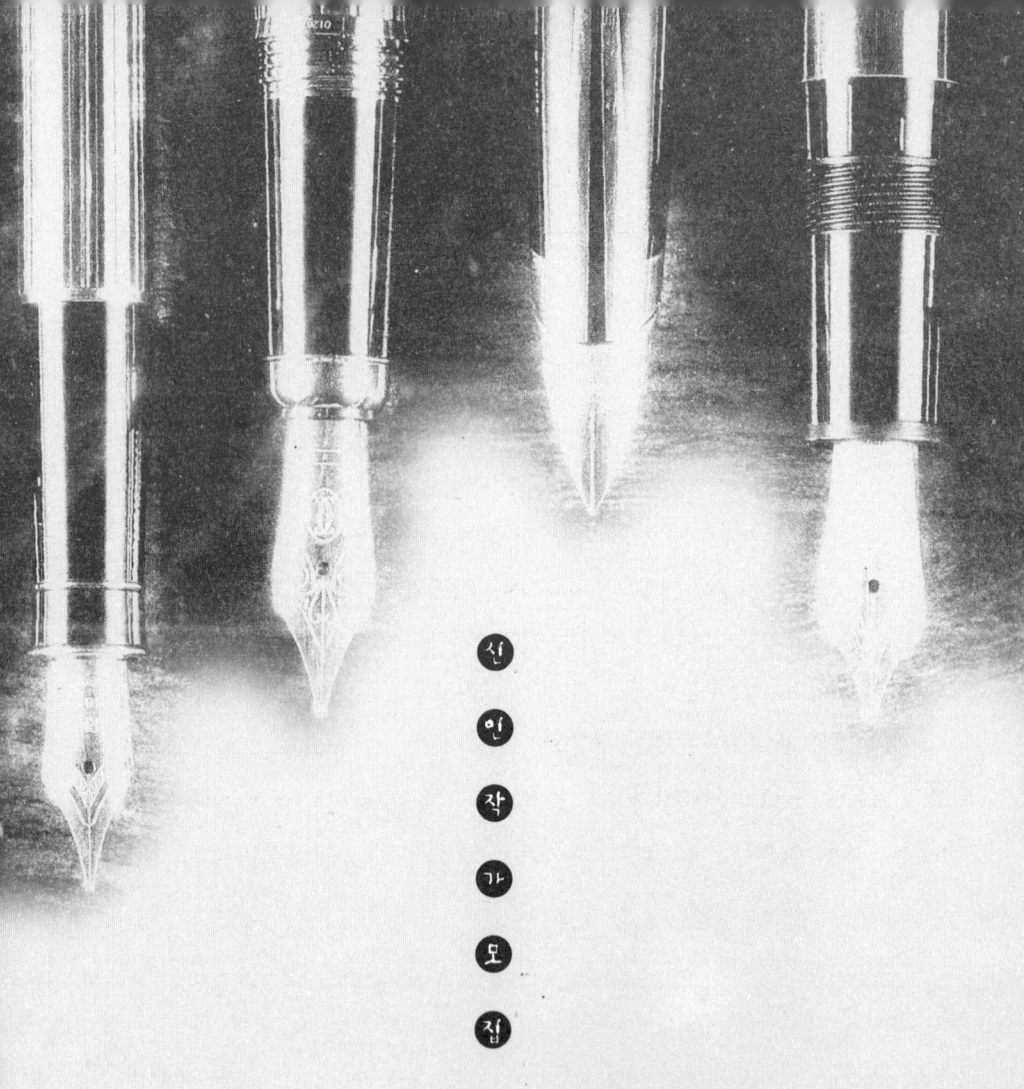

신인작가모집

**시작이 반이라고 했습니다.
작가의 길에 대한 보이지 않는 벽을 과감히 깨뜨리십시오!
청어람은 작가 지망생 여러분들의
멋진 방향타가 되어드리겠습니다.**

저희 도서출판 청어람에서는
소설 신인 작가분들을 모집합니다.
판타지와 무협을 사랑하시는 분들의 많은 참여를 바랍니다.
소정의 원고(A4용지 150매)를 메일이나 우편으로 보내주시면
검토 후 출판 여부를 알려드리겠습니다.

주소:경기도 부천시 원미구 심곡1동 350-1 남성B/D 3F 우편번호420-011
TEL:032-656-4452 · **FAX**:032-656-4453
http://www.chungeoram.com
e-mail:chungeoram@chungeoram.com